T. H. Campbell

# Tote Hunde weckt man nicht

## Über die Autorin:

Als T.H. Campbell verschlägt es die Autorin Heidi Troi auf die britischen Inseln, die schon von Kindesbeinen an zu ihren Sehnsuchtsorten gehören. Ob Schottland, Irland, Wales oder England – T.H. Campbell hat die Regionen abseits der Hotspots für Touristen erlebt und es zieht sie immer wieder dorthin. Lesend, wandernd oder manchmal auch beruflich.

Mit der Chronistin Sara Rattlebag reist sie zum ersten Mal schreibend nach Devon an die Jurassic Coast, die ihr von ihrer Wanderung über den South-West-Coast-Path in bleibender Erinnerung ist.

T. H. Campbell

# Tote Hunde weckt man nicht

## Ein Fall für Sara Rattlebag 4

Kriminalroman

Bibliografische Information der Deutschen Nationalbibliothek:
Die Deutsche Nationalbibliothek verzeichnet diese Publikation in der Deutschen Nationalbibliografie; detaillierte bibliografische Daten sind im Internet über http://dnb.d-nb.de abrufbar.


Empire-Verlag OG, Lofer 416, 5090 Lofer

Lektorat: Antje Backwinkel – https://buchwinkelei.de/lektorat/
Korrektorat: Tino Falke – https://www.tinofalke.de/lektorat/ und
Bianca Kober



Cover: Chris Gilcher
https://buchcoverdesign.de/
Illustrationen: Adobe Stock ID 264841842, Adobe Stock ID 471568468

Buchsatz: Samantha Halama
http://www.samanthahalama.com/
gesetzt aus der Garamond Libre
erstellt mit Affinity Publisher

Bestellung und Vertrieb: Nova MD GmbH, Vachendorf

# Prolog

Sara schlich am Rand des Farnwaldes auf den höchsten Punkt des Hügels zu. Vorsichtig darauf bedacht, wo sie im Mondlicht ihre Füße hinsetzte, duckte sie sich hinter die Farne, die ihr bis zur Taille reichten und die einzige Deckung weit und breit boten. Die Farne und der Nebel, der langsam vom Tal heraufkroch und die Landschaft einhüllte wie ein Leichentuch.

Es war so still, dass jedes noch so leise Geräusch in ihren Ohren widerhallte wie ein Schuss. Das Knacken eines Astes, ihr Atem. Alles war zu laut.

Dann plötzlich spürte sie *sie*. Sara schlug das Herz bis zum Hals, doch sie wusste, sie durfte jetzt nicht stehen bleiben. Nicht, wenn sie ihre Familie retten wollte.

Ein Schritt und noch ein Schritt auf den mannshohen Stein zu, der wie ein Hinkelstein vor ihr aufragte. Mit der Hand spürte sie die raue Oberfläche, als sie sich dahinter zusammenkauerte. Einmal Luft holen und dann ...

Hinter dem Stein tat sich eine Lichtung im Farn auf. Eine Lichtung, auf der etwa ein Dutzend Steine zu einem Steinkreis angeordnet waren. Zwischen ihnen verharrten Gestalten in weißen, wallenden Gewändern. Sie alle hatten sich einer Frau zugewandt, die in der Mitte der Lichtung stand. Ihr Gesicht war bleich und ausdruckslos. Mit weit ausgebreiteten Armen und geschlossenen Lidern wartete sie auf etwas.

Plötzlich riss sie die Augen auf und starrte Sara direkt ins Gesicht.

Zac wusste sofort, von wem sie sprach. »Der Schleicher?«

»Ja.«

»Und dein Vater ist …?«

»Im Gefängnis.«

Zac schnaubte. »Du weißt genau, dass ich Frank meine. Also – wo ist er?«

Sara rief den Social-Media-Account ihres Vaters auf, in dem er seinen Alltag dokumentierte. Jeder Kaffee, den er trank, jedes Eichhörnchen, das sich ihm im Hyde Park näherte, wurde gepostet – zusammen mit den fantasielosesten Hashtags. Gerade flutete er seinen Account mit Bildern aus Bali, wo er sich, wie Sara wusste, seit etwa drei Wochen mit seiner Flamme Felicitas befand. Angeblich, um Saras Mutter zu besuchen. Nur, von ihr hatte er bisher kein einziges Bild gepostet. Dafür Tausende von weißen Stränden, Street Food und Ladyboys, dazwischen Cocktails und Feli, die sich in der Sonne rekelte. Ein Blick bestätigte Sara, dass es auch heute ein neues Bild von ihm gab.

»Auf Bali«, sagte sie seufzend. »Und er wird noch eine weitere Woche dort sein, bis er pünktlich zum Gerichtstermin wieder nach England kommt.«

Der Gedanke daran schmerzte. Frank hatte sie aufgezogen und Vaterstelle an ihr vertreten. Auch wenn ihre Beziehung nie besonders herzlich gewesen war, konnte sie es nur schwer verwinden, dass er jetzt gerichtlich gegen sie vorging. Er gönnte ihr das Erbe ihrer wahren Mutter – seiner Schwester – nicht und wollte es an sich reißen. Nachdem Drohungen nicht gefruchtet hatten, hatte er den Weg über das Gericht gewählt, und das Schlimmste war: Saras Anwalt Mr. Fulbright hielt sich über den voraussichtlichen Ausgang des Verfahrens bedeckt.

Sara hatte seine Worte noch im Ohr. *Leider könnten sie damit durchkommen. Wir geben nicht klein bei, aber jetzt heißt es, Nachforschungen zu betreiben und eine gute Strategie auszuarbeiten, wie Sie Ihr Erbe doch behalten können.*

Jetzt, etwa zweieinhalb Monate später, wusste sie, dass es düster aussah. Franks und Mauds Eltern hatten einen sogenannten Mutual Will hinterlassen, was bedeutete, dass sie sich in ihrem Testament gegenseitig bedacht hatten und ihr Vermögen – in dem Fall das Cottage – nach dem Tod des länger Lebenden an dasjenige ihrer Kinder fiel, das als Erstes ein Kind bekam, »sodass das Cottage im Familienbesitz bleiben kann«. Frank behauptete nun, Sara sei amtlich sein Kind, und daher falle das Cottage an ihn. Auch wenn der Passus implizierte, dass der Gedanke hinter diesem letzten Willen das Vermächtnis an die nächste Generation war, und es folglich auch direkt an Sara übergehen könnte, hielten Frank und auch sein Rechtsbeistand am Wortlaut fest. Demnach lege das Testament eindeutig fest, dass das Cottage an das Kind, also ihn, und nicht an das Enkelkind, also Sara, ging. Er behauptete zudem, er habe seine Schwester nur aus gutem Willen in dem Cottage leben lassen. Schließlich habe sie sich nach ein paar Rückschlägen in jungen Jahren nicht mehr gefangen und von der Hand in den Mund gelebt. Doch jetzt, wo sie nicht mehr sei, pochte er auf sein vermeintliches Recht.

Sara wurde immer ganz schwindelig, wenn Fulbright ihr die Finessen der Anfechtung zu erklären versuchte. Und ihr wurde noch schwindliger, wenn er ihr seine Strategie erklärte, nämlich, dass er versuchen würde, darauf zu plädieren, dass der eigentliche Wille hinter dem Testament der wäre, dass das Cottage weiterhin im Familienbesitz bliebe. »Aber ob uns das durchgeht, weiß ich nicht«, sagte er jedes Mal bedauernd.

Sara graute vor der Verhandlung, die in etwa vier Wochen stattfinden würde. Wenn Frank gewann, musste sie aus dem Cottage ausziehen, dem einzigen Ort, an dem sie sich jemals zu Hause gefühlt hatte. Wohin sie dann gehen sollte, wusste sie nicht.

Und jetzt war da dieser nächtliche Schleicher. Er machte ihr Angst und sie fragte sich, ob sie überhaupt noch um ein Cottage kämpfen wollte, in dem sie um ihre Sicherheit fürchten musste.

Ein unangenehmes Pfeifen ertönte in ihrem Ohr und Zac fragte laut: »Sara, bist du noch dran?«

»Ja, sorry. War nur kurz in Gedanken bei ... Frank, dem Arsch.«

»Das habe ich gemerkt. Ich habe gefragt, ob es irgendwelche Beweise gibt, dass er auf Bali ist.«

»Wenn er nicht in der Zwischenzeit ein Photoshop-Genie geworden ist, ja.«

»Also ist er sicher nicht der nächtliche Schleicher.«

»Genau.«

»Und du hast nach wie vor keinen Verdacht, wer es sein könnte?«

»Nein.«

»Und du bildest es dir auch nicht ein?« Zac klang skeptisch.

»Hast du die Bilder nicht gesehen, die ich dir geschickt habe? Die Kratzer?« Sie konnte nicht glauben, dass er ihre Wahrnehmung infrage stellte. Diese Bilder waren doch ein klarer Beweis dafür, dass sie sich den nächtlichen Besucher nicht einbildete.

Sie ging neben der Tür in die Hocke, um die Kratzer noch einmal unter die Lupe zu nehmen.

»Bist du sicher, dass die nicht vorher schon da waren? Die Tür ist schon alt und Sir Arthur ...«

»Hör mal, Zac. Du weißt genau, dass ich mir solche Dinge nicht einbilde. Da schleicht jemand ums Haus und er wird jede Nacht dreister. Ich habe Angst.« Sie stand wieder auf und zog die Granny-Square-Weste, die sie sich schnell übergeworfen hatte, über ihrer Brust zusammen.

Es war ein kalter Januarmorgen, über Nacht hatte es gefroren, was in Sidbury, ihrem kleinen Dorf im Hinterland der englischen Südküste, kaum vorkam. Der Raureif auf dem Gras sah beinahe aus wie Schnee.

Nur leider war es keiner, denn dann hätte sie zumindest Fußspuren als Beweis gehabt.

»Ich weiß nur, dass du vor ein paar Wochen der Meinung warst, dass der Uhu im Baum vor deinem Haus deinen nahen Tod voraussagt.«

Sara verdrehte die Augen. »Ich bin immerhin vom Baum gefallen ...«

»Ja, weil du verrückt genug warst, bei Regen hochzuklettern.«

»Und dass ich angeschossen wurde, zählt nicht?«

»Lebst du noch?«

Sara schnaubte. »Schon, ja, aber darum geht es ja nicht. Es geht darum, dass da jemand um mein Haus schleicht. Jede Nacht. Und dass mir das Angst macht. Und du bist mein Bruder und darum der erste Mensch, an den ich mich in meiner Hilflosigkeit wende.« Wieder sah sie sich um. Sie hasste diesen Schleicher. Dafür, dass sie sich plötzlich in ihrem Cottage unsicher fühlte.

Zac lachte. »Du und hilflos.«

»Lach mich nicht aus!«

Er wurde wieder ernst. »Ich lache dich nicht aus. Ich frage mich nur, warum du mich anrufst und nicht Cedric. Er ist immerhin dein Freund, lebt in Sidbury und kann innerhalb von fünf Minuten bei dir sein. Ich brauche von London mindestens dreieinhalb Stunden und das auch nur, wenn der Verkehr mitspielt.«

»Ich rufe dich an, weil Cedric doch nur sagen würde, dass ich zu ihm ziehen soll.«

»Was auch sinnvoll wäre.«

Sara atmete entnervt durch. »Nein, wäre es nicht. Sir Arthur Doyle würde nicht umsiedeln wollen. Der gehört in Tante Mauds Cottage.« Sir Arthur Doyle war ein weiteres Erbstück von Tante Maud, ein schwarzweißer Kater, der nach Mauds Lieblingsautor Sir Arthur Conan Doyle benannt war und der es liebte, durchs Dorf zu streichen. Sehr zu Saras Verdruss, die allabendlich auf die Suche nach ihm gehen musste.

»Sir Arthur Doyle? Der ist doch öfter auf dem Friedhof und hört Silly Old Joes verrückten Reden zu als bei dir zu Hause. Aber wenn das der Grund ist: Geh einfach jeden Abend zu deinem Cottage und füttere ihn.«

»Er braucht aber nicht nur Futter, sondern auch jede Menge Streicheleinheiten.« Sara hatte langsam die Nase voll. »Ich hatte gehofft, dass du mir hilfst, aber ich sehe schon, dass ich mir was anderes einfallen lassen muss.«

»Sara, ich würde mir jederzeit eine Kugel für dich einfangen – ich denke, das habe ich sogar bewiesen –, aber ich glaube, du siehst Gespenster. Und wenn nicht: Frag Cedric. Übrigens komme ich am Wochenende nach Sidbury. Margaret hat einen Abendtermin und niemanden, der auf Annie aufpasst. Aber wenn sie zurück ist, lege ich mich gern vor deinem Cottage auf die Lauer.«

»Das wäre toll.« Sara fiel ein Stein vom Herzen. »Ach, und wenn du sowieso kommst ...«

Er lachte. »Keine Angst, Fudge ist schon in rauen Mengen gekauft.«

»Vergiss nicht: Kate Kearney's ...«

»Dairy Cream Fudge. Ich weiß, Schwesterherz. Ich werde nie verstehen, wie du solche Unmengen von diesem Zahnzement in dich hineinstopfen kannst.«

»Ich brauche das eben zum Nachdenken. Zac ...«

»Ja?«

»Was, wenn der Schleicher vorher wiederkommt?«

»Erzähl Cedric davon.« Zacs Stimme wurde eindringlich. »Ich mache keine Scherze, Sara. Ich glaube immer noch, dass das Ganze nur deiner Einbildung entspringt, aber wenn es nicht so ist, sollte Cedric davon wissen.«

»Okay.« Schweren Herzens beschloss sie, seinem Rat zu folgen. Sie verabschiedete sich und wählte Cedrics Nummer. Es tutete einmal, dann ein zweites Mal und schließlich erklang seine Stimme.

»Guten Morgen, Schatz!«

Doch die Stimme kam gleichzeitig durch das Telefon und von der Straße. Gleich danach tauchte Cedrics Kopf hinter der Mauer auf.

»Ich habe einen ersten Entwurf für unser Museum und dachte mir, du willst ihn sicher sofort sehen.«

»Echt? Zeig her!« Kurz blitzte in ihrem Kopf der Grund für ihren Anruf auf, aber wenn sie ihm jetzt von diesem nächtlichen Schleicher erzählte, würde eine endlose Diskussion darüber folgen, dass sie doch endlich zu ihm ins Dorfzentrum ziehen solle. Die Pläne für das Museum waren wichtiger. Sie zog Cedric hinter sich ins Innere des Cottages, wo eine wohlige Wärme sie empfing.

»Hast du schon gefrühstückt?«, fragte er, nachdem er sie geküsst hatte.

»Nein. Wollte ich gerade. Aber jetzt will ich lieber die Pläne sehen.«

Vor ein paar Wochen hatte Cedric, als Dorfvorsteher von Sidbury, die Idee gehabt, das leer stehende Haus von Reverend Leaves zu einem Heimatmuseum umzufunktionieren. Schon das Haus war ein Geheimtipp, denn es war mehrere Jahrhunderte alt und hatte eine bewegte Geschichte hinter sich.

Vor Jahren hatte Sara ihrer Tante geholfen, in den Archiven von Exeter und Charmouth nach Informationen über das malerische Fachwerkhaus zu suchen und dabei hatten sie ein paar erstaunliche Fakten ausgegraben. Das Häuschen war Anfang des sechzehnten Jahrhunderts erbaut worden und hatte Mary Tudor von England Unterschlupf geboten, als sie ihre Truppen in Südengland gesammelt hatte, um von dort aus ihren Thron zu erkämpfen. Später hatten darin konspirative Treffen zwischen den Beratern ihrer Schwester, Queen Elizabeth I. und den Freibeutern Sir Francis Drake und Sir John Hawkins stattgefunden. Auch Sir Arthur Conan Doyle hatte hier Zeit verbracht und vermutlich war der *Hound of the Baskervilles* genau hier entstanden. Sara hätte noch unzählige Anekdoten aufzählen können, von denen die meisten wahrscheinlich nicht ganz der Wahrheit entsprachen. Aber auch wenn sie bloße Legenden waren, machten sie dieses Häuschen zu etwas Besonderem, und da der Geistliche, der bis vor Kurzem darin gelebt hatte, nun eines tragischen Todes gestorben war und aufgrund des Priestermangels vermutlich kein weiterer Geistlicher jemals wieder hier leben würde, war es perfekt geeignet für ein kleines Heritage Museum.

Nicht nur die Dorfchronik von Tante Maud sollte darin einen geeigneten Platz finden, sondern auch eine sagenumwobene Schatzkiste voller Münzen, die Sara bei ihrem letzten Fall entdeckt hatte.

Die Leitung des Museums würde sie selbst übernehmen. Sie war glückselig, dass ausgerechnet sie so ein wunderbares Projekt mitgestalten durfte – und das, obwohl sie ihr Geschichtsstudium mittlerweile abgebrochen hatte.

»Lass sehen«, verlangte sie gespannt.

Cedric schüttelte nachsichtig lächelnd den Kopf. »Du wolltest frühstücken.«

»Die Pläne sind wichtiger!« Sie steuerte mit Cedric im Schlepptau das Sofa an, das vor dem Kamin stand. Sir Arthur Doyle hatte es sich darauf bequem gemacht, doch Sara verfrachtete ihn kurzerhand auf einen der mit Tweedstoff bespannten Ohrensessel, die zusammen mit dem Sofa um ein niedriges Tischchen herumstanden.

»Bringst du die Chronik auf Vordermann?«, fragte Cedric mit Blick auf den aufgeschlagenen Ordner, der neben einem Stapel Zeitungen, einer Lupe und einer Schere auf dem Tischchen lag.

»War mal wieder Zeit.« Sara seufzte. Sie war die Chronistin von Sidbury und Sidmouth, ebenfalls ein Vermächtnis ihrer Tante Maud. Eigentlich war es nicht viel Arbeit, nur, wenn sie alles schleifen ließ, konnte es passieren, dass sie plötzlich mehrere Stunden damit verbrachte, Berichte zu sichten und zu sortieren.

Cedric wusste, dass Sara es hasste, wenn jemand ihre Ordnung – nur sie konnte das Durcheinander an Zetteln so nennen – durcheinanderbrachte, und so breitete er seine mitgebrachten Pläne sehr vorsichtig über den Zeitungsschnipseln aus.

»Bitte sehr.«

Sara legte den Kopf schief und warf einen langen Blick darauf. »Sieht aus wie jetzt.«

»Tja, du hast es erkannt. Das Haus ist denkmalgeschützt. Veränderungen können kaum gemacht werden und der National Trust will bei jeder baulichen Maßnahme mitreden. Daher schlägt der Architekt vor, die Einteilung der Räume genau so zu belassen und ...«

»Das Museum im Winter zu schließen? Du weißt schon, dass Reverend Leaves das Haus über den Kamin geheizt hat, oder? Das kann man machen, wenn man allein in so einer Hütte wohnt, aber nicht, wenn man jede Menge Museumsbesucher durch die Räume schleust. Ich bin sicher, dass wir Probleme mit den Sicherheitsauflagen bekommen, wenn wir ein offenes Feuer im Haus haben.«

»Es gäbe da die Möglichkeit, den alten Dielenfußboden Stück für Stück herauszunehmen und eine Fußbodenheizung darunter zu verlegen. Ist allerdings nicht ganz billig.«

»Es ist auch nicht ganz billig, ein Museum nur halbjährlich zugänglich zu machen«, erwiderte Sara. So diskutierten sie die nächste halbe Stunde einigermaßen hitzig über verschiedene Möglichkeiten einer Sanierung, die auch dem Denkmalschutz gerecht wurde, bis es an der Eingangstür klopfte.

Gleich darauf öffnete sich die Tür. Zum Vorschein kam Miss Spinsters silbergrauer Lockenkopf. Die alte Freundin ihrer Tante behandelte das Cottage wie ihr zweites Zuhause.

»Komm rein, Bobby Bobby, sonst erfriert Sara. Oh, und unser Dorfvorsteher ist ja auch hier. Du solltest unbedingt überlegen, ob du eine Art Windfang einbauen lässt, Sara. Gerade im Winter ist das hier keine Lösung.« Sie deutete auf den Flur, von dem aus ein offener Durchlass direkt ins Kaminzimmer führte, durch das man in die Küche gelangte. Gerade, wenn es so kalt war, bedeutete jedes Öffnen der Tür, dass ein eisiger Windstoß durch die Wohnräume fegte.

Sara zuckte mit den Schultern. »Der Winter dauert hier zum Glück nicht lang.« Dann grinste sie. »Und die

Gäste, die mich besuchen kommen, wissen, was die Schwachstelle des Hauses ist.«

Miss Spinster hatte inzwischen ihren Freund Robert Miller, genannt Bobby Bobby, ins Warme gezogen und die Tür hinter ihm zugedrückt. Noch bevor sie aus ihrer Jacke schlüpfte, holte sie Hausschuhe aus ihrem Beutel und gab Bobby ein liebevoll besticktes Paar.

»Hier, zieh die an, sonst tragen wir Sara den ganzen Dreck in die Wohnung. Obwohl ...«, sie sah sich mit hochgezogenen Augenbrauen um, »du wirklich wieder einmal aufräumen könntest, K...«

»Möchtet ihr Tee?«, unterbrach Sara sie, bevor sie wieder in ihre alte Unart verfiel, Sara als »Kindchen« zu bezeichnen.

Miss Spinster nickte. »Ich habe hier ein paar frische Scones. Ich dachte mir, du hast vielleicht Lust auf ein zweites Frühstück.«

»Auf ein erstes«, berichtigte Cedric sie. »Unsere Sara hatte noch keine Zeit für ein richtiges Frühstück. Sie hat darauf bestanden, zuerst die Pläne für unser Heritage Museum durchzugehen.«

Miss Spinsters Augenbrauen wanderten hoch. »Na, da kommen wir ja gerade recht. Übrigens, Cedric, was ist das für ein Auflauf vor dem Dorfamt?«

»Ein Auflauf?«

»Ja, da warten mindestens fünf Menschen. Ist Milly krank?«

Sara schmunzelte in sich hinein. Ja, in Sidbury waren fünf Menschen bereits ein »Auflauf«. Für jemanden, der wie sie sein ganzes Leben in London zugebracht hatte, war das nicht einmal eine Warteschlange.

»Milly krank? Nicht, dass ich wüsste.« Cedric zog sein Mobiltelefon hervor und warf einen Blick drauf. »Geschrieben hat sie nichts, aber wartet mal.« Er rief den Kontakt seiner Sekretärin auf und drückte auf die Wähltaste.

Sara hörte den Freiton, doch niemand hob ab.

»Sie geht nicht dran«, sagte Cedric. »Seltsam. Vielleicht ist sie wirklich krank und ich sollte bei ihr vorbeischauen.«

»Kümmere du dich lieber um die Wartenden«, sagte Miss Spinster. »Bobby und ich gehen bei Milly vorbei.«

Cedric sah unentschlossen aus, doch Miss Spinster nickte ihm aufmunternd zu.

»Sie wird diese furchtbare Grippe haben, die jetzt im Umlauf ist. Bobby und ich sehen nach ihr und versorgen sie, wenn nötig, mit Tee und Medikamenten. Es geht ihr sicher bald besser.«

»Wenn ihr meint.« Er zögerte noch immer.

»Wir meinen. Ab mit dir. Unter den Wartenden ist Lady Hely-Hutchinson.«

Wieder unterdrückte Sara ein Schmunzeln. Grace Hely-Hutchinson war eine Freundin von Miss Spinster. Ihr gehörte das Castle Hill House etwas außerhalb von

Sidbury, ein altes Herrenhaus und Stammsitz der Hely-Hutchinsons. Sie war der beste Beweis dafür, dass Adelige auch heute einen besseren Stand hatten als Normalsterbliche, obwohl die große Zeit des Adels längst vorüber war.

Cedric verdrehte die Augen. »Wenn Lady Hely-Hutchinson wartet, dann muss ich wohl wirklich schnell ins Dorfamt.« Er zwinkerte Sara zu, erhob sich und deutete auf die Pläne. »Schau sie dir gern noch ein bisschen an und mach dir Notizen dazu. Das nächste Treffen mit dem Architekten habe ich am Dienstag.«

Sara nickte.

Unter den wohlwollenden Blicken von Miss Spinster und Bobby Bobby verabschiedete sie sich von ihm, dann verschwand er zur Tür hinaus. Sie wandte sich den beiden Senioren zu.

»Tee?«

»Du hast gehört, dass wir zu Milly müssen. Vielleicht später. Wir sind vor allem hier, um dich an unseren Krimiclub zu erinnern.«

»Als könnte ich den vergessen.« Jeden Sonntag um vier Uhr fand in Saras Cottage der Krimiclub statt. Auch dieser war eine Verpflichtung, die sie von ihrer Tante Maud übernommen hatte. Wenn sie nicht gerade selbst einen Fall zu lösen hatten, nahmen sie sich Werke von englischen Schriftstellern vor, vornehmlich von bereits verstorbenen, und diskutierten darüber.

»Vielleicht versuchst du es diesmal mit dem Apple Crumble von Maud?« Miss Spinster machte wie so oft einen vorsichtigen Vorstoß, doch Sara wich – ebenfalls wie so oft – aus.

»Vielleicht.« Das Problem war nicht, dass sie nicht kochen oder backen konnte. Viel eher hatte sie Angst, dass ihr Apple Crumble an den von Maud nicht herankam – selbst, wenn sie ihn nach dem Rezept ihrer Tante zubereitete. Sie wollte die Erinnerung an Maud nicht durch ihre Pfuscherei zerstören.

Miss Spinster verstand sie, auch ohne dass Sara es erklärte. »Ich bringe zur Sicherheit wieder ein paar Scones mit. Diese hier lasse ich dir da. Iss sie. Frisch sind sie am besten.«

Damit schlüpfte sie wieder in ihre Jacke und schob Bobby Bobby aus dem Haus, der die ganze Zeit über wieder einmal durch seine Schweigsamkeit geglänzt hatte.

Sara lächelte. Dann setzte sie sich ans Tischchen vor dem Kamin und brütete über den Plänen zum Heritage Museum. Sie konnte es schon vor ihrem inneren Auge sehen – das alte Fachwerkhaus, eingerichtet mit antiken Möbeln, dazwischen alte Dokumente wie das alte Geburtenregister, das bis ins achtzehnte Jahrhundert zurückreichte, oder der »Schatz der O'Connors«, den sie bei ihrem letzten Fall »gehoben« hatte. Sie stellte sich alte Stiche an den Wänden vor, dazwischen Kunstwerke von zeitgenössischen Künstlern aus der Gegend, Workshops, bei denen man lernen konnte, mit Tusche und Gänsefeder zu schreiben, oder alte Handwerkskunst. Gewiss fanden sich Handwerker, die die alten Techniken beherrschten. Ideen hatte sie unzählige. Sie brauchte nur das Haus ...

Ihr Telefon gab ein Signal von sich und sie schaute auf das Display. Als dort aufschien, dass es eine neue Nachricht im Krimiclub-Chat gab, beschleunigte sich unwillkürlich ihr Herzschlag. Das war unsinnig, denn seit Wochen war in Sidbury nichts mehr passiert und auch wenn es im letzten Jahr eine deutliche Anhäufung an Verbrechen gegeben hatte, war es höchst unwahrscheinlich, dass schon wieder ein Mord auf sie wartete.

Trotzdem nahm sie ihr Telefon zur Hand und rief die Nachricht auf. Es war eine Sprachnachricht von Miss Spinster. Sara seufzte. Die Seniorin hatte in den letzten Wochen die Voicemails für sich entdeckt und schickte fast nur noch solche.

Sie drückte auf «Abspielen«.

»Wir sind hier in Millys Haus. Also, wir haben geklopft und geläutet, aber als sie uns nicht geöffnet hat, haben wir probehalber versucht, die Türklinke runterzudrücken und ... Hey, Bobby sieh dir das mal an ... Sorry. Also wir haben die Türklinke runtergedrückt und die Tür war offen. Milly ist nirgends im Haus zu finden, aber ... Sorry ... Bobby, mach auch hiervon ein Foto, bitte ... Wo war ich? Ach ja ... Hier sieht es aus, als wäre jemand gewaltsam eingedrungen. Also nicht Einbrecher und so. Aber da ist eine umgestoßene Stehlampe und … Bobby, schick die Bilder einfach in den Chat, während ich das raufspreche, ja? … Also eine umgeworfene Stehlampe und ein Stuhl und ein Bild ist von der Wand gefallen und der Nippes auf dem Tischchen in Millys Gang ist auf dem Boden. Lauter Scherben und so … Also, wenn ihr mich fragt, ist Milly verschleppt worden … Oh, sind das Kratzspuren an der Wand? Bobby, sieh dir das mal …«

Dann endete die Nachricht.

Saras Herz klopfte. Nicht vor Angst, sondern vor Aufregung. Hier war etwas passiert.

In diesem Moment gingen mehrere Bilder ein – diesmal von Bobbys Handy. In Millys Wohnung sah es aus wie nach einem Kampf. Umgestürzte Möbel, Scherben auf dem Boden, doch wie Miss Spinster sagte: Es sah weniger nach einem Einbruch aus als nach Entführung. Die Täter hatten nichts gesucht, sondern einfach nur Milly mitgenommen, die sich offenbar gewehrt hatte.

Die nächste Nachricht kam von Cedric.

*Rührt nichts an. Ich verständige die Polizei.*

*Nicht diesen Inspector Griesgram*, schrieb Miss Spinster.

Und Zac: *Was verpasse ich hier schon wieder? Bin im Büro. Kann mir keine endlosen Voicemails anhören.*

Sara verdrehte die Augen und tippte die Kurzfassung von Miss Spinsters Bericht ein.

*Milly, die Sekretärin des Dorfamtes, ist überfallen worden. Die Bilder sind aus ihrer Wohnung. Von ihr gibt es keine Spur.*

*Shit!*, kam es von Zac zurück. *Die Kratzer sehen genauso aus wie die an deiner Tür, Sara.*

Sara stöhnte. Diese subtil angebrachte Information würde sicher nicht ungelesen im Chat untergehen.

*Welche Kratzer?*, kam es umgehend von Miss Spinster und Cedric.

Sara überlegte noch, was sie antworten sollte, da schickte Zac die Bilder, die sie ihm am Morgen übermittelt hatte, in den Chat.

»Drei, zwei, eins«, zählte sie schicksalsergeben zurück.

Und schon trudelte die Nachricht von Cedric ein.

*Verschließ sofort die Tür, Sara. Ich bin in zehn Minuten bei dir.*

Ihr blieb nichts anderes übrig, als ein Daumen-hoch-Emoji in den Chat zu stellen. Dann verrammelte sie, wie von Cedric verlangt, Türen und Fenster, setzte sich aufs Sofa und wartete.

Auf die Pläne, von denen sie vorher noch völlig gefangen gewesen war, konnte sie sich nicht konzentrieren. Der nächtliche Schleicher war mit den Bildern aus dem Krimiclub-Chat plötzlich wieder präsent und sie ertappte sich dabei, wie sie gespannt nach Geräuschen horchte, die nicht hierhergehörten. Das Knirschen von Füßen im Kies vor ihrem Haus, das leise Kratzen von Fingernägeln an der Scheibe, schwerer Atem ... In ihrer Erregung war ihr, als höre sie die Geräusche wieder.

Als es an der Tür klopfte, fuhr sie zusammen.

»Sara?«

Erleichtert registrierte sie, dass es Cedric war. Sie sprang vom Sofa und öffnete ihm die Tür.

»Wieso hast du mir nichts von den Kratzern gesagt?« Er klang vorwurfsvoll.

»Wollte ich, aber dann hattest du die Pläne und ...«

»Du spinnst wohl! Als ob dieses Museum wichtiger wäre als deine Unversehrtheit. Wenn du mir das gleich erzählt hättest, hätte ich ...«

»Ja, eben ... ›hättest du‹ ... Du hättest mich in einen goldenen Käfig gesperrt und dafür gesorgt, dass ich mich nicht mehr frei bewegen kann. Du hättest mir verboten, weiterhin in meinem Häuschen zu leben und ...«

»Natürlich hätte ich das. Nein, ich hätte es dir nicht verboten. Wer bin ich, dass ich dir etwas verbieten würde, aber …«, er sah Sara eindringlich an, »ich würde dich bitten, dich nicht schon wieder so einer Gefahr auszusetzen. Für mich …«

Sara verdrehte die Augen. Natürlich hätte Cedric ihr nichts verboten. Er wusste zu genau, dass sie sich dagegen aufgelehnt hätte. Würde er sie einsperren, fände sie einen Fluchtweg. Das hatte sie schon einmal geschafft und er hatte offensichtlich daraus gelernt. Gegen sein Bitten war sie jedoch machtlos.

»Vielleicht bilde ich mir das alles nur ein.«

»Und ich bilde mir diese Kratzer auch ein, oder was?«

»Vielleicht waren sie schon vorher da und ich bausche die Sache auf.«

Cedric schüttelte den Kopf. »Nein, Sara. Diese Kratzer waren nicht vorher schon da. Ganz sicher nicht. Und ich glaube auch nicht, dass du da etwas aufbauschst. Bitte lass uns nichts riskieren diesmal. Ich … möchte nicht, dass es noch einmal so endet wie im November.«

Sara dachte mit einem Schaudern daran, wie damals die Kugel in ihren Arm eingeschlagen war. Nein, so etwas wollte sie nicht noch einmal erleben. Aber sie wollte auch nicht in Watte gepackt werden, daher machte sie einen letzten Versuch. »Es könnte ein Tier gewesen sein. Ein … Fuchs zum Beispiel.«

»Ein Fuchs, der an einer Haustür kratzt? Nein, wer auch immer hier war, hat eine Botschaft hinterlassen.

Und diese Botschaft müssen wir ernst nehmen – noch dazu, wo das mit Milly passiert ist.«

Sie ergab sich in ihr Schicksal. »Du hast recht.«

»Dann wirst du ab jetzt bei mir wohnen.«

Sara wusste, dass dieses Angebot ein großer Liebesbeweis war. Cedric war siebenunddreißig und hatte beinahe die Hälfte seines Lebens alleine gelebt. Er hatte seine Ordnung, seine Rituale, seine ordentliche, saubere Wohnung und sie würde Unruhe in seinen Alltag und Chaos in sein Zuhause bringen. Auch wenn er sie liebte, würde es ihre Beziehung auf die Probe stellen und sie hatte Angst davor, dass diese Prüfung zu schwer war. So lange waren sie noch kein Paar ... Also wehrte sie schnell ab.

»Das hat Zac auch schon vorgeschlagen, aber ... Cedric, was mache ich mit Sir Arthur Doyle?« Zum Glück war ihr der Kater eingefallen. »Ich kann ihn doch nicht alleine lassen.«

»Sara, Sir Arthur ist eine Katze. Katzen brauchen Menschen nicht so sehr, wie wir das gern hätten.«

»Ach, und dann macht Sir Arthur sich ab jetzt selbst seine Futterdosen auf?«, fragte Sara bissig.

»Wir kommen natürlich her und füttern ihn.«

»Aber er braucht auch Streicheleinheiten.«

»Die bekommt er zusammen mit dem Futter.«

»Aber Maud hat in ihrem Testament ...«

Cedric unterbrach sie. »Vergiss das Testament. Wenn Maud wüsste, was hier passiert, würde sie genau dasselbe sagen wie ich. Deine Sicherheit geht vor, Sara. Von mir aus nehmen wir den Kater samt seiner Futterdosen mit in meine Wohnung.« Er verzog bei diesem Vorschlag derart angeekelt das Gesicht, dass Sara beinahe lachen musste.

Es war nicht direkt so, dass Cedric Katzen hasste. Wenn er bei Sara war, setzte er sich anstandslos auf das Sofa, das natürlich voller Katzenhaare war, oder erlaubte, dass der Kater es sich schnurrend auf seinem Schoß bequem machte. Aber danach wusch er seine Hände und bediente sich des Kleiderrollers, um die Haare von seinen Hosen zu entfernen. Er sagte nie ein Wort, doch sie wusste auch so, dass er sicher nicht glücklich über die Anwesenheit einer Katze in seiner Wohnung sein würde.

»Vergiss es.«

»Dann schlafe ich ab jetzt bei dir.«

Sara legte ihre Arme um seinen Nacken. »Hin und wieder vielleicht.«

»Und für die anderen Nächte?«

»Da verstecke ich mich unterm Bett.«

»Sara, das ist nicht witzig. Ich weiß noch nicht, was mit Milly passiert ist. Aber die Bilder von Miss Spinster und Bobby Bobby sprechen für sich. Ich habe Angst um dich.«

Sara lächelte ihn an. »Und ich liebe dich dafür.« Aber sie würde sich trotzdem nicht einsperren lassen.

Cedric erkannte offenbar, was in ihrem Kopf vor sich ging. »Vielleicht habe ich eine Lösung.« Er löste sich aus seiner Umarmung. »Ich muss zu Millys Wohnung. Du sperrst hinter mir ab, verstanden?«

Sara nickte und verbiss sich ein »Ja, Daddy«.

»Und pass auf dich auf.« Er zog sie noch einmal an sich und drückte ihr einen Kuss auf die Stirn. »Ich kann dich nicht schon wieder verlieren.«

»Pass du auch auf dich auf. Und jetzt lauf schon. Inspector Griesgram wartet sicher schon.«

# Kapitel 2 – In dunklen Gängen lauert der Tod

»Es war furchtbar. Je länger wir dort waren, desto mehr grausige Details haben wir entdeckt«, erzählte Miss Spinster aufgeregt, als sie mit Bobby im Schlepptau in Saras Cottage ankam und sich in den Sessel sinken ließ. »In den Kratzspuren an der Wand war Blut. Der Gerichtsmediziner entnimmt Proben, aber ich brauche keine Probe, um zu wissen, dass es Millys Blut war. Sie hat ihre Finger in die Wand gekrallt, um sich daran festzuhalten. Stell dir vor, wie sehr das schmerzen muss!«

Bobby brummte etwas Unverständliches, doch Miss Spinster ging nicht darauf ein. Stattdessen beschrieb sie weiter den Tatort.

»Und auf dem Boden unter dem Tisch lag ein Haarbüschel. Ein ganzes Haarbüschel! So viel ungefähr.« Sie deutete mit Daumen und Zeigefinger einen Kreis von etwa einem Zentimeter Durchmesser an. Das war sicher übertrieben. Wenn Sara ihre kupferfarbene Mähne zu ihrem üblichen Pferdeschwanz zusammenfasste, kam sie auf etwa diese Haarmenge.

»Das Schlimmste war der Geruch. In der ganzen Wohnung roch es, als hätte jemand ein Feuer gemacht. Aber nicht im Kamin, der war vollkommen ausgekühlt, eher ...«

»Der Kamin war ausgekühlt?« Sara wurde hellhörig.

»Ja, also dort wurde das Feuer sicher nicht entzündet ... Was ist los?« Miss Spinster hatte Saras nachdenklichen Gesichtsausdruck bemerkt.

»Wenn ich abends geheizt habe, ist morgens noch etwas von der Wärme im Kamin zu spüren. Ich frage mich ...«

»Du fragst dich, ob Milly möglicherweise schon am Abend nicht mehr in ihrer Wohnung war!« Miss Spinsters Augen leuchteten. »Das ist eine berechtigte Frage. Dann wären die Erkundigungen nach ungewöhnlichen Vorkommnissen, die Webster gerade bei Millys Nachbarn einholt, verlorene Liebesmüh. Wir sollten ...«

»Nancy, lass doch die Polizei einfach ihre Arbeit machen«, wandte Bobby Bobby ein. »Dieser Inspector Webster ist ein fähiger Mann, das hat er doch mittlerweile schon ein paarmal bewiesen. Wieso musst du ihm immer in seine Arbeit reinpfuschen?«

»Weil er ohne unsere Hilfe nicht halb so fähig wäre«, erklärte Miss Spinster. »Man muss ihn doch mit der Nase in die Beweise stecken, damit er sie überhaupt sieht. Ich habe ihm zum Beispiel von den Kratzern an Saras Haustür erzählt und er hat nur irgendwas gebrummelt.«

»Zum Glück!« Unbehaglich malte sich Sara aus, wie Webster seine Aufmerksamkeit wieder auf sie richtete.

Doch Miss Spinster achtete gar nicht auf sie. »Dabei könnte das eine heiße Spur sein. Es könnte sogar mit Millys Verschwinden zu tun haben. Auf jeden Fall braucht er uns dringend. Wären wir nicht gewesen, hätte er weder ...«

»Ja, ja.« Sara unterbrach ihren Redefluss, bevor sie alle Fälle aufzählen konnte, die sie zusammen gelöst hatten. Sie wandte sich an Bobby. »Diesmal haben wir uns nicht eingemischt.« Noch nicht, dachte sie.

Bobby war es, der das laut aussprach. »Ich kenne diesen Blick«, sagte er und zeigte auf Miss Spinster. »Und diesen.« Damit zeigte er auf Sara. »Und ich sage: Lasst die Polizei ihre Arbeit machen. Wenn ihr schon ermitteln wollt, dann ermittelt in einem anderen Fall.«

»In einem anderen Fall?«, fragte Miss Spinster verständnislos.

»Na, in einem aus dem Archiv. Da sind wir auf so viele Cold Cases gestoßen, dass wir ein Leben lang genug zu tun haben. Wie wäre es zum Beispiel mit ...«, er zog den aktuellen Ordner heran, blätterte darin, dann zeigte er auf einen Zeitungsartikel, »mit dem da?«

Sara und Miss Spinster sahen zuerst einander, dann den Artikel an.

»Margarets Ehemann?«, fragte Sara.

Bobby nickte nachdrücklich.

Miss Spinster schüttelte so energisch den Kopf, dass ihre weißen Löckchen flogen. »Aber sein Mörder hat Fahrerflucht begangen. Wie sollen wir den nach dieser ganzen Zeit ausfindig machen, wenn es schon die Polizei nicht geschafft hat?«

Bobby wechselte einen beredten Blick mit Sara, die sofort verstand. Er wollte die Aufmerksamkeit seiner Freundin von dem aktuellen Fall um das Verschwinden von Milly auf einen älteren Fall lenken. Der Grund dahinter war Sara klar. Bobby Bobby wusste als ehemaliger Polizist, wie nervig es sein konnte, wenn sich Zivilisten in die Ermittlungen einmischten, und wollte seinen Kollegen, Inspector Webster, unterstützen. Außerdem machte er sich womöglich Sorgen, dass sich seine draufgängerische Freundin in Gefahr brachte.

Sara nickte ihm unauffällig zu. »Bobby hat recht. Wenn wir den Täter finden, würde Margaret nicht länger unter dieser Ungewissheit leiden, die ihr so zu schaffen macht. Das wäre doch eine große Hilfe für sie, nicht wahr?«

»Das ist beinahe zwei Jahre her«, murrte Miss Spinster.

»Ein schwacher Einwand«, befand Sara. »Vor allem, wenn man bedenkt, dass wir vor Kurzem einen dreißig Jahre alten Mordfall gelöst haben.« Plötzlich fand sie die Idee gar nicht schlecht, Miss Spinster mit einem neuen alten Fall abzulenken – nicht nur von Millys

Verschwinden, sondern auch von dem nächtlichen Schleicher. Dann würde sie vielleicht nicht wie eine besorgte Glucke um Sara herumtanzen und ihr das Leben schwermachen.

Miss Spinster nickte nachdenklich. »Ihr habt recht. Also gut. Lösen wir den Fall von Charles Evans. Wo beginnen wir?«

Erleichtert zog Sara den Ordner mit den Berichten zu der Fahrerflucht näher. »Ich würde sagen, mit den Quellen.« Und damit beugten sie sich zu dritt über den Zeitungsartikel, in dem von Charles Evans' Tod berichtet wurde.

*Gestern in den späten Abendstunden wurde Charles Evans nicht weit von seinem Wohnort entfernt von einem Auto niedergefahren. Der Fahrer beging Fahrerflucht. Da die Rettungskräfte nicht rechtzeitig alarmiert wurden, erlag Evans seinen Verletzungen und verstarb noch am Unfallort. Die Polizei sucht nach Zeugen. Zweckdienliche Hinweise werden von der Polizeidienststelle in Sidmouth entgegengenommen. Charles Evans hinterlässt seine Ehefrau und eine Tochter.*

Sara blätterte ein paar Seiten weiter, dann schüttelte sie den Kopf.

»Mehr haben wir nicht«, sagte sie. Überraschung war das keine, denn sie hatte schon einmal nachgeforscht, was das Archiv zu Charles Evans' Tod hergab.

»Margaret hat gemeint, dass ihr Mann möglicherweise überlebt hätte, wenn der andere Fahrer die Rettung verständigt hätte. Aber mehr wissen wir nicht.« Sie grinste. »Also ein Fall ganz nach unserem Geschmack.«

Miss Spinster verzog das Gesicht. »Wir sollten noch einmal mit Margaret sprechen.«

Sara zögerte. Sie mochte Margaret, die mit ihrer kleinen Tochter Annie etwas weiter die Straße hinunter wohnte. Als sie sich vor etwa einem halben Jahr kennengelernt hatten, war Margaret ein Wrack gewesen – völlig überfordert mit der Aufgabe als alleinerziehende Mutter und immer noch tief in Trauer wegen des Verlustes ihres Mannes. Seit sie mit Zac zusammen war, schien es ihr besser zu gehen. Die ständige Trauer auf ihrem Gesicht war zurückgewichen und immer öfter sah man sie lächeln oder sogar lachen. Würden Fragen zum Tod ihres Mannes Margaret nicht wieder zurückwerfen?

»Ihr muss daran gelegen sein, dass der Mörder ihres Mannes gefunden wird.« Miss Spinster hatte einen sechsten Sinn dafür, welche Gedanken Sara durch den Kopf gingen. »Natürlich wird es sie schmerzen, darüber nachzudenken, aber wenn wir den Mörder stellen, geht es ihr am Ende besser.«

»Falls wir den Mörder stellen«, meinte Sara etwas vorsichtiger. Sie musste Miss Spinster bremsen, denn niemand konnte versprechen, dass sie den Fall auch wirklich lösen würden.

»Bis jetzt haben wir jeden Fall gelöst.«

Sara wollte sich nicht auf Diskussionen einlassen. Daher nickte sie unverbindlich. »Dann lasst uns zu Margaret gehen und zusehen, was sie uns zum Tod ihres Ehemanns sagen kann. Aber bitte versprecht ihr nichts, was wir nicht halten können.«

Margaret öffnete die Tür. »Sara!« Sie schien sich zu freuen, dann erblickte sie Miss Spinster und Bobby Bobby und ihr Gesicht verfinsterte sich. »Oh. Ist wieder etwas passiert?«

Sara unterdrückte den Impuls, die Augen zu verdrehen. So weit war es also gekommen. Wenn sie gemeinsam mit ihren beiden Seniorenfreunden auftrat, vermuteten die Menschen gleich einen Kriminalfall.

»Milly wurde aus ihrer Wohnung entführt«, erklärte Miss Spinster, bevor Sara etwas sagen konnte, »aber deswegen sind wir nicht hier. Dürfen wir mit dir sprechen, Liebes?«

Margaret wurde blass, trat jedoch zurück und bedeutete den dreien, einzutreten. »Entführt?«

»Ja. Sie ist heute Morgen nicht zur Arbeit erschienen und wir haben Cedric gesagt, dass wir nachsehen und sie ein bisschen umsorgen, sollte sie diese furchtbare Grippe haben, die jetzt überall grassiert. Aber dann war sie einfach nicht da und die Wohnung sah aus wie ein Schlachtfeld.«

Margarets Gesichtsfarbe wurde noch käsiger, doch Miss Spinster bemerkte nichts davon und sprach weiter.

»Und das Erschreckende ist, dass nachts auch jemand um Saras Cottage geschlichen ist und sogar Kratzer in der Haustür hinterlassen hat.«

Als Miss Spinster das so erzählte, fiel Sara der nächtliche Schleicher wieder ein.

Gerade, wenn man das so in Zusammenhang mit Millys Entführung erzählte – zumindest deutete alles auf eine Entführung hin –, wurde das Ganze noch realer und ... noch bedrohlicher. Und das, obwohl Sara bereits in der Nacht vor Angst beinahe eingegangen war. Vielleicht sollte sie doch von ihrem hohen Ross steigen und Cedrics Angebot annehmen.

Während sie überlegte, hatte sie sich nicht auf Margarets Reaktion konzentriert. Ihre Nachbarin schwankte und stützte sich an der Wand ab.

»Was ist los, Margaret?«

Margaret sah auf. Ihr Gesicht war grau und ihre Augen riesengroß. »Ich habe die Geräusche auch gehört. Er ist auch um mein Haus herumgeschlichen. Ich habe gedacht, dass mir meine Fantasie einen Streich spielt, aber wenn ihr das so erzählt ...«

»Denkst du, dass du die Geräusche tatsächlich gehört hast«, vollendete Miss Spinster ihren Satz. Sie sah ebenfalls besorgt aus. »Ich glaube nicht, dass ihr beide euch etwas einbildet. Sara ganz bestimmt nicht. Die

Kratzer an ihrer Haustür sprechen eine klare Sprache. Und wenn der Schleicher bei Sara war, dann ist es naheliegend, dass er auch bei dir ums Haus geschlichen ist, Margaret.« Sie stemmte die Hände in die Seiten. »Wir müssen etwas unternehmen.«

Bobby nickte bedächtig. »Ich denke, wir haben nicht nur einen Fall, sondern gleich zwei.«

»Zwei Fälle?«, fragte Margaret. »Diesen Schleicher und …?«

»Eigentlich sind wir hier, weil wir dir anbieten wollten, den Tod deines Ehemanns zu klären«, erklärte Sara.

Margarets Miene verschloss sich.

Sara hatte genau das befürchtet. Beinahe zwei Jahre lang war die Trauer Margarets ständiger Begleiter gewesen und erst, seit mit Zac ein neuer Mann in ihrem Leben war, trat ihr Verlust langsam in den Hintergrund. Wenn Miss Spinster, Bobby und Sara in dem Fall wühlten, würde das auch all die furchtbaren Emotionen wieder hochkochen lassen. Das konnte Margaret nicht wollen.

So sagte sie: »Wir möchten nur noch ein Gespräch mit dir. Vom Rest unserer Ermittlungen wirst du nichts mitbekommen, außer du möchtest das. Wir können dir auch nicht versprechen, dass unsere Bemühungen von Erfolg gekrönt sein werden, aber wenn wir den Mörder von Charles wirklich ausfindig machen würden, wärst du zumindest diese Ungewissheit los.«

Sara konnte sich nur zu gut daran erinnern, was Margaret damals gesagt hatte: »Es könnte jeder sein! Es ist in dem verdammten Sidbury passiert, verstehst du? Fünfhundert Menschen leben hier, und sonst fährt kaum einer durch. Wir sind am Arsch der Welt und einer der Menschen, die mir tagtäglich ins Gesicht lachen, die mir bei seinem Begräbnis ihr Beileid ausgedrückt haben – einer von denen war es, verstehst du? Es kann Annies Lehrerin gewesen sein oder Mandy von Drew's Butcher ... Jeder, der ein verdammtes Auto fährt, kann meinen Mann umgebracht haben. Dieses Misstrauen frisst mich auf, verdammt!«

Auch Margaret schien in ihre Gedanken abzutauchen, denn es dauerte eine ganze Weile, bis sie schließlich nickte.

»Kommt mit. Ich trinke gerade einen Tee. Mögt ihr auch eine Tasse?«

Ohne eine Antwort abzuwarten, ging sie in die Küche und Sara, Miss Spinster und Bobby Bobby folgten ihr.

»Was wollt ihr wissen?« Margaret umklammerte ihre Tasse mit beiden Händen, als wäre sie ein Anker, an dem sie sich festhalten konnte, und sah Sara an.

»Alles, was dir zu Charles' Tod einfällt«, sagte Sara. »Vor allem, was er an seinem letzten Abend gemacht hat, ob er mit jemandem verabredet war, ob er sich in der Zeit davor anders verhalten hat ... Einfach alles. Vielleicht beginnst du einfach damit, dass du uns sagst, welchen Beruf er hatte?«

Margaret atmete einmal tief durch, dann sagte sie: »Charles hat Führungen gemacht – in den Underground Passages in Exeter. Das sind ...«

»Unterirdische Gänge, die im Untergrund von Exeter verlaufen«, beendete Sara ihren Satz. »Sie wurden im frühen Mittelalter gebaut und dienten zur Trinkwasserversorgung, um das Wasser von den sauberen Quellen aus der Umgebung in die Stadt zu bringen.«

Alle sahen sie an, als wäre sie vom Mond gefallen.

»Was? Maud hat mir alle möglichen Sehenswürdigkeiten hier im Umkreis gezeigt. Da waren die Underground Passages natürlich auch dabei. Schon alleine wegen des Grusels.«

Miss Spinster nickte. »Ja, gruselig sind diese Gänge. Bobby hat mich mal dorthin mitgenommen und ich muss ganz ehrlich sagen: Wäre er damals nicht dabei gewesen, wäre ich vor Angst eingegangen.« Sie griff verstohlen nach Bobbys Hand. »Es ist schon beklemmend da unten.«

Margaret nickte. »Charles hat das nichts ausgemacht. Er hat die Atmosphäre im Untergrund geliebt und den Besuchern gern die schauerlichsten Geschichten erzählt. Wie sich die Kranken in den Zeiten der Pest in diese Tunnel geflüchtet haben und so erst recht alle Stadtbewohner angesteckt haben, wie berühmte Persönlichkeiten über diese Tunnel geflüchtet sind oder von Belagerungen, bei denen die Belagerer über die Tunnel in die Stadt gekommen sind – manches davon war erfunden, manches wahr. Charles war ein begnadeter Geschichtenerzähler.«

»Hat er den Job geliebt?«

Margaret nickte. »Er hat vor allem die Gänge geliebt. Sie hatten für ihn was Mystisches.« Plötzlich lächelte sie. »Wir haben uns sogar in diesen Gängen kennengelernt.«

»Wie das?«, fragte Miss Spinster.

Margaret zuckte mit den Schultern. »Ganz unspektakulär. Ich habe eine Führung mitgemacht, er hat uns durch die Gänge begleitet und all seine Gruselgeschichten erzählt. Am Ende der Führung hat er mich gefragt, ob ich Zeit habe, mit ihm was trinken zu gehen und ... na ja ... wie das eben so geht.«

»Wart ihr glücklich?«, fragte Sara.

Margaret zögerte einen Augenblick, doch dann nickte sie. »Wir waren über die erste Phase der Verliebtheit hinaus. Annie hat Charles manchmal an seine Grenzen gebracht. Er musste früh raus und wenn sie die ganze Nacht durchgeschrien hat, hat das an seinen Nerven gezehrt, aber ... ein Kind ist eine Belastungsprobe für jede Ehe, nicht wahr? Ich denke, es war nicht schlimmer als bei anderen Paaren auch.«

»Ihr habt nie über Trennung nachgedacht?«

Margaret schüttelte den Kopf.

»War Charles in der Zeit vor seinem Tod genau wie sonst immer?«

Margaret sah sie misstrauisch an. »Wieso sollte er sich anders verhalten haben? Sein Tod war ein Unfall. Ein Verrückter hat ihn niedergefahren und ihn liegen gelassen. Mehr ist da nicht dahinter und – ganz ehrlich – ich glaube nicht, dass ihr mehr herausbekommt. Die Polizei hat alle Zeugen befragt. Die Menschen in den angrenzenden Häusern, die Pubbesucher, alle ...«

»Er war vorher also im Pub?«, fragte Sara.

»Ja.«

»Mit wem?«

»Keine Ahnung. Graham Nigel war sicherlich dort, aber sonst ...«

Sara überlegte. Graham Nigel war der Besitzer des Pubs und nicht wirklich ihr Freund. Er hatte ihr bis jetzt nicht verziehen, dass sie sich weigerte, etwas aus seinem fleischlastigen Menü zu bestellen, und nicht einmal seinen fetttriefenden Fritten etwas abgewinnen konnte. Aber er würde ihr Rede und Antwort stehen.

»Wir sollten mit Graham sprechen«, sagte sie an Miss Spinster und Bobby Bobby gewandt. Die nickten.

»Das hat die Polizei schon getan«, sagte Margaret resigniert. »Er kann sich erinnern, dass Charles bei ihm war, aber an mehr auch nicht. Er weiß nicht einmal, ob er sich mit jemandem getroffen hat.«

»Mir wem hat er sich denn normalerweise im Pub getroffen?«, fragte Sara.

»Ich weiß es nicht. Er hatte kaum Freunde hier in Sidbury. Sein Lebensmittelpunkt war in Exeter.«

»Warum habt ihr dann hier gewohnt und nicht in Exeter?« Sara sah Margaret fragend an.

Die zuckte die Schultern. »Ich wollte es so. Exeter ist keine große Stadt, aber doch zu groß für mich. Ich bin vom Land, in der Stadt fühle ich mich nicht wohl. Dann hat Charles dieses Häuschen gefunden und wir haben uns sofort darin verliebt.«

»Aber er musste jeden Tag eine Dreiviertelstunde zur Arbeit und wieder zurück fahren.«

Margaret lächelte. »Das tat er gern. Er ... liebte es hier auch. Es ist ein guter Ort. Der beste, um aufzuwachsen. Er tat es für Annie.«

»Hm.« Sara dachte nach. »Also keine Freunde in Sidbury, keine Zeugen für den Unfall, kein Anhaltspunkt ...«

Margaret nickte. »Zu demselben Schluss ist auch die Polizei gekommen. Es war ein Unfall. Ein unglücklicher Unfall und ein verantwortungsloser Fahrer. Ich ... habe gelernt, das anzunehmen. Dank Zac, aber vielleicht hätte ich es auch so irgendwann verstanden. Das Schicksal hat es so entschieden. Wir Menschen müssen uns fügen.«

»Es ist ein bisschen einfach, dem Schicksal die Schuld zu geben«, sagte Sara, als sie wenig später an der Seite von Miss Spinster und Bobby Bobby Richtung Dorfzentrum wanderte. Der Boden war eisig und so hatten Bobby und sie Miss Spinster in ihre Mitte genommen. Sie kamen nur mit winzigen Schritten voran.

»Ich meine ... Es ist ja nicht so, dass man kampflos annehmen muss, was das Schicksal für einen geplant hat«, spann Sara ihre Gedanken weiter. »Ich würde wissen wollen, wer meinen Mann niedergefahren hat. Schon, um den Betreffenden zur Rede zu stellen – oder um dafür zu sorgen, dass mein Kind eine gute Ausbildung hat.«

»Na ja, so schlimm war es nicht«, wandte Miss Spinster ein. »Aber du hast schon recht. Große Sprünge konnte sie nicht machen. Ich verstehe übrigens, warum sie so denkt. Sie muss mit der Sache irgendwann abschließen. Ständig dieselben Gedanken zu denken, würde sie verrückt machen.«

»Ja, sicher«, sagte Sara. »Aber trotzdem ...«

»Trotzdem würdest du wissen wollen, wen du zur Verantwortung ziehen kannst«, sagte Miss Spinster. »Ja, ich auch. Aber Menschen sind verschieden. Margaret ist eben eine von denen, die ihr Schicksal annehmen.«

Tja, zu dieser Sorte gehörte Sara nicht. Bereits als ihre Tante gestorben war, hatte sie sich nicht mit der offiziellen Version zu ihrem Tod zufriedengegeben. Die Polizei war damals von einem Freitod ausgegangen, aber Sara hatte Maud gut genug gekannt und war sicher gewesen, dass so etwas für sie niemals infrage gekommen wäre. Sie hatte so lange gebohrt, bis sie endlich die Wahrheit herausgefunden hatte, und das würde sie auch für Margaret tun. Auch wenn sie sich ein bisschen dafür schämte, dass sie es so lange hinausgeschoben hatte, sich mit dem Fall zu befassen. Schließlich durfte nicht sein, dass so ein gewissenloser Kerl ungeschoren herumfuhr – und womöglich bei nächster Gelegenheit weitere Menschen umbrachte.

Allerdings wusste sie nicht wirklich, wo sie anfangen sollte. Wie Margaret gesagt hatte, hatte die Polizei bereits alle Zeugen verhört. Und auch wenn Sara noch einen weiteren auftreiben konnte, würde der sich nach den beinahe zwei Jahren, die inzwischen vergangen waren, ganz gewiss nicht mehr an alle Einzelheiten dieses Abends erinnern.

Trotzdem musste sie es versuchen.

Während Sara diese Gedanken durch den Kopf gingen, erreichten die drei den Fat Fiddler, den Pub, dessen König Graham Nigel war, ein Bär von einem Mann – immer grantig und ohne Verständnis für Vegetarier.

Es ging auf Mittag zu und da der Fat Fiddler der einzige Ort im Dorf war, wo man etwas zum Essen bekam, war der Pub recht gut besucht. Sara sah sich nach einem freien Platz um und entdeckte einen Tisch an einem der beiden kleinen Fenster, der gerade geräumt wurde. Sie führte Miss Spinster dorthin, dann ließen sie sich alle drei nieder und warteten darauf, dass Graham Nigel, dessen Stirnfalten sich bei Saras Anblick vertieft hatten, sie bediente.

Der Innenraum des Pubs war dunkel, beinahe düster. Die beiden kleinen Fenster ließen kaum Licht durch und ein dunkler Dielenboden und ebenso dunkle Holzvertäfelungen verschluckten das meiste davon. Daran änderten auch die schwach leuchtenden Funzeln an den Wänden kaum etwas, zwischen denen alte Fotografien vergangener Feiern hingen, die im Pub stattgefunden hatten.

Das Sonderbarste jedoch war eine Sammlung alter Nachttöpfe, die rund um den Tresen von der Decke hingen.

»Wasser ist alle.« Eine Stimme riss sie aus ihren Betrachtungen.

Sara sah hoch und erblickte den Pubbesitzer, der drei speckige Karten auf den Tisch legte.

»Wie kann Wasser alle sein?«

»Weiß ich nicht. Ist eben so. Was darf ich zum Trinken bringen?«

»Ein Pint«, bestellte Bobby Bobby. »Und ein Steak mit Pommes.«

Sara sah ihn erstaunt an.

»Was denn? Graham macht die besten Steaks im ganzen County«, verteidigte sich Bobby.

Der Pubbesitzer grinste Sara an. »Das sind Leute, die was verstehen. Und was bringe ich dir, Nancy?«

»Die Wurst mit Pommes«, sagte Miss Spinster. »Aber eine Seniorenportion. Und ich trinke bei Bobby mit.«

Graham Nigel richtete seine Augen auf Sara. »Fleisch isst du nicht, die Pommes sind der feinen Dame aus London zu fettig. Was darf ich dir also bringen? Einen Schuss Essig mit Salz und Pfeffer?«

Sara verdrehte die Augen. »Das wirst du mir ewig vorhalten, oder? Ich nehme die Quiche. Zufrieden?«

Der Pubbesitzer nickte. »Ich werde Speckwürfel darüberstreuen, damit sie nach was schmeckt.«

»Ich warne dich!« Sara grinste.

»Zum Trinken?«

»Wasser. Und hör auf mit dem Mist, dass es alle ist. Die Dame da drüben trinkt auch bloß Wasser.«

Graham Nigel wandte sich wortlos ab und verschwand in der Küche. Wenig später brachte er ein Pint und ein Glas Wasser an den Tisch. »Rest kommt gleich«, sagte er und wollte schon wieder verschwinden, da hielt Miss Spinster ihn auf.

»Hast du nachher kurz Zeit, um zu reden?«

Er schnaubte. »Ich habe mir gedacht, dass ihr nicht bloß zum Essen hier seid. Nicht mit der da …« Er zeigte auf Sara. »Was wollt ihr? Wenn's um Milly geht, da hab ich der Polizei schon alles gesagt und von dem griesgrämigen Inspector den klaren Auftrag, euch keine Informationen weiterzugeben. Er befürchtet, dass ihr ›seine Ermittlungen erschweren‹ könntet. Seine Worte, nicht meine.«

»Ja, wenn du was zu Milly weißt, würde uns das auch interessieren«, sagte Miss Spinster und ignorierte Bobbys ungehaltenes Brummen. »Aber wir sind eigentlich wegen Charles Evans da.«

Graham Nigel brauchte einen Augenblick, um zu begreifen, von wem sie überhaupt sprach, dann meinte er: »Ihr kommt etwas spät.«

»Das wissen wir«, sagte Miss Spinster. »Ungefähr zwei Jahre. Aber nachdem wir einen Fall aufklären konnten, der dreißig Jahre zurückliegt, haben wir uns gedacht, wir könnten vielleicht auch in den Tod von Charles Licht bringen.«

»Hm ...« Der Pubbesitzer sah nicht überzeugt aus. »Es ist einfach schon lange her. Alles, was ich damals wusste, habe ich der Polizei gesagt. Vielleicht könnt ihr die alten Protokolle noch einmal ausgraben.«

»Nein, das wollen wir nicht. Wir wollen von dir hören, was damals war.« Miss Spinster sah ihn auffordernd an.

Graham vergewisserte sich, dass ihn niemand brauchte, dann meinte er: »Ich konnte schon damals kaum etwas sagen. Es ging recht hoch her, daran kann ich mich noch erinnern. Wir hatten einen Musiker, das zieht immer eine Menge Leute in den Pub. Charles saß da.« Graham deutete auf einen Stehtisch in der Ecke, um den ein paar Barhocker angeordnet waren. »Allein. Er trank ein Bier, zahlte gleich, als er es bekam. Und dann muss er wieder gegangen sein.«

»Ist ihm jemand gefolgt?«, fragte Sara.

»Bin ich die verdammte Auskunft?« Graham sah sie mit zusammengekniffenen Augen an. »Denkst du, ich kann jeden Besucher im Auge behalten? Irgendwann war er weg. Ich habe mir keine Gedanken darüber gemacht. Gezahlt hatte er ja. Alles andere ist mir egal.«

Miss Spinster nickte. »Wer war sonst noch alles im Pub?«

»Denkt ihr wirklich, dass ich das nach zwei Jahren noch auf die Reihe kriege?« Graham Nigel sah sie spöttisch an. »Ich habe geheime Superkräfte, aber ein so gutes Gedächtnis gehört leider nicht dazu.« Plötzlich erhellte sich sein Gesicht. »Silly Old Joe war da. Das weiß ich deshalb, weil er an dem Abend wieder einmal besonders gut drauf war. Als Charles hereinkam, hat Joe sich auf einen Tisch gestellt, mit dem Finger auf Charles gezeigt und ganz laut gerufen: ›Du!‹ Für einen Moment war alles still, dann haben die Leute realisiert, dass es nur unser Verrückter ist, der da wieder herumspinnt, haben gelacht und Silly Old Joe ist von seinem Stuhl heruntergeklettert und verschwunden.«

Silly Old Joe war der Dorfverrückte. Vor Jahren war er von einer verirrten Kugel am Kopf gestreift worden und seit damals war er etwas seltsam und behauptete, mit Geistern sprechen zu können. Das war natürlich Schwachsinn, aber trotzdem wusste Silly Old Joe oft Dinge, von denen sonst niemand eine Ahnung hatte. Er behauptete immer, diese Informationen von Geistern zu haben, aber Sara vermutete, dass er sie irgendwo aufgeschnappte.

Die Leute hielten ihn für nicht ganz dicht und waren vielleicht manchmal in seiner Gegenwart unvorsichtig. Auf diese Weise hörte er wohl mal was, das nicht für ihn bestimmt war.

So oder so: Dass er ausgerechnet an dem Abend, an dem Charles gestorben war, eine solche Aussage gemacht hatte, ließ Sara frösteln. War Charles' Tod womöglich nicht ein Unfall gewesen, sondern geplanter Mord?

»Wie war die Reaktion von Charles?«, fragte sie.

Graham Nigel hob die Schultern und ließ sie wieder fallen. »Er hat ein Pint bestellt.«

»Also gar keine Reaktion.«

»Genau. Und jetzt müsst ihr mich leider entschuldigen. Der Tisch da drüben will zahlen.« Graham Nigel erhob sich und ging, dafür kam ein junges Mädchen mit drei Tellern auf sie zu und brachte die Bestellung. Bobby bekam sein Steak, Miss Spinster ihre Seniorenportion mit Würstchen und Sara ihre Quiche – mit Speck.

»So ein Idiot!«, knurrte sie und pflückte zähneknirschend die angerösteten Speckwürfel von ihrem Essen.

»Das war vielleicht ein Tag.« Cedric sank erschöpft auf das Sofa in Saras Kaminzimmer und stöhnte. »Milly hat in der ganzen Zeit, in der ich Dorfvorsteher bin, noch keinen einzigen Tag gefehlt und irgendwie habe ich noch nie darüber nachgedacht, wie viel sie mir abnimmt. Das heute ... das war der pure Horror.«

Sara stellte ihm eine Tasse ihrer geliebten Teemischung FiveO'Clock Tea hin, dann setzte sie sich neben ihn. »Weiß man schon was?«

»Zu ihrem Verschwinden, meinst du?« Cedric schüttelte den Kopf. »Nichts. Das kommt noch dazu. Inspector Webster war stundenlang im Amt. Draußen haben sich die Leute beschwert und er hat mir immer dieselben Fragen gestellt. Seine Kollegen haben ihren Arbeitsplatz durchforstet, ihren Computer, alles ... Irgendwann hab ich sie ganz höflich darauf hingewiesen, dass sie nicht aus dem Büro entführt wurde, sondern aus ihrer Wohnung, und ob es nicht sinnvoller wäre, dort Spuren zu sichern. Weißt du, was Webster gesagt hat?«

Sara schüttelte den Kopf.

»Dass er schon wisse, dass ich mich gern einmische – ich und meine ›kleine rothaarige Freundin‹«, er malte Gänsefüßchen in die Luft, »aber ich solle mich bitteschön diesmal aus den Ermittlungen heraushalten und ihm lieber sagen, was ich gestern Abend gemacht habe und ob es dafür Zeugen gibt.«

Sara schnaubte. »Hat er nichts Besseres zu tun, als wieder einen von uns zu verdächtigen? Er kann sich auch mal was Neues einfallen lassen.«

»Das Problem ist: Ich war bis etwa acht Uhr bei dir und danach bin ich nach Hause gegangen. Und da war ich allein. Niemand hat mich gesehen, niemand kann bezeugen, dass ich auch zu Hause war. Frank O'Neill hat netterweise ausgesagt, dass gegen Viertel nach acht das Licht in meiner Wohnung eingeschaltet wurde und bis etwa elf gebrannt hat. Aber laut Inspector Webster entlastet mich das nicht. Schließlich kann ich das Licht eingeschaltet haben, zu Milly gegangen sein, sie entführt haben und dann wieder nach Hause gegangen sein.«

»Das klingt furchtbar plausibel«, bemerkte Sara zynisch.

Cedric zuckte mit den Schultern. »Jedenfalls hat er eine Hausdurchsuchung bei mir angedroht, falls es irgendwelche Anzeichen gibt, dass wir unsere Nasen in diesen Fall stecken. Ich lasse mich ganz sicher davon nicht abhalten, auf dich aufzupassen, bis die Polizei den Fall geklärt hat, aber trotzdem ...«

Sara nickte. »Wir lassen die Finger davon. Bobby hatte die Idee, dass wir uns um den Tod von Charles Evans kümmern könnten.«

»Margarets Mann?«

»Ja. Die Polizei hat den Fall zu den Akten gelegt. Wir haben heute mit Margaret und mit Graham Nigel gesprochen. Aber niemand weiß auch nur irgendwas, das weiterhelfen könnte.«

*Silly Old Joe*, schoss es ihr durch den Kopf. *Er muss etwas wissen.* Doch sie sprach den Gedanken nicht aus. Jetzt, wo Cedric von dem nächtlichen Schleicher wusste, würde er alles daransetzen, dass sie sich nicht mehr ohne seine Aufsicht aus dem Haus bewegte. Vor allem nachts.

»Na ja, nach zwei Jahren ...«

»Wir haben einen Fall gelöst, der dreißig Jahre zurückgelegen hat«, begehrte Sara auf.

»Da war eine gehörige Portion Glück im Spiel.«

»Trotzdem. Wer sagt denn, dass wir bei Charles nicht auch Glück haben?« Sara schloss die Augen und ließ das Gespräch mit Margaret in ihrer Erinnerung Revue passieren. »Margaret war übrigens seltsam, finde ich.«

»Inwiefern?«

»Na ja, als ich das erste Mal mit ihr über den Tod ihres Mannes gesprochen habe, war sie aufgewühlt und hat dem Mörder von Charles die Pest an den Hals gewünscht. Sie war zornig, verstehst du? Heute ... Ich weiß nicht, aber sie war eher abwehrend. Als würde sie nicht wollen, dass wir das alles wieder aufwühlen. Hat irgendwas von Schicksal gefaselt und dass man sich nicht gegen das Schicksal auflehnen soll ...«

»Ich denke, das ist verständlich. Irgendwann musst du mit so etwas abschließen, sonst versaut es dir dein ganzes Leben. Und Margaret hat jetzt Zac. Vielleicht hilft er ihr, darüber hinwegzukommen.«

»Hoffentlich.« Sara wünschte ihr wirklich, dass sie einen Strich unter die Sache ziehen konnte. »Vielleicht sollten wir den Unfall ruhen lassen und einen anderen Fall finden.« Doch bereits während sie das sagte, wurde ihr klar, dass sie das ganz sicher nicht tun würde. Nichts war interessanter als ein aussichtsloser Fall. Auch Silly Old Joes Auftritt ging ihr nicht aus dem Kopf. Sie wollte zu gerne wissen, ob der Alte etwas wusste.

»Solange es nicht das Verschwinden von Milly ist.« Cedric ließ den Kopf zurück auf die Lehne fallen und schloss die Augen. »Mir reicht die momentane Aufregung. Ich bin fix und fertig.«

Sara schwieg. Während Cedric sich an ihrer Seite entspannte, ging sie noch einmal die Ereignisse des Tages durch. Die Abwehr von Margaret, die Befragung von Graham Nigel ... Es wunderte sie nicht, dass die Polizei den Fall archiviert hatte. Nur war es gerade das, was sie reizte, weiter darin herumzustochern. Selbst, wenn Margaret das offenbar nicht wollte.

Neben ihr ertönte ein leises Schnarchen. Ein Blick zur Seite verriet ihr, dass Cedric eingeschlafen war. Ein schöner Beschützer war das. Sein Mund stand leicht offen und er sah so entspannt aus, dass Sara beschloss, ihn nicht zu wecken. Behutsam breitete sie die Patchworkdecke über ihn, damit er nicht auskühlte, legte noch ein Scheit ins Feuer im Kamin, dann wollte sie in ihr Zimmer, um selbst ins Bett zu gehen. Da bemerkte sie, dass Sir Arthur Doyle wieder einmal auf Wanderschaft war.

»Mist! Du blödes Katzenvieh!« Sara fluchte. Es war nichts Neues, dass der Kater nachts nicht nach Hause kam. Das Dumme daran war, dass Sir Arthur ein besonders tollpatschiges Exemplar seiner Gattung war und sich immer wieder in Situationen brachte, aus denen er nicht mehr alleine herauskam. Mal plumpste er in die Kanalisation, mal endete er auf einem Baum ... Er fand viele Wege, um sich selbst in Schwierigkeiten zu bringen. Daher war bereits Maud vor dem Schlafengehen immer auf Streifzug durch das Dorf gegangen, um ihn zu suchen, und Sara hatte dieses Ritual von ihr übernommen.

Ausgerechnet heute Nacht die Sicherheit des Hauses aufzugeben, war Sara gar nicht recht – auch wenn es, wie man an Millys Beispiel gesehen hatte, eine trügerische Sicherheit war. Erst vor ein paar Stunden hatte sie die Kratzer an ihrer Tür entdeckt, gestern Abend war Cedrics Sekretärin verschwunden. War es wirklich schlau, nach draußen zu gehen?

Andererseits war das die Gelegenheit, um Silly Old Joe auf die Szene am Abend von Charles' Tod anzusprechen. Der Alte war ständig auf Achse, am sichersten traf man ihn aber nachts auf dem Friedhof, wo wahrscheinlich gerade Sir Arthur Doyle seinen endlosen Monologen lauschte.

Sara zögerte. Sollte sie zwei Fliegen mit einem Streich schlagen und auf den Friedhof gehen? Riskierte sie damit nicht, dem Verrückten zu begegnen, der nachts um ihr Haus schlich?

Sie sah auf die Uhr. Für den nächtlichen Schleicher war es noch zu früh. Der wartete meistens ab, bis sie eingeschlafen war, und trat erst nach Mitternacht in Aktion. Außerdem ließ er meistens ein paar Tage zwischen seinen gruseligen Auftritten aus, also war es sehr wahrscheinlich, dass er heute nicht kommen würde.

Obwohl Sara nicht gänzlich überzeugt war, trat sie auf leisen Sohlen auf den Flur, packte ihre Jacke und schlüpfte in ihre Schuhe, wobei sie versuchte, kein Geräusch zu machen. Lautlos verließ sie das Haus und schloss die Tür hinter sich. Auf dem Plattenweg vor ihrem Cottage blieb sie stehen und horchte nach allen Seiten. War da jemand?

Ihr Herz klopfte so laut, dass sie das Gefühl hatte, dieses Geräusch müsse jedes andere übertönen.

»Die Idiotin auf dem Speicher!«, sagte sie zu sich selbst. Ein Phänomen, das in jedem bescheuerten Horrorfilm vorkam. Jeder wusste, dass auf dem Speicher etwas Gefährliches lauerte, auch die Protagonistin musste es wissen, und trotzdem ging sie nach oben. Wann war sie zu einer Figur in einem schlechten Film mutiert?

Nichts regte sich. Sara holte tief Luft, dann ging sie los, das Handy fest in ihrer rechten Hand. Cedrics Kontakt leuchtete auf dem Display und sie war bereit, die grüne Taste zu drücken, um ihn anzurufen, sollte irgendwas Ungewöhnliches passieren – in der Hoffnung, dass das Klingeln des Telefons Cedric auch wecken würde.

Ihre Angst blieb trotzdem. Jedes noch so kleine Geräusch ließ sie innehalten und herumfahren. Doch immer war es blinder Alarm. Ein Marder, der über die Straße rannte, das leise Ticken eines abkühlenden Motors von einem Fahrzeug, das am Straßenrand parkte, ein Ast, der in der leichten Abendbrise über eine Dachrinne strich.

Sie war froh, als sie den Friedhof erreichte. Bereits am Eingang hörte sie Silly Old Joes Fistelstimme.

»... passe auf sie auf, Maud. Versprochen.«

Sara verdrehte die Augen. Silly Old Joe sprach natürlich wieder mit den Toten. Toll! Genau das konnte sie heute brauchen.

»Auf wen wirst du aufpassen, Joe?«, fragte sie mit lauter Stimme.

Der Verrückte schien über ihr Auftauchen nicht überrascht zu sein. Er stand an seinem üblichen Platz vor einer niedrigen Mauer, die den Kirchenbereich vom Friedhofsgelände abgrenzte. Darauf saß mit gespitzten Ohren Sir Arthur Doyle und lauschte seinen Reden.

»Auf dich, junge Rattlebag. Auf dich. Maudie will, dass ich ein Auge auf dich habe. Etwas Böses ist im Anmarsch. Die Toten spüren das.«

Sara atmete durch.

»Sag Maud, dass ich auf mich selbst aufpassen kann. Und wenn sie das nicht glaubt, dann hätte sie nicht sterben sollen.« Das war ungerecht. Maud war gestorben, weil sie Sara hatte schützen wollen. Das änderte aber nichts an der Tatsache, dass sie Sara damals nicht in ihre Ermittlungen einbezogen hatte. Vielleicht hätte das Schicksal eine andere Wendung genommen, wenn sie ihre Kräfte vereint hätten. Doch Maud hatte das nicht getan und war gestorben und so sehr sie Sara immer noch fehlte, konnte nicht anders, als ihr deswegen böse zu sein.

»Du kannst es ihr selbst sagen«, erwiderte Silly Old Joe. »Ich bin nur der Übersetzer für die Geister. Außerdem lässt Maud dir ausrichten, dass sie weiß, dass du es nicht so meinst. Sie liebt dich über alles und du sollst endlich diesen Apple Crumble backen und mich dazu einladen.«

»Ach, das sagt sie?« Sara zog spöttisch die Augenbrauen hoch.

»Ja. Und du sollst aufpassen. Etwas Böses schleicht durch Sidbury.«

Obwohl Silly Old Joe ständig solche düsteren Prophezeiungen von sich gab und es eigentlich nichts Neues war, dass er sie warnte, lief es Sara doch kalt über den Rücken. Allein die Verwendung des Wortes »schleichen« ließ in ihr alle Alarmglocken schrillen. Wusste der Verrückte von dem nächtlichen Schleicher?

»Was weißt du, Joe? Weißt du, wer da nachts um mein Haus schleicht?«

Der dürre Alte schüttelte den Kopf. »Nein, das weiß Joe nicht. Joe weiß nur, dass das nicht die wirkliche Bedrohung ist. Nein, etwas anderes, noch viel Böseres hat sein Augenmerk auf dich gelenkt, Sara, und du bist dabei, mit offenen Armen darauf zuzurennen.«

»Was, Joe?«

»Joe weiß nichts. Joe weiß nur, dass die Geister Angst um dich haben. Pass auf, junge Rattlebag! Pass auf!«

Sara wusste, dass es nicht mehr viel Sinn machte, mit Joe zu reden, wenn er damit begann, von sich selbst in der dritten Person zu sprechen. Trotzdem machte sie einen Versuch.

»Joe, ich wollte dich fragen, was du über Charles Evans weißt.«

»Charles Evans ist tot. Mausetot. Er warnt dich auch, nicht wahr, Charles?«

»Was sagt Charles?«, fragte Sara und hasste sich dafür, dass sie auf dieses Spiel einging. Sie glaubte nicht an diesen Geisterquatsch, aber Joe war völlig in seiner übernatürlichen Welt gefangen, und wenn sie herausfinden wollte, was damals passiert war, musste sie ihm ein Stückchen entgegengehen.

Silly Old Joe hatte seinen Kopf schiefgelegt und lauschte in die Nacht hinaus. »Charles sagt, dass du aufpassen sollst. In dunklen Gängen lauert der Tod.«

Ein Schauder lief über Saras Haut. War es ein Zufall, dass bereits das zweite Mal an diesem Tag von dunklen Gängen die Rede war? »Meinst du die Underground Passages?«

»Joe meint gar nichts. Joe sagt nur, was Charles ihm sagt.«

»Warum bist du an dem Abend, an dem er gestorben ist, auf den Stuhl gestiegen und hast ›Du!‹ zu ihm gesagt?«

»Joe kann sich nicht erinnern. Joe weiß nichts. Joe ist ein braver Joe und geht jetzt schlafen. ›Da ist ein Geist, ich wink ihm zu. Der Geist winkt auch, dann macht er Buh!‹«

Den letzten Teil seiner Rede trug Joe in dem für ihn so typischen Singsang vor. Es war ein Kinderreim, den Sara bereits irgendwo einmal gehört hatte.

»Wirklich jetzt, Joe? Geisterreime? Halloween ist aber doch schon lang vorbei?«

»Dann macht er ›Buh!‹«, wiederholte der Alte mit seiner brüchigen Stimme und ging mit wackeligem Kopf einfach davon.

Ein Windhauch flüsterte über den Friedhof und plötzlich war Sara, als sei sie nicht allein hier. Die Härchen in ihrem Nacken stellten sich auf und sie fuhr blitzschnell herum. Nichts. Niemand war da.

»Hört auf, mich zu erschrecken, ihr dummen Geister. Maud, leg dich schlafen!«

Augenblicklich erstarb die Brise und das verstärkte das mulmige Gefühl noch mehr, das sich über Sara gelegt hatte. Hastig packte sie Sir Arthur Doyle, dann eilte sie nach Hause.

Als sie an Millys Haus vorbeikam, war ihr, als könne sie von drinnen ein schwaches Licht sehen. War Milly wieder nach Hause gekommen?

Als Sara die Tür zu ihrem Cottage öffnete, wurde sie von Licht geblendet. Blinzelnd fuhr sie zurück. Sir Arthur Doyle nutzte die Gelegenheit, sprang von ihren Armen in den Flur und stolzierte mit erhobenem Schwanz Richtung Küche, wo sein Futter auf ihn wartete.

»Bist du völlig verrückt geworden?« Cedric stand mit besorgtem Gesicht vor ihr. »Ich wache auf und du bist nirgends zu finden! Und das, nachdem Milly aus ihrer Wohnung entführt wurde! Weißt du, wie ich mich da fühle?«

Sara schnitt eine zerknirschte Grimasse. »Sorry. Sir Arthur ...«

»Du rennst im Dorf herum, obwohl da wer um dein Haus schleicht und jemand anders aus seinem Haus entführt worden ist?«

Cedric war wirklich aufgebracht und Sara konnte es ihm nicht verdenken. »Du hast ja recht«, sagte sie. »Aber was sollte ich tun? Du weißt ja, wie Sir Arthur ist.«

»Wie wäre es damit gewesen, mich zu wecken?«

»Du hast so schön geschlafen.« Sara lächelte Cedric an. »Und ich wusste doch, was du für einen stressigen Tag hattest. Außerdem bin ich ja wieder da.«

Sie umarmte ihn und gab ihm einen kleinen Kuss. Das schien ihn zu versöhnen. »Mach so was nie wieder!«

Sara versprach es, aber sie kreuzte hinter ihrem Rücken Zeige- und Mittelfinger. Wer konnte schon sagen, ob es nicht auch in Zukunft nötig war, nächtliche Alleingänge zu unternehmen? »Ich habe übrigens mit Silly Old Joe gesprochen. Laut Graham hat er am Abend von Charles Evans' Unfall so eine komische Nummer abgezogen.« In wenigen Worten erzählte sie Cedric von dem Auftritt des Dorfnarren im Fat Fiddler.

»Und was sagt Joe?«

»Wirres Zeug, wie üblich.« Mit einem Frösteln erinnerte sie sich an Joes Worte. ›In dunklen Gängen lauert der Tod.‹

»Das bedeutet?«

»Dass er mir wieder einmal prophezeit hat, dass das Böse sein Augenmerk auf mich gerichtet hat und der Tod darauf lauert, mich mitzunehmen. Wie gesagt: das Übliche.«

»Sara, damit ist nicht zu spaßen!« Cedric sah sie erschrocken an.

»Komm schon, Cedric. Du kennst den Alten doch. Er hat immer irgendwelche düsteren Prophezeiungen in petto. Das ist doch nichts Neues.«

»Und er hatte allzu oft recht damit!«

»Ja, weil sie so vage gehalten sind, dass sie auf alles zutreffen können.«

»Nein, weil er Dinge weiß, die andere nicht wissen.« Cedric schien wirklich besorgt.

Sara seufzte. »Wir drehen uns im Kreis, Cedric. Okay, dann hat ›das Böse‹ eben ›sein Augenmerk‹ auf mich gerichtet. Und was soll ich jetzt deiner Meinung nach tun? Mich in einem Atombunker einsperren?«

»Aufpassen. Zu Hause bleiben. Nachts nicht allein im Dorf herumrennen.«

»Darf ich dich darauf hinweisen, dass Milly genau das getan hat und trotzdem verschwunden ist?«

Cedric verzog das Gesicht. »Genau das ist es doch, was mir solche Sorgen macht. Sara, ich bitte dich. Mach keinen Unsinn, ja? Halt dich aus dem Fall raus und zieh durch deine Ermittlungen nicht die Aufmerksamkeit des Täters auf dich. Versprichst du mir das?«

Sara nickte. »Ich befasse mich ja gar nicht mit Millys Verschwinden. Es geht mir einzig und allein um Charles. Also mach dir keine Sorgen. Und wenn ich ganz unabsichtlich doch etwas über Milly ...«

»Sara!«

»Na ja, es könnte doch sein, dass ich zufällig mit jemandem über ihr Verschwinden spreche und eine Information bekomme, die die Polizei eben nicht bekommen hat, und der nachgehe und ...«

»Sara, halt dich aus dem Fall heraus! Oder ich sperre dich irgendwo ein.«

Sara grinste. »Du weißt schon, wie das das erste Mal ausgegangen ist, oder?« Bei ihrem ersten Fall hatte Cedric versucht, sie einzusperren, damit sie nicht auf eigene Faust Ermittlungen anstellte. Sie hatte sich befreit und dann im Gegenzug ihn eingesperrt.

Er verzog das Gesicht zu einer säuerlichen Grimasse. »Das ist nicht witzig.«

»Ist es doch.« Sie küsste ihn noch einmal und löste sich aus der Umarmung. »Und jetzt bin ich hundemüde. Wollen wir schlafen gehen?« Sie verflocht ihre Hand mit seiner und zog ihn in ihr Schlafzimmer.

In ihrem King-Size-Bett kuschelten sie sich eng aneinander und bald glitt Sara in das Reich der Träume hinüber.

»Was ist das?«

Ein Flüstern in ihrem dunklen Zimmer ließ sie aus dem Schlaf auffahren. Sofort war sie hellwach und in Alarmbereitschaft. Als sie erkannte, dass es sich um Cedric handelte, der in der offenen Tür stand, entspannte sie sich etwas. Doch nicht lange, denn gleich darauf hörte sie, was ihn aufgeschreckt hatte. Da war es wieder. Dieses leise Knirschen von Füßen im Kies, das ihr einen Schauer über den Rücken rieseln ließ.

»Das ist der Schleicher«, flüsterte sie.

Wieder horchten beide nach draußen. Die Schritte entfernten sich zur Ecke des Hauses, wurden leiser.

»Jetzt ist er vor dem Haus.« Cedric machte einen Schritt auf den Gang hinaus. »Na, warte! Den kaufe ich mir!« Er steuerte auf die Haustür zu, doch Sara rief ihn leise zurück.

»Warte, Cedric! Was, wenn er bewaffnet ist?«

Ihr Freund hielt inne. Im letzten Jahr hatten sie alle genügend Erfahrung mit Verrückten gemacht, die ihre Waffen auf sie gerichtet hatten.

»Du hast recht. Aber wenn wir nichts tun, wird er nie aufhören. Hast du irgendwas, das wir als Waffe benutzen können? Ein Küchenmesser?«

Sara wusste nicht viel über Selbstverteidigung, aber dass ihre stumpfen Küchenmesser nicht als geeignete Waffen durchgingen, war ihr klar. Im Gartenhaus gab es mehrere Arbeitsgeräte, die perfekt geeignet gewesen wären, aber hier? Besen, Wischmop, Kochlöffel – das war alles nichts, womit Cedric es mit dem Schleicher hätte aufnehmen können. Außer vielleicht …

»Der Schürhaken! Oder ein Holzscheit!«

»Ein Holzscheit?«

»Die Dinger sind ganz schön groß. Wenn du ihm so einen Prügel ins Gesicht wirfst, ist er bestimmt außer Gefecht gesetzt.«

»Glänzende Idee.« In Cedrics Stimme klang ein zynischer Unterton mit, aber da ihnen keine bessere Alternative einfiel, versorgten sie sich am Kamin mit Schürhaken und Holzscheiten, dann schlichen sie zur

Tür – Cedric in Boxershorts und T-Shirt, Sara in ihrem Pyjama.

»Du hältst dich hinter mir!«, befahl Cedric.

Obwohl die Situation überhaupt nicht komisch war, musste Sara grinsen. Da war er wieder, der Ritter, der in Cedric schlummerte, Beschützer der Witwen und Waisen ...

An der Tür hielten sie inne. Das Knirschen im Kies kam näher.

»Jetzt«, formte Cedric mit den Lippen, dann riss er die Tür auf. Mit einem großen Schritt trat er nach draußen, das Knirschen verstummte abrupt, dann hörte Sara laute Schritte, die sich entfernten.

Nach einer Schrecksekunde rief Cedric: »Ihm nach!« Er rannte los und Sara folgte ihm. Sie umrundeten das Haus, wohin der Schleicher verschwunden war, doch als sie im Garten standen, war dort niemand zu sehen.

»Das Loch in der Mauer!« Sara zeigte auf den Durchlass, der im Sommer entstanden war. Ihr Bruder hatte ihn notdürftig geflickt, aber nun war er wieder da.

Der nächtliche Schleicher war durch dieses Loch geflüchtet. Cedric machte Anstalten, ihm zu folgen, doch Sara hielt ihn zurück.

»Es ist zu gefährlich«, sagte sie. »Wir haben ihn verjagt. Das muss reichen.«

»Fürs Erste.« Cedric starrte mit zusammengezogenen Augenbrauen auf das Loch. »Und morgen wird diese Mauer repariert.«

Keine gute Idee bei diesen Temperaturen, dachte Sara, doch sie sagte nichts. Sie wollte nur noch ins Bett. »Lass uns reingehen. Hier draußen holen wir uns noch den Tod.«

Erst da blickte Cedric an sich herunter und realisierte, dass er kaum bekleidet war. »Du hast recht.«

Schnell gingen sie ins Haus, sperrten die Tür ab und schlüpften unter die Bettdecke, die noch immer warm war. Für heute würden sie wohl Ruhe haben. Aber irgendwann würde der Schleicher wiederkommen ...

# Kapitel 3 – Kulturprogramm

Sara saß über ihrem Frühstück, als es an der Tür klopfte und gleich darauf Miss Spinster und Bobby Bobby ihre Köpfe hereinstreckten.

»Ist etwas passiert?«, fragte Miss Spinster sofort. »Wir sind Cedric begegnet. Er sah ziemlich aufgewühlt aus.«

Sara wehrte ab. »Er hat nur Stress. Wegen Milly. Ihr wisst schon. Tee?«

Die alte Dame nickte verständnisvoll. Während sie wie selbstverständlich zu dem Küchenschrank ging, in dem Sara das Geschirr aufbewahrte und sich und Bobby eine Tasse herausholte, meinte sie: »Das ist aber auch eine blöde Situation. Hat die Polizei denn schon einen Anhaltspunkt?«

Sara hob die Schultern. »Ich weiß nicht mehr als ihr.« Sie stand auf, nahm Miss Spinster die Tassen ab, hielt sie der Reihe nach unter ihren geliebten Samowar und ließ Tee hineinrinnen.

Die beiden Senioren tauschten einen Blick.

Sara sah es zufällig und runzelte misstrauisch die Stirn. »Was ist los?«

»Nun ja, es könnte sein, dass wir zufällig etwas erfahren haben.«

»Zufällig, ja?«

Sara konnte nicht anders; sie musste schmunzeln. So ähnlich war doch ihr eigenes Gespräch mit Cedric am Abend zuvor abgelaufen.

»Tatsächlich zufällig«, bekräftigte Miss Spinster. »Ich weiß ja, dass wir unsere Nase nicht in Millys Angelegenheiten stecken wollten, und wir haben es auch wirklich nicht bewusst getan, aber ... niemand kann mir verbieten, mit anderen Menschen zu sprechen, und wenn ich eine gute Freundin wie Libby treffe, dann ...«

»Wer ist Libby?«

»Meine alte Freundin Mrs Bloomsbury, du kennst sie.«

Ja, Sara kannte Mrs Bloomsbury. Sie wohnte im Ridgeway und besaß eine Karthäuserkatze namens Pinkie. Bevor sie in den Ruhestand getreten war, hatte sie als Dienstmädchen im Castle Hill House gearbeitet und daher war sie in Saras erstem Fall eine wichtige Zeugin gewesen.

»Und was sagt Mrs Bloomsbury?«

»Dass Milly sich verändert hat. Und es stimmt. Milly war immer ein fröhlicher Mensch, resolut, anpackend, aber eigentlich immer gut gelaunt. Nur in letzter Zeit ... war sie wohl seltsam.«

»Nancy, ich glaube, du siehst Gespenster. Du und Libby«, mischte sich Bobby ein. »Außerdem, was nützt es uns zu wissen, dass Milly sich verändert hat? Wir alle verändern uns. Vielleicht ist ihr die Arbeit zu viel geworden, vielleicht hat sie sich einsam gefühlt.«

»Vielleicht«, sagte Miss Spinster, doch Sara kannte den Ausdruck auf ihrem Gesicht. Sie hatte Feuer gefangen.

Sosehr Sara sich auch vorgenommen hatte, die Finger von diesem Fall zu lassen – gegen Miss Spinsters Neugierde war sie machtlos.

»Milly war in der Zeit vor ihrem Verschwinden also seltsam. Seit wann genau war sie seltsam? Weiß Mrs Bloomsbury das auch?«, fragte sie daher.

Bobby stöhnte.

»Eigentlich schon seit ein paar Jahren, hat sie gesagt. Aber so richtig auffällig war es seit zwei Monaten.«

»Und was ist vor zwei Monaten passiert?«, fragte Sara.

Miss Spinster hob die Schultern und ließ sie wieder fallen. »Keine Ahnung. Aber vielleicht hast du dazu etwas in deiner Chronik.«

Sara schüttelte den Kopf. Sie führte diese Chronik jetzt seit etwas mehr als einem halben Jahr. Eine überschaubare Zeit und auch die Vorkommnisse waren überschaubar. Auf Anhieb fiel ihr nichts ein, was eine Verhaltensänderung bei der Sekretärin des Dorfvorstehers hätte bewirken können. Aber sie konnte sich täuschen. »Lasst uns nachsehen.«

Sie nahm ihre Tasse und ging damit einen Raum weiter ins Kaminzimmer, wo sie ihren Tee auf dem Tischchen vor dem Sofa abstellte. Dann holte sie den letzten Ordner des vergangenen Jahres aus dem Regal. »Hier sind die Artikel ab September drin. Wenn Milly seit zwei Monaten ›seltsam‹ ist und es einen Auslöser gab, der in der Zeitung stand, dann sollten wir ihn hier finden.«

Sie schlug den Ordner auf. »Dezember, November ... Lasst uns hier beginnen.« Sie überflogen die Seiten. Ein paar Artikel handelten von dem Landslip, bei dem das Skelett aufgetaucht war, das im Herbst für Wirbel gesorgt hatte, dann gab es ein Bild von Silly Old Joe, neben dem stand: »Wer hat diesen Mann gesehen?« Der war aus der Zeit, als Silly Old Joe verschwunden gewesen war. Gefunden hatte man ihn in der Ruine von Sidbury Manor – gefesselt und völlig entkräftet.

Sara runzelte die Stirn. »Auch, wenn die beiden Fälle nichts miteinander zu tun haben können, sollte auf jeden Fall jemand in der Ruine nachsehen. Das bleibt ein Ort, an dem man nur zu gut jemanden gefangen halten kann.« Was man dort noch gut konnte, aber das wagte Sara nicht auszusprechen, war, eine Leiche zu verstecken. Wenn nicht gerade Touristen durch die Gegend streiften oder Jugendliche ein Saufgelage feierten, war die Ruine des herrschaftlichen Gebäudes ein verlassener Ort. Vor Jahrzehnten war es bis auf die Grundmauern niedergebrannt und niemand wagte sich dorthin – einerseits, weil man dort jederzeit durch den Boden brechen konnte, andererseits, weil es dort angeblich spukte.

»Ich gebe meinen ehemaligen Kollegen den Tipp, dort nachzusehen«, bot Bobby an.

»Das ist eine gute Idee, mein Lieber.« Miss Spinster lächelte ihren Freund an, dann beugte sie sich wieder über den Ordner. »Aber ich glaube nicht, dass sie Milly dort finden. Das spüre ich in meinen Knochen.«

Sara verdrehte die Augen, doch sie stimmte Miss Spinster insgeheim zu. Also schlug sie die Seite um. Der größte Kürbis von Devon war in Sidbury gezogen worden, irgendwelche Verrückte hatten wiederholt unerlaubte Feuer an den prähistorischen Steinkreisen im Hinterland gemacht, mehrere mögliche Kandidaten für das Amt des Seelsorgers für Sidbury und fünf benachbarte Gemeinden wurden vorgestellt, ein in Tiverton als vermisst gemeldeter Mann war in den Blackstone Hills tot gefunden worden. Nichts, was in irgendeiner Weise mit Milly zu tun hatte – zumindest nichts, was für Sara nachvollziehbar gewesen wäre.

Sie schlug den Ordner zu. »Vielleicht hat die Verhaltensänderung etwas mit Millys familiärer Situation zu tun.«

»Vielleicht war sie krank?«, schlug Miss Spinster vor.

»Vielleicht kümmert ihr euch um andere Angelegenheiten und lasst Inspector Webster seine Arbeit machen.« Bobby sah die beiden Frauen streng an. »Das habt ihr versprochen, könnt ihr euch erinnern? Außerdem haben wir ja einen Fall. Gibt es Neuigkeiten zu Charles Evans?«

»Du weißt genauso gut wie ich, dass es da keine Neuigkeiten geben kann«, entgegnete Miss Spinster spitz. »Niemand weiß was, niemand hat was gesehen. Es gibt außer uns niemanden, der will, dass der Fall aufgeklärt wird. Der Unfallfahrer wird wohl ungeschoren davonkommen.«

Dieser Satz sorgte dafür, dass sich alles in Sara zusammenzog. Das durfte einfach nicht sein. Jemand hatte Charles Evans angefahren und war abgehauen, statt die Rettung zu informieren und Erste Hilfe zu leisten. Dieser Unmensch durfte nicht davonkommen! Zumindest sollte er für seine Untat geradestehen.

»Wir sollten mit Charles ehemaligen Arbeitskollegen sprechen«, sagte sie. »Margaret hat erzählt, dass sein Lebensmittelpunkt in Exeter war. Dort hatte er seinen Job und Freunde. Wir sollten herausfinden, mit wem er Umgang hatte. Aber nicht hier, sondern in Exeter.«

Dass ihr nicht ganz wohl bei dem Vorschlag war, behielt sie für sich. Silly Old Joes Worte hallten in ihrer Erinnerung nach: In dunklen Gängen lauert der Tod.

Aber das war alles Unfug. Die unheilvollen Andeutungen des Dorfnarren entsprangen nur seiner kranken Fantasie. Und auch wenn er in der Vergangenheit ein paarmal mit seinen Prophezeiungen recht behalten hatte, durfte sie sich davon nicht beirren lassen. Außerdem würde sie ja nicht allein in die Gänge hinabsteigen.

Miss Spinster nickte und selbst Bobby schien damit zufrieden zu sein.

»Dann lasst uns losfahren.« Sara stand auf. »Heute steht Kultur auf dem Programm.«

Etwa eine Stunde später standen sie vor dem Eingang zu den Underground Passages in der Paris Street in Exeter.

»Und jetzt?«, fragte Miss Spinster.

»Jetzt machen wir eine Tour mit.« Sara steckte die Hände in ihre Hosentaschen. »Dafür sind wir doch schließlich gekommen.«

Miss Spinster sah wenig begeistert aus. »Die Gänge sollen sehr eng sein.«

»Nie zu eng, als dass ein Mensch sich nicht durchzwängen kann. Schließlich haben die Menschen diese Gänge ja gebaut, damit sie die Wasserleitungen flicken konnten.«

»Und dunkel.«

Sara sah Miss Spinster prüfend an. Hatte die alte Dame Platzangst? »Niemand muss in die Gänge hinabsteigen, aber ich würde das gerne tun. Ich denke, es gibt mir ein Gefühl für die Arbeit von Charles Evans.«

Miss Spinster nickte wenig überzeugt. »Okay.«

Sie betraten das Museum. Am Eingang saß eine Seniorin, die ihnen umständlich die Eintrittstickets aushändigte. Wahrscheinlich war sie eine Ehrenamtliche, die sich im Ruhestand in den Dienst der Stadt stellte.

Sara, Miss Spinster und Bobby nahmen ihre Tickets entgegen und betraten das Museum. Eine Zeitleiste mit der Datierung der Fundstücke reichte bis ins Jahr 410, in dem Exeter noch Isca Dumnoniorum hieß und ein römisches Fort gewesen war. Lange Flure, die mit Schautafeln tapeziert waren, führten sie immer weiter ins Innere des Museums. In einem größeren Raum war ein Schaustollen zu sehen.

»Keine zehn Pferde bringen mich in so einen engen Schacht«, sagte Miss Spinster mit Schaudern. Sara musste ihr recht geben. Der Gang war wirklich eng und durch die dunklen Steine wirkte sogar der Schaustollen, der mitten im Raum im Neonlicht aufgebaut war, beinahe unheilvoll. Kein Wunder, dass sich jede Menge Mythen um die Gänge rankten.

»Wie wär's, wenn ich die Führung durch die Gänge mitmache und ihr beide sprecht inzwischen mit der netten Lady am Empfang?«, schlug Sara vor.

Miss Spinster nickte erleichtert. »Das ist eine gute Idee«, sagte sie. Auch Bobby schien nicht traurig darüber, sich nicht durch die Gänge zwängen zu müssen. Die beiden Senioren blieben bei Sara, bis eine Frau mit einem asymmetrischen Haarschnitt, die vermutlich im selben Alter wie Sara war, mit einem Händeklatschen und der fröhlichen Aufforderung, sich in den Filmraum zu begeben, die Führung ankündigte.

Dann machten sich die beiden Alten auf nach oben, während Sara zusammen mit drei weiteren Neugierigen einen Raum betrat, in dem ein Informationsfilm zu den Gängen ablief. Danach entschied sich eine weitere Besucherin gegen die Begehung der Gänge und außer der Führerin verblieben nur noch Sara und ein Pärchen.

»Unsere Gänge sind nur etwas für Mutige«, sagte sie, dann senkte sie die Stimme und raunte: »Ich hoffe, ihr alle habt keine Angst vor Geistern, denn da unten wimmelt es nur so davon.«

Sara überspielte das mulmige Gefühl, das in ihr bei dem Gedanken an Silly Old Joes düstere Andeutungen aufkam, mit einem verächtlichen Schnauben.

»Ich bin Blake Hughes und jederzeit für eure Fragen da. Bitte setzt euch jetzt einen Helm auf. Es geht in die Gänge.«

Sie händigte den dreien einen Helm aus, dann stellte sie sich vor eine Tür und wartete, bis es ruhig war. »Und nun zu den Regeln: Keiner macht sich da unten selbstständig. Ihr folgt mir und ich folge der offiziellen Route, die durch halbwegs gut begehbare Gänge führt. Ich wiederhole: Keiner macht sich selbstständig. Das da unten ist ein Labyrinth, in dem sich kein Mensch wirklich auskennt – nicht einmal ich. Wenn ihr da unten verloren geht, seid ihr auf euch selbst gestellt und müsst euch nicht wundern, wenn ihr erst wieder das Sonnenlicht seht, wenn in ein paar Hundert Jahren ein Archäologe euer Skelett ausgräbt.«

Die Touristen grinsten.

»Ihr denkt, das ist ein Witz? Ist es nicht. Da unten sind schon Menschen verloren gegangen. Einige davon sind bis heute nicht aufgetaucht.« Dann lachte sie. »Es ist sicher nur ein Zufall, dass das vor allem Menschen waren, die dachten, sie wüssten mehr von den Underground Passages als der jeweilige Guide …«

Das Pärchen lachte.

Blake wurde wieder ernst. »Auch wenn wir da unten sicher viel Spaß haben werden, ist diese Warnung ernst gemeint. Bleibt bei der Gruppe. Wenn ihr einen Gang begehen möchtet, den ich nicht ausgesucht habe, gebt ein Zeichen. Ich kann auf eure Wünsche eingehen. Und jetzt kommt die letzte Warnung: Sollte irgendjemandem von euch übel werden, meldet das bitte sofort. Es passiert immer wieder, dass die Enge da unten Panikattacken auslöst, viele von uns wissen gar nicht, dass sie unter Klaustrophobie leiden. Bitte seid nicht stolz, sagt Bescheid, wenn auch nur der Anflug von Angst in euch aufkommt. Es ist leichter für uns, euch auf zwei Beinen nach draußen zu befördern, als wenn ihr in Ohnmacht gefallen seid.«

Sara verdrehte die Augen. Die gute Frau machte ja wirklich Werbung für ihre Tour. Sie sah sich um. Das Pärchen, das noch teilnehmen würde, war in den späten Vierzigern, Touristen, wenn sie das richtig erkannt hatte. Hoffentlich hatten die beiden auch verstanden, was die Führerin gesagt hatte.

Auch Blake schien sich deswegen etwas zu sorgen, denn sie fragte in einem überdeutlichen Englisch, ob alles klar sei. Die beiden nickten eifrig und reckten die Daumen in die Höhe, Sara beließ es bei einem Nicken.

Dann öffnete Blake die Tür. »Die Gruppe bleibt zusammen«, wiederholte sie noch mal eindringlich, dann ging sie los.

Zuerst waren die Gänge relativ breit und Sara fragte sich, ob da nicht zu viel Wirbel um die Möglichkeit von Panikattacken gemacht wurde. Oder war das gewollt? Angst machte Dinge attraktiv, sich den dunklen Gängen zu stellen, konnte für manche Menschen auch eine Mutprobe sein. Vielleicht machte die Führung deshalb so ein Trara um das Ganze.

Durch den ganzen Gang verlief eine LED-Leiste, und so war er gut beleuchtet, die Wände bestanden auch nicht aus dem dunklen Stein wie im Schaustollen oben, sondern waren mit roten Ziegelsteinen gemauert. Immer wieder gingen weitere Gänge von dem ab, in dem sie sich befanden. Das Tunnelnetz war, wie die Führerin gesagt hatte, ein unüberschaubares Labyrinth.

Doch dann veränderte sich der Gang. Er wurde enger und die Ziegelsteine gingen in dunkle Mauersteine über. Plötzlich wirkte das Licht fahl und gruselig und das fröhliche Geschnatter des Pärchens wurde leiser.

»Wir sind jetzt ziemlich genau unter der Kathedrale«, erklärte Blake an einem bestimmten Punkt. »Über uns sind etwa zehn Meter Erde und dann das Gebäude. Also viel Gewicht. Dass die Gänge diesem Gewicht seit dem Mittelalter standhalten, ist der besonderen Bauweise …«

»Mir ist schlecht«, ertönte die Stimme der Frau. Sie war bleich im Gesicht, ihr Mann sah sie besorgt an, zog sie an sich und machte mit seiner Hand kleine, beruhigende Kreise auf ihrem Rücken.

»Ich muss raus«, sagte sie mit einem dünnen Stimmchen.

Blake verdrehte die Augen. »Dann müssen wir die Tour hier abbrechen. Bitte, Miss, gehen Sie voraus. Ich sage Ihnen, wo's langgeht.« Gemeint war Sara, die als Letzte in der Reihe ging.

Gehorsam drehte sich Sara um und ging den Weg wieder zurück. Die angestrengten Atemzüge der Frau hinter ihr trieben sie an; die Touristin schien kurz vor einer Panikattacke zu stehen. Sie folgte Blakes Anweisungen – den Gang hinunter, dann links, dann noch einmal links und dann …

Dann fiel Sara plötzlich etwas Rotes ins Auge. Zuerst dachte sie, es sei Blut, aber als sie genauer hinsah, erkannte sie, dass es sich um eine Wachsspur handelte, einen Tropfen, der von einer roten Kerze auf den Stein gefallen war und eine dünne Spur Richtung Boden gezogen hatte.

»Weiter!«, drängte Blake von hinten. Sara kam wieder ins Hier und Jetzt zurück und sah, dass der Zustand der Frau hinter ihr sich weiter verschlechtert hatte. Schnell machte sie, dass sie weiterkam. Den Gang entlang, dann einmal nach rechts abbiegen. Die Wände des Tunnels waren nun von Ziegelsteinen bedeckt, was bedeutete, dass es nicht mehr weit war. Dann endlich standen sie vor der Tür.

Sara öffnete sie und atmete auf. Sie waren wieder in dem Raum, in welchem sie den Einführungsfilm gesehen hatten; sechs Menschen saßen auf den Plastikstühlen und warteten auf den Beginn der Führung.

»Holt einen Arzt«, hörte sie Blake im Hintergrund sagen. »Ja, schon wieder. Ich glaube, es ist nur eine Panikattacke, aber sicher ist sicher ... In Ordnung.«

Sara drehte sich um und sah, dass die Führerin einen Telefonhörer in eine Halterung an der Wand hängte, dann kam sie auf die immer noch schwer atmende Frau zu. »Kommen Sie mit«, sagte sie zu ihr und ihrem Begleiter. An die Wartenden gewandt, meinte sie: »Der Einführungsfilm zu den Underground Passages startet jetzt gleich. Bitte sehen Sie ihn sich gut an. Für eventuelle Fragen stehe ich gleich zur Verfügung.«

Dann fasste sie die Frau unter und brachte sie mithilfe ihres Begleiters nach draußen. Sara folgte den beiden.

Sie mussten nicht weit gehen. Direkt vor dem Filmraum gab es eine Tür, an der ein Schild mit der Aufschrift »Zutritt für Unbefugte verboten« prangte. Dort hinein brachte Blake die beiden Besucher. Als Sara ihnen folgen wollte, verwehrte sie ihr den Zutritt. »Außer, Sie sind Ärztin. Dann können Sie mitkommen.«

Sara schüttelte den Kopf und die Tür schloss sich. Was sollte sie nun tun? Eigentlich hatte sie Blake Hughes zu Charles Evans befragen wollen. Es war doch möglich, dass sie ihren Job schon gehabt hatte, als er noch hier tätig gewesen war. Aber Blake war verständlicherweise mit den beiden anderen Besuchern beschäftigt.

Ob das öfter vorkam? Im Nachhinein verstand Sara die Angstmache vor der Führung. Es war tausendmal besser, wenn die Leute vorab die Flucht ergriffen, als wenn sie in den unterirdischen Tunneln unter schwierigen Bedingungen gerettet werden mussten.

Auch ihr selbst war mulmig gewesen. Besonders in dem Moment, in dem Blake erwähnte, wie alt die Tunnel waren und wie viel Gewicht auf ihnen lastete. Da hatte sie plötzlich das Gefühl gehabt, zu ersticken. Kein Wunder, dass die andere Besucherin Panik bekommen hatte.

Eine gepflegte, mollige Frau mit Dauerwelle und Brille betrat den Raum und steuerte zielgerichtet auf die Tür zu, hinter der Blake und die beiden Touristen verschwunden waren. Ohne zu klopfen riss sie die Tür auf und betrat den Raum. »Ich bin Doc Miller. Dann wollen wir mal schauen, was hier ...«

Die Tür schlug zu und die Stimme erstarb.

Kurz darauf öffnete sich die Tür wieder und Blake schlüpfte heraus. Sie sah Sara, verdrehte die Augen und lächelte entschuldigend. »Das passiert immer wieder. Und jedes Mal ist es ein Schock für mich. Entschuldigen Sie, wenn ich Sie angefahren habe. Und entschuldigen Sie, dass ich die Führung abgebrochen habe. Sie können mich natürlich mit der nächsten Gruppe begleiten, wenn Sie möchten.«

Sara nickte. »Gern.«

Blake sah auf die Uhr. »Noch zwei Minuten verschnaufen, dann ist der Einführungsfilm zu Ende und es geht wieder los.«

»Ein stressiger Job?«, vermutete Sara.

»Eigentlich nicht. Aber wir sind chronisch unterbesetzt.« Sie lachte freudlos auf. »Ich glaube, die Leute haben Angst vor dem Geist, der dort unten sein Unwesen treibt.«

»Ich glaube nicht an Geister.«

»Nun, arbeiten Sie mal drei Wochen für uns und Sie ändern Ihre Meinung vielleicht.« Blake zwinkerte ihr zu.

»Wie das?«

»Er hinterlässt Spuren. Ich habe gesehen, dass Sie bei den Wachstropfen stehen geblieben sind.«

»Die sind nicht von Ihnen?«

»Denken Sie, wir gehen mit Kerzen in die Underground Passages? Bei dem ganzen Licht, das in den letzten Jahren dort installiert wurde?«

Sara hob die Schultern. »Na ja, vielleicht wenn der Strom ausfällt?«

»Selbst dann würde ich eine Taschenlampe nehmen. Viel zuverlässiger. Eine Kerze erlischt beim leisesten Windhauch. Nein, die Spur stammt vom Geist.«

»Oder einer der Besucher oder Mitarbeiter hat sich einen Spaß erlaubt.«

Blake schüttelte energisch den Kopf. »Die Wachsspur stammt von einem Geist. Das sage ich Ihnen. Und das ist bei Weitem nicht der einzige Beweis, dass es den Geist gibt!« Bevor Sara fragen konnte, wovon Blake sprach, sah diese auf die Uhr. »Der Film ist zu Ende. Auf in den Kampf.« Damit wandte sie sich Richtung Filmraum und betrat ihn mit einem aufgesetzten Lächeln. »Ich bin Blake Hughes und jederzeit für eure Fragen da. Bitte setzt euch jetzt einen Helm auf. Es geht in die Gänge!«

Sara, die ihren Helm noch nicht abgenommen hatte, beobachtete, wie sie ihre Besucher mit mehr oder weniger demselben Wortlaut vor den Tunneln warnte, bis hin zum Skelett von unfolgsamen Besuchern, das irgendein Archäologe in ein paar Hundert Jahren ausgraben würde. Nur diesmal fügte sie hinzu: »Ihr habt die Dame gesehen, die vorhin mit mir aus den Tunneln kam. Sie hat da unten dem Tod ins Auge geblickt. Nehmt meine Warnung ernst, sonst geht es euch wie ihr.«

Der Rest passierte wie gehabt. Bevor sich die Besucher um Blake drängten, sah Sara zu, dass sie ganz vorne zu stehen kam.

Blake grinste. »Du willst es wissen, oder?«

Sara fand es schön, dass Blake nun langsam ihre professionelle Distanziertheit ablegte, und sie erwiderte das Grinsen. »Wenn du einen Geist siehst, will ich dabei sein.«

Das Gesicht der Museumsführerin wurde ernst. »Wünsch dir das nicht. Ein früherer Mitarbeiter hat den Geist mit eigenen Augen gesehen. Eine Woche später war er tot.«

Saras Herz schlug schneller. War womöglich von Charles die Rede? »Was ist passiert?«

»Er war in den Gängen unterwegs – allein. Der diensthabende Guide muss morgens vor Beginn der Führungen einen Kontrollgang machen. Die Tunnel sind zwar gut instandgehalten und werden einmal im Jahr geprüft, aber es kann trotzdem passieren, dass eine Mauer marode ist oder sogar einstürzt. Sowas wäre natürlich schlecht, wenn man einen Schwarm Besucher im Schlepptau hat.«

Verständlich, dachte Sara. »Und dieser Mitarbeiter hat auf seiner Runde einen Geist gesehen?«

Blake nickte. »Er kam kreidebleich wieder hoch, hat gesagt, dass er ihm erschienen ist, und sich für den Tag krankgemeldet.«

»Und hat er beschrieben, wie dieser Geist aussah?«

Blake schüttelte den Kopf. »Immer wenn er es versucht hat, hat er angefangen zu zittern, wurde käsig im Gesicht und ihm ist der Schweiß ausgebrochen. Er war ein Wrack. Aber das ist noch nicht alles.« Blake beugte sich vor und raunte Sara zu: »Weil niemand wissen konnte, ob er die ganze Strecke abgegangen war, musste Eveline – die Ehrenamtliche, die heute Kassendienst hat – den Kontrollgang wiederholen. Und ziemlich am Ende unserer üblichen Route hat sie es gesehen.«

»Was?« Sara hielt den Atem an.

»An der Wand stand etwas geschrieben. Mit Kreide.«

»Was?« Sara hasste Blake dafür, dass sie sich jedes Wort aus der Nase ziehen ließ. Gleichzeitig brannte sie vor Aufregung.

»Überlege es dir gut.«

Sara runzelte die Stirn. »Das stand an der Wand?«

»Zuerst wollte es niemand glauben. Eveline sieht öfter mal Gespenster, aber dann sind wir selbst in die Gänge gestiegen und da ...«

Eine Stimme vom Ende der Besuchergruppe unterbrach sie. »Wann geht es denn endlich los?«

Die Museumsführerin warf Sara einen entschuldigenden Blick zu, dann strahlte sie die Gäste an. »Jetzt.«

Sie wiederholte noch einmal die Warnungen, zusammenzubleiben, sich nicht von der Gruppe zu entfernen und Bescheid zu sagen, sollte man auch nur den Anflug von Übelkeit verspüren. Dann bückte sie sich unter dem Türsturz hindurch und betrat die Gänge. Sara war direkt hinter ihr.

Sie passierten den blutroten Wachstropfen und Blake nickte Sara bedeutungsvoll zu, dann kamen sie an die Stelle, an der die Touristin den Panikanfall bekommen hatte. Diesmal blieb die Gruppe entspannt. Weiter ging es, die Tunnel wurden enger und niederer und Sara erwartete schon halb, dass sich gleich wieder jemand in den beengten Verhältnissen unwohl zu fühlen begann, da blieb Blake stehen.

»Normalerweise dringen wir seit dem Vorfall damals nicht mehr so weit in die Tunnel vor, aber ... hier war es.« Sie deutete auf die Wand, auf der mittlerweile nichts mehr zu sehen war. »Wir haben die Schrift weggeputzt, aber ich kann sie in meiner Erinnerung noch gut vor mir sehen ... ›Überlege es dir gut.‹ Eine Woche später war er tot. Er starb bei einem Unfall mit Fahrerflucht. Die Polizei war hier und hat uns alle befragt, aber natürlich wusste niemand etwas. Wir wussten nicht einmal, dass er nicht in Exeter gewohnt hat, sondern in irgendeinem einem Kaff an der Küste.«

»Im Hinterland von Sidmouth«, korrigierte Sara sie abwesend.

»Was?«

»Sidbury liegt im Hinterland.« Sara sah sie an. »Charles Evans war so etwas wie mein Nachbar – na ja, ich bin erst vor einem halben Jahr hergezogen, aber seine Frau ist so etwas wie meine Nachbarin. Margaret.«

»Geht's weiter?«, rief eine ungeduldige Stimme von hinten. »Ist nicht so, dass es hier irgendwas Tolles zu sehen geben würde!«

Blake antwortete ungehalten: »Nein. Hier ist Endstation. Um euch das richtige Gefühl zu vermitteln, wie es für die Arbeiter damals war, in den Gängen zu arbeiten, schalte ich das Licht aus. Geht es allen gut so weit?«

Zustimmendes Gemurmel antwortete ihr.

»Dann los.« Sie betätigte einen Lichtschalter, den Sara bis dahin nicht gesehen hatte, und mit einem Schlag wurde es stockduster in den Underground Passages. Spitze Schreie ertönten, jemand heulte wie ein Geist, ein anderer lachte nervös.

»So haben sich die Menschen im Mittelalter gefühlt, als sie hier unten gearbeitet haben. Mit dem Unterschied, dass hier Ratten herumgerannt sind und …«

In Saras nächster Nähe japste eine Frau erstickt auf. »Ich hasse Ratten! Bitte sagt mir, dass es hier keine Ratten gibt!«

»Keine Ratten«, beruhigte Blake. »Nicht, dass es sie nicht mehr geben würde, aber wir stellen hier regelmäßig Fallen auf. So. Und das war es auch schon. Ich bitte euch jetzt, den Weg wieder zurückzugehen. Du da, ganz vorne – ich sage dir, wo es langgeht.«

Blake schaltete die Beleuchtung wieder an und der Zug setzte sich in Bewegung. Diesmal tappte Sara am Ende der Schlange dem Ausgang zu.

»Danke«, sagte sie an Blake gewandt, als sie wieder im Vorführungsraum standen, wo bereits eine weitere Gruppe von Besuchern auf ihre Führung wartete.

»Wenn du dich wirklich bedanken willst, schick uns Verstärkung.« Blake verzog gequält das Gesicht. »Oder heuer selbst hier an. Wir nehmen wirklich jeden, dem da unten nicht das Dach auf den Kopf fällt. Du hast dich schon qualifiziert.«

Sara grinste. »Ich überlege es mir.«

Sie wartete, bis Blake der wartenden Gruppe das Einführungsvideo eingeschaltet hatte. Dann folgte sie ihr nach draußen in den Ausstellungsraum. »Wie lang geht das heute noch bei dir?«

Blake sah auf die Uhr. »Noch etwa eine Stunde. Am Nachmittag übernimmt eine Kollegin.«

»Hast du nachher Zeit, was trinken zu gehen? Ich hätte ein paar Fragen ... zur Arbeit und ... zu Charles Evans.«

Sofort wurde Blakes Gesicht wachsam. »Was für Fragen?«

»Ich würde gerne mehr über ihn erfahren ... und darüber, was ihm passiert ist.«

»Wozu?«

»Ich habe in der Vergangenheit ein paar Kriminalfälle gelöst und da habe ich mir gedacht, dass ...«

»Dass du hier einen Kriminalfall lösen kannst?« Die geschäftsmäßige Freundlichkeit, die Blake bisher ausgestrahlt hatte, war plötzlich wie weggeblasen. Stattdessen blickte sie Sara beinahe feindselig an.

»Vielleicht«, gab Sara zu.

»Nun, dann lass dir gesagt sein, dass du hier nichts finden wirst. Die Polizei hat bereits vergeblich herumgeschnüffelt. Solltest du auf Mörderjagd sein: Hier wirst du deinen Mörder nicht finden, Miss Marple.«

»Natürlich nicht«, versuchte Sara die Frau zu beschwichtigen. »Aber vielleicht finde ich eine Spur, die die Polizei übersehen hat. So etwas wie die Wachstropfen ...«

»Die sind erst vor ein paar Tagen hier aufgetaucht. Also können sie nichts mit Charles zu tun haben.«

»Womit dann?«

Blake zuckte mit den Schultern. »Mit dem Geist der Underground Passages.«

Sara verdrehte die Augen. »Noch einmal: Ich glaube nicht an Geister.«

»Die Geister brauchen deinen Glauben nicht, um zu existieren.« Blake verschränkte die Arme. »Und jetzt entschuldige mich bitte. Ich habe eine Führung zu machen.«

Sie ließ Sara einfach im Ausstellungsraum stehen und ging in den Vorführungsraum, wo die neue Gruppe bestimmt schon auf sie wartete. Sara sah ihr nachdenklich hinterher, dann machte sie, dass sie nach oben kam, wo Miss Spinster und Bobby auf sie warteten.

Sie warteten nicht. Dafür piepste, kaum dass Sara den Eingangsbereich erreicht hatte, ihr Telefon mit einer Nachricht.

»Wir sind im Café gegenüber«, schrieb Miss Spinster. »Komm zu uns, sobald du aus dem Untergrund aufgetaucht bist.«

Wie das schon klang. Sara grinste.

Sie wollte sich von der netten Dame am Eingang verabschieden und bei der Gelegenheit nachhorchen, was sie damals in den Gängen gesehen hatte, doch als sie ihren Kopf der Kasse zuwandte, saß dort ein junger Mann mit öligem Haar und Pickelgesicht. Er schenkte ihr nicht einmal einen Blick, sondern wischte auf seinem Handy herum – so schnell, dass er unmöglich sehen konnte, was ihm dort alles gezeigt wurde.

Sara zuckte mit den Schultern und verließ die Underground Passages.

Nach wenigen Schritten auf dem Roman Walk, der seinen Namen wahrscheinlich den alten Mauern zu verdanken hatte, die daneben aufragten und tatsächlich aus der Römerzeit stammen mochten, gelangte sie zu einem bezaubernden Café mit zusammengewürfeltem Mobiliar und einer ganz speziellen Speisekarte. In einer Ecke – auf bequem aussehenden Sesseln aus Lederimitat, die vermutlich original aus den Fünfzigern waren – saßen Miss Spinster und Bobby Bobby, zusammen mit der Dame vom Empfang. Die ließ sich gerade ein Stück Kuchen schmecken. Vor allen dreien standen große Tassen mit Heißgetränken.

Als sie Sara bemerkte, winkte Miss Spinster sie übereifrig zu sich an den Tisch.

»Sara, Ki...«, im letzten Augenblick verbiss sie sich das Wort »Kindchen«, mit dem sie Sara sonst gern betitelte und verbesserte sich sofort. »Sara, darf ich dir Eveline vorstellen? Sie arbeitet drüben bei den Underground Passages und war gerade dabei, uns eine höchst interessante Geschichte zu erzählen. Das ist Sara«, fuhr sie an die Seniorin gewandt fort. »Sie ist die Chronistin in unserem Dorf.« Sie drehte sich wieder zu Sara. »Stell dir vor, Sara. Eveline hat uns gerade von einer höchst interessanten Begebenheit erzählt, die sich hier zugetragen hat und bei der es eine Verbindung zu Charles Evans gibt. Du erinnerst dich? Der Mann bei uns aus dem Dorf, der vor etwa zwei Jahren bei einem Unfall mit Fahrerflucht gestorben ist?«

Sara grinste über das fadenscheinige Theaterstück, das Miss Spinster gerade gab. Dass Eveline ihr nicht auf die Schliche kam, war ein Wunder, so unauthentisch, wie Miss Spinster sich verhielt.

»Charles Evans?«, sagte sie und tat mäßig interessiert. »Ja, ich erinnere mich. Er hat eine Frau und zwei Kinder hinterlassen, nicht wahr?«

»Ein Kind«, verbesserte Miss Spinster. »Ein entzückendes kleines Mädchen. Eveline wollte uns gerade erzählen, was sich eine Woche vor dem Unfall hier im Museum zugetragen hat.«

»Die Botschaft des Geistes?«, fragte Sara und als sie die Enttäuschung auf dem Gesicht ihrer alten Freundin sah, erkannte sie, dass es genau darum gegangen war. Sie zog eine entschuldigende Grimasse. »Die Museumsführerin hat uns die Geschichte erzählt. Ich vermute mal, sie erzählt sie jedem.«

Eveline sah Sara misstrauisch an. »Blake? Was genau hat sie denn erzählt?«

Sara wiederholte in wenigen Worten, womit die resolute Frau versucht hatte, ihr Angst zu machen. »Wieso, stimmt es nicht?«, fragte sie neugierig.

Eveline nickte. »Doch, es stimmt schon. Nur, dass nicht ich es war, die diese Schrift entdeckt hat, sondern Blake.«

Sara zog die Augenbrauen zusammen. »Blake? Wirklich?«

»Nun«, sagte Eveline und lehnte sich in ihren Sessel zurück. »Blake war an dem Tag die Erste im Museum – was ein Wunder ist. Normalerweise ist sie fast immer zu spät. Weil sie nachts bei irgendwelchen Feten ist, die bis in die Morgenstunden dauern. So sind die jungen Leute. Aber an diesem Tag war sie die Erste. Ich will ja nicht schlecht über sie reden, aber ... sie hatte dieselben Sachen an wie am Tag zuvor. Möglicherweise hat sie ja auch im Museum geschlafen. Zutrauen würde ich es ihr. Jedenfalls war sie es, die diese Schrift entdeckt hat. Charles kam hoch – völlig verstört – und sie ist nach unten gegangen, um zu sehen, was ihn so aus dem Konzept gebracht hat. Als sie wieder hochkam, war sie beinahe ebenso durch den Wind wie Charles. Natürlich sind wir danach alle runtergegangen, daher habe ich die Schrift ebenfalls gesehen, aber nach Charles war sie die Erste.«

»O-kay«, sagte Sara gedehnt. Es änderte zwar nicht viel, aber trotzdem war es interessant zu erfahren, dass Blake gelogen hatte. Warum? Weil es besser zur Story passte, die sie neugierigen Museumsbesuchern erzählen wollte?

»Haben Sie der Polizei von der Schrift erzählt, Eveline?«, fragte sie.

Eveline nickte. »Natürlich. Die Polizisten haben ja nach seltsamen Vorkommnissen gefragt. Auch von meiner Vermutung, dass Blake im Museum übernachtet hatte, habe ich erzählt. Schließlich hätte es ja sein können, dass sie diesen Quatsch an die Wand geschrieben hat, um Charles zu erschrecken, nicht wahr? Allerdings war es nicht hilfreich, dass irgendein Trottel die Schrift abgewaschen hat. Dann hat irgendjemand das Gerücht in die Welt gesetzt, ich würde an Geister glauben. Ich stand etwas ... nun ja ... unglaubwürdig da.«

»So wie Blake es dargestellt hat, ist sie es, die an Geister glaubt«, wandte Sara ein.

»Na ja, das macht sie natürlich für die Besucher. Viele kommen wegen des Grusels und da gehört natürlich eine Geistergeschichte dazu. Aber wer glaubt schon wirklich an Geister?«

Ja, da hätte Sara ihr zumindest einen Menschen vorstellen können. Ihre Gedanken gingen kurz zu Silly Old Joe und zur Frage, ob er den Geist aus den Underground Passages sehen könnte. Aber vielleicht war seine Fähigkeit ja auf Sidbury und seine Geister beschränkt. Sara verzog das Gesicht. Schon wieder machten sich ihre Gedanken selbstständig und führten sie in die Irre.

*Ich glaube nicht an Geister*, rief sie sich in Erinnerung. *Und ich glaube auch nicht daran, dass Joe sie sehen kann.* Das Problem war nur, dass der Alte dermaßen überzeugend in seinem Wahn war, dass sie manchmal vergaß, dass das alles Unfug war.

»Woran denkst du, Liebes?«, fragte Miss Spinster, der wieder einmal nichts entging.

»An Silly Old Joe«, entgegnete Sara wahrheitsgemäß. »Und daran, dass es seltsam ist, dass Blake behauptet, Eveline hätte die Schrift als Erste gesehen.« Und dass Eveline das Gegenteil behauptet, dachte sie bei sich. Doch das konnte sie in Gegenwart der alten Dame nicht sagen.

»Nun, Blake ist insgesamt etwas seltsam«, entgegnete Eveline leichthin.

Sara sah sie prüfend an. »Wie meinen Sie das?«

»Oh, ich meine ja nur. Sie ist ... seltsam. Ich glaube, sie hat etwas zu verbergen.« Eveline beugte sich vor. »Sie kommt oft zu spät. Und sie übernimmt freiwillig die letzte Schicht – die unbeliebteste, weil man da völlig allein im Museum ist. Das ist schon gruselig, selbst wenn man nicht an Geister glaubt. Wir sind ihr ja dankbar, dass sie das macht, aber dass sie sich beinahe drum reißt, ist auch wieder merkwürdig. Und dann ist sie wieder zu spät. Und manchmal riecht sie so komisch ...« Mit einem Mal richtete sich Eveline auf. »Aber ich will nicht schlecht über sie reden. Sie ist noch jung. Sie muss noch viel lernen und das wird sie auch. Irgendwann ...« Sie lächelte zuckersüß. »Jedenfalls, zu Charles ...«

»Ja?« Miss Spinster beugte sich interessiert vor. Das ganze Gespräch über Blake hatte sie bei Weitem nicht so sehr interessiert wie Sara.

»Er war auch seltsam.«

# Kapitel 4 – Die Tote im Moor

»Also Charles war seltsam«, wiederholte Sara, während sie etwas später ihren verbeulten Fiesta über die Landstraße Richtung Sidbury lenkte. Sie wussten nicht wirklich, was sie mit den Informationen anfangen sollten, die sie von Eveline und Blake erhalten hatten. Das Einzige, was sie wussten, war, dass irgendetwas in diesem Museum vor sich ging, dass einiges »seltsam« war, um es mit den Worten der Seniorin zu sagen.

»Und Blake ist es noch«, ergänzte Miss Spinster.

Bobby räusperte sich. »Wenn ihr mich fragt, habe ich auch Eveline seltsam gefunden.«

»Warum?«, fragten Sara und Miss Spinster gleichzeitig.

»Na ja, irgendwie hatte ich das Gefühl, als würde sie von sich selbst ablenken wollen, indem sie diese Blake schlechtgemacht hat.«

Sara musste Bobby recht geben, auch wenn sie dem Ganzen nicht allzu viel Bedeutung beimaß. Eveline schien eine dieser Frauen zu sein, die gern über andere herzogen – natürlich immer begleitet von dem Kommentar »Ich will ja nicht schlecht über sie reden, aber …«. Und dann folgte eine Serie von Informationen, die ihr Opfer nicht wirklich gut dastehen ließen.

Die Unstimmigkeit in der Frage, wer denn nun die Schrift als Erste entdeckt hatte, war auffällig, und ganz sicher log eine der beiden Frauen. Doch Sara hatte das Gefühl, dass es bei dieser Lüge darum ging, keine Probleme mit der Polizei oder herumschnüffelnden Privatdetektivinnen zu bekommen.

»In welchem Szenario könnte es wichtig sein, wer von den beiden die Schrift entdeckt hat?«, fragte sie unvermittelt.

Weder Miss Spinster noch Bobby hatten Schwierigkeiten mit Saras Gedankensprüngen.

»Wenn der Unfall, bei dem Charles gestorben ist, kein Unfall war, sondern Mord«, meinte Miss Spinster. »Wenn jemand Charles gedroht hat, er diese Drohung ignoriert und dadurch seinen Mörder provoziert hat.«

»Aber spielt es dann eine Rolle, wer die Schrift nach ihm entdeckt hat?«

»Stimmt«, meinte Miss Spinster nachdenklich. »Aber vielleicht wollen beide davon ablenken, dass sie zu der Zeit, als Charles für den Check in die Tunnel gegangen ist, bereits im Museum waren?«

»Sie meinen, dass beide die Möglichkeit gehabt hätten, die Schrift an der Wand anzubringen, bevor Charles in die Tunnel abgestiegen ist?«

Miss Spinster nickte.

»Ihr seht doch beide Geister«, sagte Bobby mit nachsichtigem Spott. »Was für einen Grund hätten die beiden denn, ihm zu drohen? Eveline wird ungefähr gleich alt sein wie wir beide, Nancy. Sie ist Freiwillige, Charles war hauptamtlich angestellt. Wie viele Berührungspunkte wird sie wohl mit ihm gehabt haben? Ein Hallo, wenn er ins Museum kam? Und bei Blake war es ähnlich. Wenn sie gearbeitet hat, hatte er frei, und umgekehrt. Die beiden haben sich die Klinke in die Hand gegeben. Irgendwelche Konflikte, die sonst bei der Arbeit entstehen, sind höchst unwahrscheinlich.«

»Das kannst du doch nicht wissen«, meinte Miss Spinster.

»Natürlich nicht. Aber ich gehe stark davon aus, dass ihr da nichts finden werdet.«

Eine Weile lang war es still in dem kleinen Wagen, bis irgendwann Miss Spinster meinte: »Nun, dann muss es etwas sein, was außerhalb der Arbeit liegt. Etwas Größeres ...« Doch was das sein könnte, wusste weder sie noch sonst jemand von ihnen.

In diesem Augenblick bogen sie in das historische Zentrum von Sidbury ein und wurden von einer Menschenansammlung auf der Straße blockiert.

»Was ist hier los?«, fragte Sara, obwohl Miss Spinster und Bobby natürlich nicht mehr wissen konnten als sie selbst.

»Das ist Millys Haus«, sagte Miss Spinster. »Vielleicht ist sie zurückgekommen?«

Sara fiel das Licht ein, das sie in der Nacht in Millys Haus zu sehen geglaubt hatte. War Milly wirklich wieder da? Und deswegen standen all die Leute hier?

»Wohl eher nicht.« Bobby deutete auf den Polizeiwagen, der mit flackerndem Blaulicht vor dem Haus geparkt war. »Ich vermute mal, es gibt Neuigkeiten zu Milly. Keine guten Neuigkeiten, fürchte ich.«

Sara schaltete den Motor ab und stieg aus.

»Sara!«, rief Miss Spinster ihr nach, doch Sara rannte schon los. In der hintersten Reihe stand Mandy, die Verkäuferin des Dorfladens.

»Hi, Mandy«, grüßte Sara, woraufhin sich die Angesprochene umdrehte. »Was ist hier los?«

»Ganz sicher bin ich auch noch nicht, aber es wird davon geredet, dass sie Milly gefunden haben.« Sie senkte die Stimme. »Tot.«

Sara sackte das Herz in den Magen. »Wer sagt das?«

Mandy hob die Schultern. »Alle, aber keiner weiß was Genaues. Wir haben diesen miesepetrigen Inspector gefragt, aber der hat gesagt, wir sollen uns aus der Sache heraushalten. ›Mir reicht schon die eine Möchtegern-Detektivin, die denkt, dass sie überall ihre Nase reinstecken muss‹, hat er gesagt. Ich fürchte, damit hat er dich gemeint.«

Sara zog eine zerknirschte Grimasse. »Wie kommt ihr dann zu der Behauptung, sie hätten Milly tot gefunden?«

»Von mir.« Unbemerkt hatte sich Cedric genähert. »Und das habe ich von Inspector Webster gehört. Reiter haben sie drüben im Dartmoor gefunden. Sie lag an einem Feldweg. Tot.«

»Erfroren?«, fragte Sara und hoffte, dass er die Frage mit einem Ja beantwortete. Doch sie ahnte, dass das nicht der Fall sein würde.

Daher war sie auch nicht überrascht, als Cedric den Kopf schüttelte. »Ermordet.«

Sara schluckte. Trotzdem musste sie mehr wissen. »Wie?«

Cedric hob die Schultern. »Keine Ahnung. Mehr wollte mir der Inspector auch nicht sagen. Aber, Sara, er hat mich danach gefragt, wo du dich rumtreibst. Als ich ihm gesagt habe, dass ihr Richtung Exeter gefahren seid, war er nicht amüsiert.«

Natürlich hatte Sara Cedric mitgeteilt, wohin sie mit Miss Spinster und Bobby Bobby wollte. Schon, damit er sich keine Sorgen machte, wenn er zufällig bei ihr zu Hause vorbeiging und sie nicht dort war. Allerdings schien er gerade nicht so glücklich darüber, dass sie genau nach Exeter gefahren waren. Das Dartmoor lag nämlich hinter Exeter. Wenn es stimmte, dass Milly dort gefunden worden war, dann waren Sara und die beiden Senioren ganz zufällig in die Richtung des Fundortes gefahren.

Doch das raubte ihr nicht den Seelenfrieden. »Gut, dass wir jede Menge Zeugen dafür haben, dass wir wirklich in Exeter waren«, meinte sie. »Wo ist Inspector Griesgram? Damit ich ihm sagen kann, wo er mein Alibi prüfen kann.«

Und das war nicht der einzige Grund. Sie wollte versuchen, etwas zu Milly aus ihm herauszubekommen. Auch wenn sie natürlich ihre Finger von seinem Fall lassen würde, wie sie es versprochen hatte, konnte es ja nicht schaden, Bescheid zu wissen. Nur, damit sie mögliche Hinweise nicht übersah, natürlich.

Sie ließ Cedric bei Miss Spinster und Bobby Bobby stehen, zwängte sich durch die Menge, schnappte im Vorbeigehen die Gerüchte auf, die bereits die Runde machten – dass Milly furchtbar entstellt gewesen sei, dass der Mörder eine Nachricht in ihre Brust geritzt habe bis hin zu der Vermutung, dass eigentlich Milly eine Mörderin sei und deswegen eine Hausdurchsuchung stattfinde.

Endlich stand sie in vorderster Reihe und wurde nur noch von einem Absperrband zurückgehalten. Sie zögerte. Sollte sie einfach darunter hindurchschlüpfen? Cedric hatte ja angedeutet, dass Inspector Webster wissen wollte, was sie in Exeter getrieben hatte. Da wäre er doch sicher froh, wenn sie direkt auf ihn zukäme, oder?

Gerade wollte sie das Plastikband heben, da trat besagter Inspector aus dem Haus, sein Blick blieb an ihr hängen und sein Gesicht veränderte sich. Hatte er vorher nur sauertöpfisch ausgesehen, wirkte er nun richtig feindselig.

»Was wollen Sie hier?«

»Mein Freund hat gesagt, Sie wollen wissen, was ich zur Tatzeit getan habe. Wann war denn die Tatzeit überhaupt?«

»Soll das jetzt eine besonders raffinierte Methode sein, um Informationen aus mir herauszukitzeln?«

»Natürlich nicht. Ich habe nicht vor, mich in den Fall einzumischen, aber wenn Sie etwas über mein Alibi erfahren wollen, müssen Sie mir schon sagen, welche Zeit Sie interessiert.«

Inspector Webster sah aus, als müsse er eine Kröte schlucken. Schließlich nickte er. »Gut. Wo waren Sie heute Nacht zwischen ein und zwei Uhr?«

»In meinem Bett«, antwortete Sara wie aus der Pistole geschossen. Hätte er sie gefragt, wo sie zwischen elf und zwölf Uhr gewesen war, wäre die Antwort anders ausgefallen, was den Inspector sicher dazu verleitet hätte, Sara wieder einmal auf die Liste der Verdächtigen zu setzen. Plötzlich war Sara nicht mehr so sicher, dass es schlau war, ihm von dem Licht in Millys Wohnung zu erzählen.

»Gibt es dafür Zeugen?«

»Meinen Kater?« Die Antwort war schneller heraus, als Sara darüber nachdenken konnte. Daran war nur dieser Webster schuld. Der provozierte sie aufs Übelste und sie ließ sich immer zu unbedachten Äußerungen hinreißen, die ihrem Verhältnis nicht wirklich zuträglich waren. »Ja«, berichtigte sie sich selbst. »Mr Brewer war die ganze Nacht bei mir im Haus.«

Inspector zog eine Augenbraue hoch und Sara ahnte, dass er ihr Alibi anzweifelte. »Was hatten Sie für ein Verhältnis zu Milly?«

»Gar keines. Sie hat mich mit den Zeitungen versorgt, die ich in die Dorfchronik eingearbeitet habe. Mehr hatten wir nicht miteinander zu tun.«

»Der Dorfvorsteher ist Ihr Freund?«

Sara nickte.

»Er ist ein fleißiger Mann, nicht wahr?«

»Und wie!«, rief Graham. Die Sensation hatte offenbar sogar ihn aus seinem Pub auf die Straße gelockt. »Unser Cedric Brewer arbeitet Tag und Nacht für das Wohl von Sidbury.«

Die Umstehenden klatschten Beifall.

Sara verdrehte die Augen. Auch wenn das als Lob für Cedric gedacht war und durchaus seine Berechtigung hatte, wäre es ihr lieber gewesen, Graham Nigel hätte sich zurückgehalten.

»Dann mussten Sie Ihren Freund häufig mit seiner Sekretärin teilen«, vermutete Webster.

»Genauso, wie er mich mit meiner Dorfchronik teilen musste.« Sara verschränkte die Arme. »Worauf wollen Sie hinaus? Dass ich Milly umgebracht habe, weil ich eifersüchtig auf sie war? Wofür halten Sie mich?«

Ein triumphierendes Grinsen huschte über Websters Gesicht. »Woher wissen Sie eigentlich, dass die Sekretärin Ihres Freundes tot ist?«

»Weil ... weil ...« Sara sah sich um.

Die Hilfe kam von Graham. »Weil das hier jeder weiß. Und wir wissen es, weil Ihr Kollege es uns gesagt hat.« Graham Nigel deutete auf einen jüngeren Polizisten, den Sara wiedererkannte. Er hatte sie vor nicht allzu langer Zeit in die Ausnüchterungszelle von Sidmouth eingesperrt und war dann mitsamt dem Schlüssel nach Hause in sein warmes Bett verschwunden.

»Davies?« Inspector Webster rief seinen Kollegen zu sich, auf dessen Gesicht sofort sein schlechtes Gewissen ablesbar war.

»Sir?«

»Sie haben den Leuten hier Informationen zu einer laufenden Ermittlung weitergegeben?«

»Ich ...«

Sara unterdrückte ein Grinsen. Sie gönnte dem Beamten die bevorstehende Gardinenpredigt. Vor allem war sie froh darüber, dass der Unmut von Inspector Webster sich nun über einem anderen Opfer entladen würde.

Doch sie hatte sich zu früh gefreut.

»Wir sprechen uns noch«, sagte Webster, dann wandte er sich wieder Sara zu. »Ich habe gehört, dass Sie heute nach Exeter gefahren sind.«

Sara nickte. »Wir waren in den Underground Passages.«

»Wir?«

»Miss Spinster, Mr Miller und ich.«

»Was haben Sie um alles in der Welt in den Underground Passages getan?« Webster schien ehrlich verblüfft.

»Kulturprogramm.« Sara grinste. »Wieso sollen nur die Touristen all die Sehenswürdigkeiten besuchen, die wir in unserem schönen England haben?«

»Einfach so? An einem x-beliebigen Freitag?«

»Uns war danach.« Sie musste dem Inspector ja nicht auf die Nase binden, was sie außer den Underground Passages in Exeter gesucht hatten – noch weniger, was sie dort herausgefunden hatten.

»Ihnen war danach ...«, wiederholte er nachdenklich. »Nun, mir ist danach, Sie genauer zu beleuchten. Vielleicht waren Sie nämlich nicht im Museum, sondern im Dartmoor, um eine Leiche zu entsorgen.«

»Milly ist also wirklich im Dartmoor gefunden worden?«

Inspector Websters Miene verzog sich, als hätte er auf eine saure Zitrone gebissen. Da hatte er Sara wohl nicht ganz absichtlich eine Information gegeben. Doch das konnte er jetzt nicht mehr zurücknehmen.

»Und wenn es so wäre?«

»Dann würde das nichts ändern. Wir sind trotzdem im Museum gewesen«, entgegnete Sara. »Es gibt mindestens zwei Zeugen dafür.«

Webster sagte nichts, sah sie nur skeptisch an.

»Sie brauchen nur im Museum anzurufen. Die beiden Damen heißen Blake Hughes und Eveline ... Den Nachnamen weiß ich nicht, aber so viele Volunteers, die Eveline heißen, wird es wohl nicht geben.«

Noch immer sagte Webster nichts. War das eine Methode, um sein Gegenüber zum Reden zu bringen?

Sara jedenfalls fühlte sich beinahe gezwungen, die Unterhaltung allein zu bestreiten. »Eveline war nachher noch mit uns in einem Café. Wir haben geplaudert.«

»So so, geplaudert«, wiederholte Webster nachdenklich. »Über die Underground Passages, nehme ich an.«

Sara kämpfte mit sich. Alles in ihr verlangte danach, Webster anzulügen und ihm einen Bären aufzubinden, aber sie wusste, er würde mit Eveline sprechen, und die mitteilsame alte Dame würde ganz sicher frei von der Leber weg über den Inhalt ihres Gesprächs erzählen.

»Wir haben sie nach Charles gefragt.«

»Charles?« Websters Augenbrauen wanderten hoch. »Charles Jacobs?« Natürlich hatte er den Butler im Kopf, mit dem Sara letzthin einiges zu tun gehabt hatte.

Sie schüttelte den Kopf. »Charles Evans.« Als er nicht reagierte, ergänzte sie: »Der Mann, der vor etwa zwei Jahren bei einem Unfall mit Fahrerflucht starb. Sein Tod ist bis heute nicht aufgeklärt und die Polizei hat ihn wohl auch ad acta gelegt. Wir dachten ein Cold Case …« Sara sprach nicht weiter.

Die Miene von Inspector Webster hatte sich bei ihren Worten zunehmend verdüstert.

»Was denn? Die Polizei ermittelt doch nicht mehr in dem Fall!«

»Egal in welchem Fall die Polizei ermittelt und in welchem nicht: Wann werden Sie endlich verstehen, dass Sie sich nicht in Polizeiangelegenheiten einzumischen haben? Amateure haben in einer Ermittlung nichts zu suchen – egal, ob der Fall weiter zurückliegt oder nicht.« Er atmete einmal tief durch, dann fixierte er Sara. »Ich sollte Sie einsperren lassen. Mein Freund, der Staatsanwalt, findet schon eine Begründung, mit der wir Sie nachhaltig aus dem Verkehr ziehen können – zumindest bis zum Ende der Ermittlungen.«

Nachhaltig aus dem Verkehr ziehen … Sara schluckte. Das klang nicht gut. »Ich dachte nur, weil der Fall doch längst …«

»Davies!« Webster erhob die Stimme nur ein bisschen.

Trotzdem war er sofort zur Stelle. »Ja, Sir?«

»Haben wir noch Platz in der Zelle?«

Ein Grinsen huschte über die Miene des verhassten Beamten. »Ja, Sir.«

»Nehmen Sie sie mit und sperren Sie sie ein.«

Sara entfuhr ein Stöhnen. Nicht schon wieder! »Hören Sie, Mr Webster ... Ich lag falsch. Das sehe ich jetzt ein. Ich ... verspreche, mich nicht in die Ermittlungen einzumischen. Nicht in die laufenden und nicht in die um Charles' Tod, aber ... bitte ...«

Er musterte sie nachdenklich. »Das haben Sie schon so oft versprochen!«

»Aber nie wirklich so gemeint!«

»Und heute?«

»Heute meine ich es so.« Sara nickte bekräftigend. Sie würde ihre Finger von dem Fall lassen – von beiden Fällen. Was Milly anging, wusste sie ohnehin nicht, was passiert war, und was Charles betraf ... Konnte sie den Nachforschungen wirklich den Rücken kehren?

Webster, der zum Glück nichts von ihren Gedanken mitbekam, schob seine Mundwinkel hin und her. »Nun gut, dann will ich das mal für den Moment glauben ... Aber wenn ich Sie auch nur in der Nähe eines der beiden Tatorte sehe, wenn Sie auch nur mit einem der Zeugen sprechen, dann sorge ich dafür, dass Sie ein richtiges Gefängnis von innen sehen.«

Sara hatte zwar das Gefühl, dass das eine leere Drohung war, und sie wusste nicht, wie professionell das von diesem Inspector war, aber sie wusste auch, dass er am längeren Hebel saß.

»Einverstanden«, sagte sie.

»Ich brauche Ihre Zustimmung nicht«, schnappte er zurück. »Und jetzt zeigen Sie, dass Sie es ernst meinen und verschwinden von hier.«

Sara nickte hastig, dann wandte sie sich um und tauchte in der Menge der Schaulustigen unter, die immer noch dastanden und auf das Haus starrten.

»Und?«, fragte Miss Spinster neugierig, als Sara bei ihnen ankam.

»Ich darf mich nicht in der Nähe des Falls sehen lassen, sonst lande ich wieder im Knast.« Niedergeschlagen stieß sie ein Steinchen von sich, das auf der Straße lag. »Auch nicht in der Nähe des Unfallorts von Charles, übrigens.«

»Nun, dann solltest du sofort von hier verschwinden«, sagte Miss Spinster. »Soviel ich weiß, ist es nämlich genau hier passiert.«

»Hier?« Sara sah sie neugierig an. Das hatte sie nicht gewusst. In den Artikeln zu Charles' Unfall war immer nur vom »historischen Stadtkern« von Sidbury die Rede gewesen. Dass er genau an dieser Stelle passiert war, war ihr neu.

Miss Spinster nickte. »Der Unfallfahrer muss von da gekommen sein.« Sie zeigte in die Richtung, in der Saras Cottage lag. »Zumindest hat das die Untersuchung der Reifenspuren ergeben. Und er ist dahin weitergefahren.«

Sie deutete in die Richtung, aus der sie gerade gekommen waren.

»Richtung Exeter«, sagte Sara nachdenklich.

Miss Spinster nickte. »Charles war gerade vom Pub heimwärts unterwegs.« Sie zeigte wieder in die andere Richtung. »Wahrscheinlich war der Gehweg zugeparkt, wie das abends immer der Fall ist. Also ist er auf der Straße gelaufen. Er muss dem Unfallfahrer geradewegs ins Auto gerannt sein.«

»Er hat ihn also kommen sehen«, sagte Sara nachdenklich. »Und ist nicht ausgewichen. Ob er den Fahrer gekannt hat und deswegen keine Angst hatte?«

»Wäre möglich«, meinte Miss Spinster. »Was meinst du, Bobby?«

Bobby brummte tadelnd. »Inspector Webster hat Sara gerade mit Haft gedroht, wenn sie sich weiter in einen der beiden Fälle einmischt. Wir sollten das beherzigen.«

»Vielleicht«, meinte Sara. *Zumindest für den Moment*, dachte sie bei sich. Doch sie konnte nicht anders, als die Umgebung des Unfallorts noch einmal bewusst zu betrachten. Sie standen zwischen Millys Haus und dem Fat Fiddler. Links von ihnen war die Kirche von Sidbury mit dem Friedhof, auf dem Silly Old Joe seine nächtlichen Predigten hielt. Entlang der Straße lagen ein paar kleinere Geschäfte. Ein Lebensmittelladen und der Metzger, in dem Mandy arbeitete, eine Bäckerei, in der man auch Torten und Süßigkeiten kaufen konnte, ein verstaubter Souvenirshop, hinter dessen schmalen

Schaufenstern sich ein paar noch verstaubtere Fossilien türmten. In den Stockwerken darüber befanden sich Wohnungen, wie Sara wusste. Winzige Wohnungen, die aus maximal zwei Zimmern und einem Bad bestanden, und in den meisten Fällen im Sommer als Ferienwohnungen vermietet wurden.

Es war kein Wunder, dass in jener Nacht niemand etwas mitbekommen hatte. Hier wohnte einfach niemand. Außer möglicherweise ... Saras Blick wanderte wieder zum Friedhof ... »Hat die Polizei damals eigentlich Silly Old Joe befragt?«

Miss Spinster schnaubte. »Wenn sie es getan haben, dann nur als Feigenblattaktion. Denkst du, sie hätten seinen Geistergeschichten Glauben geschenkt?«

»Aber er könnte etwas wissen.« Sara dachte an die Szene zwischen dem Dorfnarren und Charles, die sich am Abend seines Todes im Fat Fiddler abgespielt hatte. »Er könnte sogar vorher irgendwie mitbekommen haben, dass es Charles an den Kragen geht.«

»Ja, das hast du schon einmal vermutet.« Miss Spinster sah nachdenklich zum Friedhof hinüber, der jetzt menschenleer war. »Wir sollten mal mit ihm reden. Vielleicht kann er ja den Geist von Charles heraufbeschwören und ihn direkt fragen, wer ihn ermordet hat.«

Sara grinste. »Das wäre natürlich das Allerbeste. Und auch gleich den von Milly. Dann hätten wir beide Fälle gelöst, ohne auch nur in die Nähe eines Tatortes zu kommen oder mit den Zeugen des Inspectors zu sprechen. Außerdem würde ich Silly Old Joe zu gern mit in die Underground Passages nehmen. Wenn dort unten ein Geist umgeht, sollte Joe mit ihm sprechen können, nicht wahr?«

Miss Spinster kicherte. »Stell dir mal vor, wie diese Blake erschrickt, wenn Joe plötzlich seine Reden schwingt.«

Bobby räusperte sich. »Oder wir widmen unsere Zeit einfach der Dorfchronik und dem Aufbau des Dorfmuseums. Und wenn wir Kriminalfälle lösen wollen, dann lösen wir die von Agatha Christie.«

»Spielverderber!«, schimpfte Miss Spinster. »Aber wo er recht hat ... Wie sieht es mit Sonntag aus, Sara? Kriegst du den Apple Crumble hin oder soll ich doch ein paar Scones backen?«

»Ich kriege ihn hin.« Sara lächelte. »Diesmal habe ich ganz fest vor, es zu probieren.«

»Du solltest Joe einladen. Er liebt diesen Apple Crumble auch«, sagte Miss Spinster mit einem teuflischen Blick Richtung Bobby. »Da kann nicht einmal der Inspector etwas gegen haben.«

# Kapitel 5 – Hitchcock zieht ein

Sara saß vor ihrem Kamin, die Füße in den kuscheligen Wollsocken hochgelegt und ihre Hände um eine Tasse mit heißem Tee geschlungen. Sir Arthur lag in seiner Lieblingsstellung zusammengerollt auf seinem angestammten Platz, den Schwanz über die Schnauze gelegt. Es war Abend und die Landschaft draußen lag im Dunkeln.

Sie hatte eher lustlos in der Chronik geblättert, dann hatte sie noch lustloser in dem Roman von Agatha Christie gelesen, den sie sich für die Sitzung des Krimiclubs zur Diskussion ausgewählt hatten, doch sie hatte sich nicht konzentrieren können.

Immer wieder wanderten ihre Gedanken zu Milly, dann wieder zu Blake Hughes und Eveline von den Underground Passages, das Gespräch mit Graham Nigel kam ihr wieder in den Sinn mit seiner bildhaften Beschreibung von Silly Old Joe, der auf den Stuhl gestiegen war, um mit dem Finger auf Charles zu zeigen. Der Dorfnarr liebte dramatische Auftritte und Sara war dankbar dafür, denn auf diese Weise blieben sie den Menschen in Erinnerung.

Das Licht störte Sara beim Nachdenken und so schaltete sie es kurzerhand aus, sodass die Flammen im Kamin die einzige Lichtquelle im Raum waren. Sie nippte an ihrem Tee, steckte von Zeit zu Zeit eines ihrer geliebten Fudges in den Mund und grübelte weiter.

Was war es bloß gewesen, das Joe dazu bewegt hatte, Charles dermaßen bloßzustellen? Was wusste er? Und wie konnte sie ihn dazu bringen, davon zu erzählen? Immer wenn sie zu sehr in ihn drang, verabschiedete sich sein Geist und er sang diese bescheuerten Kinderreime und redete nur noch wirres Zeug. Wie kam sie bloß an das Wissen heran, das Silly Old Joe sicherlich hatte?

Es war zum Verzweifeln. Sara war sicher, dass der Alte den Schlüssel zur Aufklärung von Charles' Fall hatte. Nur gab es da eine Sperre, die ihn daran hinderte, darüber zu reden. Wenn man nur diese Sperre irgendwie umgehen könnte.

Sie sah auf die Uhr. Es war noch zu früh. Um diese Zeit wanderte Silly Old Joe irgendwo in Sidbury und Umgebung herum. Sie wusste inzwischen, dass es irgendwo eine Kate gab, in der er bei allzu großer Kälte unterschlüpfte, auch, dass sein Bruder Doc Diggory ihn nur zu gern bei sich aufnahm, aber Silly Old Joe brauchte seine Freiheit und war ganz sicher nicht dort. Doch er hatte seine festen Rituale – zum Beispiel den

Besuch bei den Toten auf dem Friedhof. Gegen Mitternacht konnte man ihn ziemlich sicher dort antreffen.

Aber bis dahin waren es noch gute sieben Stunden.

Sara seufzte.

Wenn sie doch nur Charles' Tod weiter untersuchen dürfte. Sie verstand nicht, warum der Inspector das verbot, wo die Polizei den Fall doch zu einem Cold Case erklärt hatte. Was wäre schon dabei, wenn sie ein paar Leuten ein paar Fragen stellte? Spuren verwischen konnte sie doch ohnehin keine mehr. Gab es keine Möglichkeit zu ermitteln, ohne dass der Inspector das mitbekam?

Tief in Gedanken versunken nippte Sara an ihrem Tee und da hörte sie es: ein leises Kratzen an der Tür.

Sofort beschleunigte sich ihr Herzschlag. War der nächtliche Schleicher wieder da? So früh? Normalerweise kam er erst in den frühen Morgenstunden! Sie spitzte die Ohren und Adrenalin schoss durch ihre Blutbahnen. Es klang, als würde er sich an der Tür zu schaffen machen.

Saras Körper war gespannt wie eine Bogensehne. Versuchte er, in ihr Haus einzudringen? Und was hatte er dann vor? Würde er sie entführen, wie Milly? Und dann umbringen? Im Dartmoor vermodern lassen, wenn nicht jemand sie vorher zufällig entdeckte?

Leise stand sie auf und sah sich nach einer Waffe um. Sie hätte sich selbst ohrfeigen können, dass sie nicht endlich die schweren Werkzeuge aus dem Gartenhäuschen ins Haus geschafft hatte. Ein Spaten oder eine Hacke wären ihr jetzt gelegen gekommen, aber natürlich hatte sie wieder nicht daran gedacht. Sie verfluchte ihre eigene Kurzsichtigkeit.

Wieder dieses Kratzen, dann rüttelte er leise an der Tür.

Ja, er wollte herein.

Sie musste unbedingt etwas in die Finger bekommen, um sich zu wehren. Der Schürhaken fiel ihr ins Auge. Lautlos packte sie den Metallstab, dann schlich sie zur Tür und hob ihre Waffe. Wenn der Kerl dachte, dass er sie überraschen konnte, dann hatte er sich getäuscht.

Mit angehaltenem Atem wartete sie.

Die Türklinke senkte sich und es rüttelte an der Tür. Ein Murmeln, das Sara nicht verstand, vermutlich ein leiser Fluch. Dann ertönte wieder dieses scharrende Geräusch. Ganz offensichtlich versuchte der Kerl, das Schloss zu öffnen. Ausdauernd war er ja, das musste sie ihm lassen.

Nur, sollte es ihm tatsächlich gelingen, dann wäre sie bereit.

Sara wagte es kaum zu blinzeln. Sie stand reglos da und wartete.

Und dann ...

... öffnete sich die Tür.

»Endlich, Mist verfluchter. Das hat aber auch gedauert!«

Noch bevor sie die Stimme zuordnen konnte, fuhren ihre erhobenen Arme mit dem Schürhaken herab und trafen.

Ein lauter Schmerzensschrei ertönte. »Shit! Sara! Bist du jetzt vollkommen durchgedreht?«

Vor lauter Schreck ließ Sara den Schürhaken fallen. »Zac?«

»Ja, verdammt! Wen hast du denn erwartet?« Er stöhnte leise. Im Licht des Mondes sah sie, dass er sich den Kopf betastete. »Ich glaube, ich blute.«

Ein Schuldgefühl regte sich in ihr. »Oh, Zac! Es tut mir leid. Ich dachte ...« Dann übernahm der Ärger. »Warum schleichst du dich auch ins Haus?«

»Es war alles dunkel. Ich dachte, du schläfst schon, und wollte dich nicht wecken. Wer ahnt denn, dass du mit einem Schürhaken auf deine Besucher losgehst?«

»Meine Besucher klopfen normalerweise an der Tür.«

Sie zog ihn ins Cottage und wies Richtung Küche. Bevor sie ihm folgte, schloss sie die Tür und drehte den Schlüssel zweimal im Schloss. Als sie das Licht anmachte, blendete es sie im ersten Augenblick. Dann erschrak sie. Zac sah furchtbar aus. Sie hatte ihm mit dem Schürhaken eine Kopfwunde verpasst, aus der in Strömen Blut über sein Gesicht rann.

»Du siehst aus, als hättest du dich mit einem Schlachter angelegt«, sagte sie.

»Falsch geraten. Es war eine Irre. Mach bitte, dass das aufhört. Mein Hemd ist schon völlig eingesaut.«

»Als wäre ein sauberes Hemd das Wichtigste«, schnaubte Sara und versuchte als Erstes, den Blutstrom mit einem sauberen Küchentuch zu stoppen.

»Halt das auf deine Wunde. Ich besorge was zum Verbinden.«

Brav übernahm Zac das Küchentuch und presste es sich auf an den Kopf. Sara zog die Schublade auf, in der sie den Erste-Hilfe-Kasten aufbewahrt hatte, und bewaffnete sich mit Verbandsmull, Desinfektionsmittel und Haftstreifen.

Doch als sie dann vor Zac stand und er das Küchentuch von der Platzwunde nahm, verließ sie der Mut. »Das sieht aus, als müsse es genäht werden. Sollen wir nicht rasch ins Health Centre in Sidmouth fahren? Die können das besser als ich.«

»Mach einfach. Und sieh zu, dass ich nicht wie ein Schlägertyp aussehe. Ich muss Annie ins Bett bringen, weil Margaret noch wegmuss. Da ist keine Zeit, noch ins Health Centre zu fahren. Hoffentlich hat sie keine Angst vor mir, wenn ich aussehe wie durch den Fleischwolf gedreht«, knurrte Zac. Etwas bissiger fügte er hinzu: »Wollte nur vorher meine Einkäufe bei dir lassen. Weil mein Schwesterlein unter Entzugserscheinungen leidet, wenn sie ihr geliebtes Fudge nicht bekommt. Jetzt bereue ich es.«

Sara tat es leid, aber wieso schlich er sich auch in ihr Cottage, wenn er doch wusste, dass sie wegen dieses nächtlichen Schleichers unter Strom stand? Sie sagte nichts, verarztete ihn, dann holte sie die Einkäufe, die er nach dem Schlag vor der Tür hatte stehen lassen.

»Hast du noch Zeit für einen Tee?«

Zac sah auf die Uhr. »Hab ich.«

Er sah ihr zu, wie sie Teeblätter in die Tassen gab und Wasser aus dem Samowar zapfte.

»Dieser ›nächtliche Schleicher‹ macht dich ganz schön nervös, wie es aussieht.«

Sara nickte. »Gelinde gesagt. Gestern war er schon wieder da. Und bevor du wieder damit kommst, dass ich ihn mir einbilde: Cedric hat ihn auch gehört.«

»Und ich hoffe, er hat sich ihn vorgeknöpft.«

Sara schüttelte den Kopf. »Wir waren zu langsam. Er konnte flüchten.«

Zac schnaubte verächtlich. »Cedric ist doch ein Weichei!«

»He!« Sara versetzte ihm einen Klaps gegen die Schulter. Auch wenn Cedric und Zac sich mittlerweile beinahe mochten, schimmerte doch von Zeit zu Zeit die alte Eifersucht durch.

Zac lachte. »Schon okay. Ich taste deinen Ritter in strahlender Rüstung nicht an. Der Schleicher ist also davongekommen? Und warum ist Cedric dann nicht hier, um dich vor ihm zu beschützen?«

Da hatte er recht. Es war merkwürdig, dass Cedric noch nicht hier war. War noch etwas passiert?

»Er wird sicher später vorbeikommen. Der Schleicher kommt ohnehin immer erst in den frühen Morgenstunden.«

»Ich finde trotzdem, dass er hier sein sollte.«

Ungemütliches Schweigen breitete sich zwischen ihnen aus, bis Sara irgendwann sagte: »Wolltest du nicht zu Margaret?«

»Solange Cedric nicht auftaucht, bleibe ich.«

Sara verdrehte die Augen. »Ich brauche keinen Babysitter.«

»Das entscheidest nicht du.« Er sah auf die Uhr. »Wann hat er denn gesagt, dass er kommt?«

Sara stöhnte. »Er hat gar nichts gesagt. Ich gehe bloß davon aus, dass er vorbeikommt. Weil er denselben Beschützerkomplex hat wie du. Aber vielleicht schläft er heute auch zu Hause.«

»Das soll er sich trauen.« Zac zog sein Telefon heraus.

»Wag es nicht!«, rief Sara.

Doch Zac rief unbeeindruckt Cedrics Kontakt auf, drückte auf die Wähltaste und stellte den Anruf auf Lautsprecher. Er hatte es nur seiner Wunde zu verdanken, dass Sara nicht direkt auf ihn losging und ihn verprügelte.

Stattdessen durchbohrte sie ihn mit mörderischen Blicken. Was dachten sich die Männer in ihrem Leben bloß, dass sie sie ständig gängelten?

Es dauerte keine Sekunde und Cedric ging ran.

Das Erste, was er sagte, war: »Ist was mit Sara?«

Zac schnaubte. »Mein Schwesterlein ist gerade mit dem Schürhaken auf mich losgegangen, weil sie dachte, ich sei der Kerl, der ständig um ihr Haus schleicht.«

»Er schaut aus, als wäre er von unserem Dorfmetzger bearbeitet worden«, rief Sara, sodass Cedric sie hören konnte. »Was beweist, dass ich durchaus selbst in der Lage bin, mich zu wehren.«

»Ich sitze hier und telefoniere mit dir, was wohl beweist, dass Saras Schlagkraft zu wünschen übrig lässt.« Zac warf einen spöttischen Blick in ihre Richtung. Dann schaltete er den Lautsprecher aus und nahm das Handy ans Ohr. »Allerdings hatte ich nicht vor, die ganze Nacht hier Wache zu halten. Was mich zur nächsten Frage bringt: Hast du vor, hier aufzuschlagen, oder muss ich dich erst dazu überreden?« Seine Stimme hatte einen beinahe drohenden Unterton.

Was Cedric sagte, hörte Sara nicht, doch es schien Zac zu beruhigen. »Dann klopf bloß an, wenn du kommst. Sonst rennst du morgen auch mit einem Pflaster auf dem Kopf durchs Dorf.«

Er legte auf. »Cedric kommt in zehn Minuten. So lange bleibe ich bei dir.«

»Ach, hör auf! Ich habe dir doch gesagt, dass ich auf mich selbst achten kann.«

Zac grinste. »Darf ich vielleicht meinen Tee austrinken?«

Sofort war Sara wieder versöhnt. »Darfst du. Aber ich wünschte, ihr würdet mich nicht wie ein Baby behandeln.«

»Wir haben eben Angst um dich. Besonders nach dem, was mit der Sekretärin deines Lovers passiert ist.«

»Wie ist das denn schon wieder bis zu dir durchgedrungen?«

»Krimiclub-Chat, schon vergessen?« Zac deutete auf sein Telefon.

Den Chat hatte Sara tatsächlich vergessen. Entstanden war die Gruppe als Sara-Such-Chat, als sie einmal auf eigene Faust losgezogen war und Miss Spinster, Bobby Bobby, Cedric und Zac dermaßen besorgt um sie gewesen waren, dass sie sich zusammengeschlossen hatten – und das, obwohl gerade Zac und Cedric zu dem Zeitpunkt noch nicht wirklich gut aufeinander zu sprechen gewesen waren. Mittlerweile war auch Sara in die Gruppe aufgenommen worden und sie nutzten sie, um sich über laufende Ermittlungen auszutauschen.

»Finde ich übrigens gut, dass ihr euch entschieden habt, euch aus dem Fall von dieser Milly herauszuhalten. Wer weiß, was da passiert ist?«

»Sie ist ermordet worden«, sagte Sara.

Zac riss die Augen auf. Klar, das war eine Neuigkeit für ihn. Sie hatten darüber nicht im Chat gesprochen, weil sie alle zusammen vor Millys Haus gewesen waren, als ihnen die Todesnachricht bekannt geworden war.

Außerdem gab es ja nichts zu besprechen. Sie wollten sich schließlich aus der Sache heraushalten …

»Das sagst du mir einfach so? Und ich darf mir keine Sorgen machen, wenn du abends allein zu Hause hockst?«

»Na ja … Dass sie tot ist, weiß ich auch erst seit ein paar Stunden«, meinte Sara.

»Das ist mir völlig egal! Jemand ist ermordet worden. Um dein Haus schleicht jemand herum. Das reicht, um dich keine Sekunde mehr aus den Augen zu lassen.« Zac war aufgesprungen und wanderte nervös in der kleinen Küche hin und her. »Wo ist dieser bescheuerte Inspector, wenn man ihn braucht?«

Sara schüttelte den Kopf. »Lasst den bloß aus dem Spiel. Der sieht darin nur einen Grund mehr, um mich einzusperren.«

»Im Gefängnis kann dir wenigstens nichts …«

Ein lautes Klopfen ließ ihn zusammenfahren. Sara konnte es ihm nicht verdenken, denn auch sie war erschrocken, obwohl sie ihm gerade noch vorgeworfen hatte, dass er auch hätte klopfen können.

»Sara?«, rief jemand draußen vor der Tür.

Erleichtert erkannte Sara die Stimme ihres Freundes. »Cedric!«

Sie sprang auf und rannte auf die Eingangstür zu. Doch als sie sie öffnete, wartete ein neuer Schreck auf sie. Ein Schatten sprang sie an und sie stieß einen Schrei aus, doch dann ertönte ein helles Bellen.

»Ein Hund?«, fragte sie. »Du hast dir einen Hund angeschafft?«

Cedric grinste. »Du«, sagte er. »Du hast dir einen Hund angeschafft. Darf ich vorstellen?« Er bückte sich nach unten und nahm den Vierbeiner hoch, der sich bei genauerem Hinsehen als Beagle-Welpe entpuppte. »Sara Rattlebag, Hitchcock. Hitchcock, Sara Rattlebag.«

Der Welpe zappelte in Cedrics Armen und winselte, als wäre gerade nichts wichtiger für ihn, als zu Sara zu gelangen. Als Cedric ihn endlich in ihre Arme übergab, schleckte er ihr hingebungsvoll das Gesicht ab. Das war der Moment, in dem sie sich in ihn verliebte. Trotzdem fiel ihr Ton eher ruppig aus, als sie fragte:

»Ehrlich jetzt? Hitchcock? Noch ein dooferer Name ist dir nicht eingefallen?«

»Den Namen habe nicht ich ausgesucht, aber ich finde, er passt zu Sir Arthur Doyle.«

Zac legte ihr von hinten die Hände auf die Schultern. »Mein Schwesterherz ist also auf den Hund gekommen und wenn ich das richtig verstehe, nicht ganz freiwillig. Bevor ich in eine voreheliche Krise hineingezogen werde, verdünnisiere ich mich lieber. Äh ... Morgen würde ich noch mal auf einen Besuch vorbeischauen, Schwesterherz, also ... es wäre mir lieb, wenn du mir bei dem Anlass nicht einen Spaten über die Rübe ziehen würdest, oder«, er grinste frech, »deinen Bluthund auf mich hetzt!«

Er fuhr dem Kleinen einmal liebevoll über den Kopf, dann schob er sich zwischen Sara und Cedric hindurch nach draußen, wobei er Cedric leise »Viel Glück« wünschte.

Sara hatte keine Nerven, um auf Zacs Sticheleien einzugehen. Da saß ein Welpe auf ihrem Arm und wedelte fiepend mit seinem Schwanz. Ein Welpe!

»Also. Sag mir, dass ich das falsch verstanden habe und du mit ›Du hast dir einen Hund angeschafft‹ nicht gemeint hast, dass ... Hitchcock ab jetzt hier leben soll.«

Cedric schüttelte den Kopf. »Du hast richtig verstanden. Hitchcock ist ein Wachhund. Er hat ein ausgezeichnetes Gehör und wird sofort Laut geben, wenn jemand um dein Haus schleicht. Die meisten Menschen gehen auf Abstand, wenn ein Hund im Haus ist, also wird er den Schleicher abschrecken und wenn nicht, lässt du ihn eben raus und spätestens, wenn Hitchcock bellend nach draußen stürmt, wird der Kerl zusehen, dass er Land gewinnt.«

»Das hast du dir alles schön ausgedacht. Aber hast du dabei auch meinen Kater im Kopf gehabt?«

Cedric nickte. »Beagles sind äußerst verträgliche Hunde. Da sehe ich kein Problem.«

»Nun, dann wollen wir hoffen, dass Sir Arthur Doyle auch ›äußerst verträglich‹ ist.« Sara bückte sich und ließ das Hundchen hinunter, das sofort lostapste. Es sah winzig aus. Ganz sicher hatte es noch nicht seine finale Größe erreicht. »Wie alt ist dieser Schutzhund denn eigentlich?«

Cedric hob die Schultern. »Alt genug, um von der Mutter wegzukönnen. Ich habe ihn direkt vom Züchter.«

Sara seufzte. »Toll. Also darf ich mich auf Pfützchen und Häufchen in der ganzen Wohnung freuen.«

»Das geht auch vorüber«, meinte Cedric. »Hauptsache, er vertreibt den Eindringling.«

»Wenn er ihn mal nicht zu Tode schmust ...« Sara schnalzte ungehalten. Da hatte sie nun also einen Hund. Einen Babyhund. Noch dazu eine Rasse, die vermutlich viel Auslauf brauchte. Beagles waren Jagdhunde. Die lagen nicht nur faul auf dem Sofa und ließen den Tag an sich vorüberziehen.

Hitchcock sah sie mit schief gelegtem Kopf an und stieß ein sehnsüchtiges Winseln aus.

»Siehst du, er mag dich schon«, meinte Cedric.

»Vielleicht winselt er aber auch, weil er Angst hat.«

»Vor dir doch nicht.« Cedric bückte sich zu dem Welpen und streichelte ihm über den Kopf. »Du hast keine Angst vor deinem neuen Frauchen oder, Hitchcock?«

Der Kleine klopfte frenetisch mit seinem Schwänzchen auf den Boden. Er sah fragend zwischen Sara und Cedric hin und her und wartete, was die beiden sich Spannendes für ihn ausgedacht hatten.

Sara atmete tief durch.

»Komm, du kleiner Flohsack. Dann wollen wir dir mal dein neues Heim zeigen.« Zu Cedric gewandt meinte sie: »Das hat ein Nachspiel.«

Er grinste nur.

Sara nahm ihm die Tüte ab, die er mitgebracht hatte, und in der Futter und Näpfe und wahrscheinlich noch weiteres Zubehör für das Hundchen waren. Wenn der Kleine etwas zum Fressen bekäme, würde ihm das fremde Cottage hoffentlich gleich freundlicher erscheinen. Sie durchquerte das Kaminzimmer und steuerte auf die Küche zu, wo auch Sir Arthur sein Futter erhielt, da ertönten in ihrem Rücken begeistertes Gebell und – zeitgleich – wütendes Fauchen.

»Das war ja zu erwarten«, seufzte Sara.

Schnell ging sie zurück ins Kaminzimmer. Sir Arthur hatte sich mit gekrümmtem Buckel auf der Rückenlehne des Ohrensessels festgekrallt und fauchte mit aufgestellten Haaren den kleinen Hund an, der das Ganze offenbar für ein Spiel hielt und freudig bellte.

Sara ging zu ihrem Kater, nahm ihn hoch und murmelte ihm beruhigende Worte zu, während Cedric versuchte, den Welpen zu beruhigen, ihn ebenfalls hochnahm und auf dem Arm hielt, sodass er in Augenhöhe mit Sir Arthur war. Der Kater wehrte sich und kratzte Sara ins Gesicht, worauf sie ihn freigab. Unter protestierendem Fauchen entwischte er durch die Katzenklappe nach draußen.

»So viel zum Thema Verträglichkeit«, sagte sie.

»Er kriegt sich schon wieder ein.«

»Auf jeden Fall werde ich heute Nacht wieder durch das Dorf streifen dürfen, um ihn einzusammeln.«

Cedric zuckte mit den Schultern. »Es wäre nicht das erste Mal.«

»Mist, Cedric, was hast du dir nur dabei gedacht? Ich meine, danke, der Kleine ist ja süß, aber ... könntest du solche Aktionen nicht zuerst mit mir absprechen? Das wäre mir ... Nein!«

In diesem Augenblick hockte sich Hitchcock in einer eindeutigen Pose auf den Teppich.

Sara stürzte sich auf den Welpen, nahm ihn hoch und rannte mit ihm nach draußen. Leider zu spät, denn es sprudelte bereits eine erstaunliche Menge Urin aus ihm heraus, doch kaum, dass sie vor der Tür war, versiegte der Strom.

»Ich wische das schon weg«, sagte Cedric, noch bevor Sara etwas sagen konnte.

Grollend trug sie den Hund wieder hinein.

»Die Aufregung mit dem Kater war ihm wohl zu viel.« Cedric holte sich tatsächlich das Putzzeug und wischte die Hinterlassenschaften des Hundes auf. »Lass den beiden ein bisschen Zeit. Das wird schon.« Er putzte den Flur gründlich, dann schüttete er das Putzwasser weg und kam zurück ins Kaminzimmer. »Der Hund war übrigens Websters Idee.«

»Webster? Inspector Webster hat dir geraten, mir einen Hund zu kaufen?« Sara glaubte, sich verhört zu haben.

Cedric nickte. »Ich habe ihm von dem nächtlichen Schleicher erzählt und ...«

»Hast du nicht!«

»Doch, habe ich. Schließlich bin ich nicht der Einzige, der sich Sorgen gemacht hat. Und nachdem das mit Milly passiert ist, habe ich ...«

»Er wird mich für völlig übergeschnappt halten!«

Cedric schüttelte den Kopf. »Nein, tut er nicht. Im Gegenteil. Er hat gesagt, unsere Sorgen seien berechtigt. Er fand es gut, dass ich ihm davon erzählt habe. Aber tun könne er nichts, hat er gesagt. Solange nicht wirklich was passiert, seien ihm die Hände gebunden ... Das übliche Lied. Daher hat er uns zu einem Hund geraten.«

»Und du hörst das und rennst schnurstracks zu einem Züchter, um einen Hund zu holen? Und der hat auch noch einen zur Verfügung? Im Winter?«

Cedric wand sich. »Nun, der Züchter ist ... Webster.«

Sara starrte ihn an, dann begann sie zu lachen. »Webster züchtet Beagles?«

»Ja, er wollte Hitchcock eigentlich selbst behalten, weil seine Agatha – du weißt schon, wie Agatha Christie – wohl langsam in die Jahre kommt. Er wollte mit Hitchcock die Zucht fortführen.«

»Hitchcock ist ein Mädchen?«

»Ein Weibchen, ja, aber ihm ... oder ihr ist es ja egal, was für einen Namen sie hat, nicht wahr? Jedenfalls meinte Webster, dass ...«

»Wieso hat er Hitchcock dann nicht nach einer weiblichen Kriminalautorin benannt, wenn er schon denselben Spleen wie Maud hat und seine Tiere nach Schriftstellern benennt?«

»Weil ... Das weiß ich nicht und es ist auch egal. Er meinte jedenfalls, dass ...«

»Also ich finde Hitchcock blöd, wenn er ein Mädchen ist.«

»Sie. Und lässt du mich mal ausreden?« Cedric sah Sara tadelnd an. Sie verschloss ihren Mund pantomimisch mit einem Reißverschluss und er fuhr fort: »Jedenfalls meinte er, dass es vielleicht ganz gut wäre, wenn du eine Aufgabe bekämst. Eine Aufgabe, die dich von ... na ja ... Kriminalfällen ablenkt.«

Sara starrte ihn an, schüttelte den Kopf. »Webster ist und bleibt ein Idiot. Und du auch.«

# Kapitel 6 – Saras Wächter

Als es auf Mitternacht zuging, wurde Sara immer unruhiger. Jetzt war Silly Old Joe vermutlich auf dem Friedhof – und bei ihm mit ziemlicher Sicherheit Sir Arthur Doyle, der heute ganz bestimmt nicht von allein nach Hause zurückkehren würde. Sie musste einfach dorthin. Doch mit Cedric, der jeden ihrer Schritte misstrauisch beobachtete, würde das schwierig. Und was er sagen würde, wenn er mitbekäme, dass sie weiterermitteln wollte, konnte sie sich lebhaft vorstellen. Außerdem war ihr selbst auch nicht ganz wohl bei der Sache. Konnte sie sich drauf verlassen, dass der Schleicher erst später kam? Was, wenn sie ihm begegnete? War es zu gefährlich, sich allein in der Nacht herumzutreiben?

Nein. Sie schüttelte den Kopf. Sie musste aufhören, sich selbst verrückt zu machen. Sie hatte vorhin ihrem Bruder einen Schürhaken übergehauen! So konnte das nicht weitergehen. Wenn der Schleicher ihr wirklich etwas antun wollte, hätte er dazu schon viele Gelegenheiten gehabt. Sie würde sich von ihm nicht einschränken lassen. Nicht mehr.

So streckte sie sich irgendwann und gähnte. »Wollen wir schlafen gehen?«

Cedric witterte keinen Verrat, stand auf, zog sie vom Sofa hoch und sie gingen zusammen in Saras Schlafzimmer. Als sie die Tür geschlossen hatten, ertönte draußen ein klägliches Winseln.

»Ich glaube, sie vermisst ihre Mutter«, sagte Cedric.

Sara seufzte. Das war so klar gewesen. »Lass sie rein.«

Cedric ging zur Tür und das braun-weiße Fellbündel schoss ins Zimmer, an Sara hoch, laut kläffend, sodass ihr Trommelfell zu zerreißen drohte.

»Na, toll«, sagte sie. Aber sie hatte nichts einzuwenden, als Cedric das Hundekörbchen ins Schlafzimmer verfrachtete und versuchte, Hitchcock dazu zu motivieren, darin zu schlafen.

Irgendwann stand das Körbchen direkt neben dem Bett und Saras einer Arm hing unter der Decke hervor und streichelte dem Hundebaby über den Kopf, bis es endlich schlief. Dabei schnarchte es erstaunlich laut für so ein kleines Wesen.

»Und das jetzt jede Nacht?«, flüsterte sie, um den Welpen nicht wieder aus dem Schlaf zu reißen.

»Hoffentlich nicht.« Cedric sah aus, als würde er sein Geschenk bereits bereuen.

Sie schalteten das Licht aus und bald darauf hörte Sara an Cedrics gleichmäßigen Atemzügen, dass er eingeschlafen war. Sie wartete noch ein bisschen, dann schlug sie vorsichtig die Decke zurück und schwang ihre Beine aus dem Bett. Darauf bedacht, kein Geräusch zu machen, schlich sie zur Tür, doch in dem Moment, in dem sie die Klinke hinunterdrückte, ertönte ein Winseln.

Sara erstarrte.

Das Winseln ging weiter und es kam, wie es kommen musste: Cedric wachte auf. Toll! Da hatte sie nun einen Hund geschenkt bekommen, der für sie Wache halten und mögliche Einbrecher vertreiben sollte, und was tat er? Er bewachte Sara und verhinderte, dass sie ihre nächtlichen Ermittlungsgespräche führen konnte.

»Ich glaube, die Kleine muss pinkeln«, sagte Sara. Eine lahme Ausrede, das war ihr klar, doch Cedric nahm sie ihr ab.

»Ich mach das schon«, bot er an.

»Nein, lass nur. Ich bin schon aus dem Bett.«

»Dann komme ich mit.« Im Nu stand Cedric neben ihr. Sie zogen sich an, dann legten sie Hitchcock die Leine an und gingen nach draußen.

Der Welpe allerdings hatte alles andere im Sinn, als sein Geschäft zu machen. Kein Wunder, er hatte ja auch nicht gemusst ... Er spazierte im Zickzack über die Straße, schnuffelte an jeder Pflanze und an jedem Stein und Sara und Cedric folgten ihm frierend.

Beinahe hatten sie das Dorf erreicht und Sara suchte bereits nach einer Ausrede, mit der sie Cedric abwimmeln konnte, da spielte Hitchcock das erste Mal in ihrem Team. Sie setzte sich nämlich einfach hin und winselte.

Cedric zog an der Leine, doch der Welpe war nicht zu bewegen auch nur einen weiteren Schritt zu machen.

»Ich glaube, wir müssen sie tragen«, sagte Sara.

Cedric nickte. »Ich nehme sie.«

»Okay. Ich springe nur noch schnell auf den Friedhof und hole Sir Arthur. Geh du doch inzwischen zurück zum Haus.«

»Ich komme natürlich mit«, sagte Cedric.

»Nicht doch. Sieh nur, wie die Kleine friert.« Tatsächlich zitterte Hitchcock erbärmlich.

Das sah auch Cedric ein. »Okay, aber beeil dich. Wenn du in einer Viertelstunde nicht in deinem Cottage bist, schicke ich einen Suchtrupp los.«

Sara lächelte ihn an und gab ihm einen Kuss auf die Nasenspitze, Hitchcock wurde hinterm Ohr gekrault. »In Ordnung.«

Dann wandte sie sich schnell ab, bevor er es sich noch anders überlegen konnte, und ging auf den Friedhof zu. Kaum war sie um die Ecke gebogen und Cedric außer Rufweite, überfiel sie ein ungutes Gefühl. Die Hauptstraße lag verlassen vor ihr. Wo vorhin Polizeiautos und eine Menschenmenge gestanden hatten, war jetzt niemand mehr. Einzig ein Dokument an Millys Tür und ein paar Absperrbänder deuteten darauf hin, dass heute die Polizei hier gewesen war.

Sara sah hoch zu den Fenstern, halb in Erwartung, auch heute ein Licht dahinter zu sehen. Doch hinter den Scheiben lag Dunkelheit.

Sara schluckte. Sollte sie Webster vielleicht doch von dem Licht erzählen? Sie entschied, dass es dafür morgen auch noch früh genug war, und ging weiter, die Hauptstraße entlang bis zu dem steinernen Bogen, durch den man das Kirchenareal betreten konnte. Sie umrundete die Kirche und ein Teil ihrer Anspannung fiel von ihr ab, als sie Silly Old Joes Fistelstimme hörte.

»Etwas Böses schleicht durchs Dorf. Etwas Böses, Böses!«, predigte er.

Sein einziger sichtbarer Zuhörer war wie immer Sir Arthur Doyle, doch Sara wusste, dass er sich eine ganze Geisterschar als Publikum einbildete. Alle Toten, die hier begraben waren, saßen in seiner Einbildung um ihn herum und hielten Zwiesprache mit ihm. Manchmal versuchte er, Streitereien zwischen seinen Schäfchen zu schlichten, so etwa zwischen dem Lieblingsgeist der Bewohner von Sidbury, Geraldine, und ihrem Ehemann Matthew, die zu Zeiten von Queen Victoria auf Sidbury Manor gelebt hatten und beide unter tragischen Umständen zu Tode gekommen waren.

Doch heute hatte er offenbar ein anderes Thema – eines, das auch Sara brennend interessierte. Sie überlegte, ob sie einfach an Ort und Stelle verharren und abwarten sollte, ob er von allein auf die Hintergründe des

Bösen zu sprechen kam, doch in diesem Augenblick hob er das Gesicht und sah zu ihr herüber.

»Danke, Maud, ja, da ist sie. Komm her, junge Rattlebag. Ich habe dich schon erwartet. Wärst du nicht gekommen, hätte ich dich aufgesucht. Sir Arthur Doyle hat dir etwas zu sagen.«

»Sir Arthur Doyle?« Sara sah ihren Kater an.

Silly Old Joe wackelte mit dem Kopf. »Er ist nicht amüsiert über den neuen Mitbewohner.«

Sara schnaubte. »Nun, ich auch nicht. Sag ihm das. Aber wir werden uns beide an ihn gewöhnen.«

Der Kater sah beleidigt von Sara weg, sprang vom Mäuerchen und stolzierte um Silly Old Joe herum, sodass er vor Saras Blicken verborgen war. Ganz, als wolle er sagen: »Wenn du diesen Flohsack nicht verschwinden lässt, bleibe ich lieber bei dem Verrückten.«

Sara seufzte. »Joe, sag ihm, dass der Hund ein Baby ist. Cedric hat es gut gemeint. Er denkt, dass Hitchcock – das ist das Hundchen – den Schleicher vertreiben kann, der sich ständig an meinem Haus zu schaffen macht. Außerdem hat er ihn von dem blöden Inspector. Wenn ich ihm den Welpen jetzt zurückgebe, verhaftet er mich womöglich doch.«

Das war natürlich völlig aus der Luft gegriffen, aber Sara traute Inspector Griesgram alles zu.

»Der Schleicher ist nicht das Problem«, sagte Silly Old Joe. »Vor dem brauchst du dich nicht zu ängstigen.«

»Ach ja? Dann weißt du, wer es ist?«

Joe wackelte mit dem Kopf. »Ja und nein. Ja und nein. Es wird sich alles lösen. Silly Old Joe kann dir nur sagen, dass du vor dem Schleicher keine Angst haben musst. Vor dem Bösen allerdings schon.«

»Dem Bösen?«

Der Dorfnarr nickte. »Das Böse schleicht durch Sidbury. Es breitet sich aus wie schwarzer Rauch, kriecht in jede Ritze, in die Köpfe der Menschen und macht, dass sie nicht mehr klar denken können. Die Strahlendste leuchtet in dunklem Licht.«

»Hä?« Sara verstand gar nichts.

»Silly Old Joe hat schon zu viel gesagt. Die Leuchtende wird ihn strafen, wenn er mehr sagt. Ihre Kinder sind böse. Böse ... Ring-a-ring-a-rosies, the king has sent his daughter to fetch a pail of water, a tissue, a tissue, we all fall down ...«

»Joe!«

Sara hasste es, wenn er begann, alte Kinderreime zu singen. Mit dieser brüchigen Stimme klang das auf dem Friedhof wie Totengesänge und zusammen mit den dunklen Andeutungen, die er gerade von sich gegeben hatte, machten sie ihr Angst.

Plötzlich wünschte sie, sie hätte sich nicht von Cedric getrennt.

»Joe, hör auf. Bitte!«

Doch der Alte achtete nicht auf sie. Nach allen Seiten grüßend und weiter diesen verdammten Kinderreim singend, schlurfte er über den Friedhof davon.

Zurück blieben Eiseskälte und eine unheimliche Stille. Totenstille.

Sara war dankbar, als Sir Arthur ein leises Maunzen von sich gab und dadurch ihre Aufmerksamkeit von der Horrorfilmstimmung wieder zurück auf ihn lenkte – ein lebendiges Wesen.

»Du bist der Beste«, sagte sie und hob ihn hoch. »Danke!«

Dann machte auch sie, dass sie fortkam. Unwillkürlich drehte sie ihren Kopf hektisch von einer Seite zur nächsten, um sicherzugehen, dass nicht aus einem der Gräber plötzlich eine Skeletthand schoss. Auch wenn sie so einen Quatsch natürlich nicht glaubte.

Erst als sie endlich das Friedhofsgelände verlassen hatte, konnte sie sich etwas entspannen. Sie hastete durch die Straßen, dankbar dafür, dass Sir Arthur keine Faxen machte und sich anstandslos nach Hause tragen ließ. Als sie die Eingangstür endlich erreicht hatte, schlüpfte sie schnell ins Haus und zog die Tür hinter sich zu. Sie verriegelte sie, dann stieß sie einen abgrundtiefen Seufzer der Erleichterung aus.

Zu Hause.

Das Glücksgefühl dauerte genau so lang, bis Hitchcock mit freudigem Kläffen aus ihrem Schlafzimmer hüpfte – man konnte es nicht anders nennen – und an ihr hochsprang.

Sir Arthur fauchte, krallte sich in Saras Haut, sodass sie schmerzerfüllt aufschrie, Hitchcock schien die Reaktion der Katze noch stärker zu motivieren, sie bellte noch begeisterter und Sara war mittendrin und völlig überfordert mit der Situation.

Cedrics Lachen brachte das Fass zum Überlaufen.

»Raus! Raus, verschwinde! Und zwar sofort!« Sie funkelte Cedric wütend an.

Der verstand.

Mit einem verlegenen Grinsen nahm er seine Jacke, sperrte auf und drückte sich durch den Türspalt, damit der immer noch kläffenden Hund nicht nach draußen entwischen konnte.

Sara warf die Tür hinter ihm zu, atmete tief durch und versuchte, zu sich zu kommen. Das war nicht ganz leicht mit dem sich windenden Kater in ihren Armen und dem Hund, der immer noch völlig von der Rolle war, doch irgendwann hatte sich ihr Ärger so weit gelegt, dass sie wieder einigermaßen klar denken konnte.

»So, Leute«, sagte sie zu den Tieren. »Jetzt wird's Zeit für die Familienzusammenführung. Hört auf, so ein Spektakel zu veranstalten. Wir benehmen uns in diesem Haus wie zivilisierte Leute.«

Sir Arthur Doyle fauchte leise und der Welpe gab ein letztes Winseln von sich.

»Das ist Hitchcock«, sagte Sara und ging in die Hocke, damit die beiden sich auf Augenhöhe sahen. »Sie ist jung und ein bisschen ungestüm, aber sieh sie dir doch an: Ist sie nicht süß? Der idiotische Inspector musste ihr zwar einen Männernamen geben, aber wir wollen nicht vergessen, dass sie eine Lady Hitchcock ist.«

Sir Arthur Doyle beäugte den Welpen misstrauisch.

Auch Hitchcock war endlich still und schnüffelte nach dem schwarz-weißen Etwas in Saras Armen. Sie war es dann auch, die den ersten Schritt machte und sich dem Kater schnuppernd näherte.

Ein leises Fauchen ließ sie zurückweichen, doch sie kam gleich darauf wieder näher.

Sara grinste, als Lady Hitchcock – wie sie beschloss, die Hundedame zu nennen – sie beinahe erreicht hatte und Sir Arthur blitzschnell mit seiner Pfote nach vorn langte, um dem Welpen eine Ohrfeige zu verpassen.

»Genau. Klär gleich die Regeln«, sagte sie zu ihrem Kater.

Dann streichelte sie Lady Hitchcock über den Kopf. Einmal, zweimal ... dann warf diese sich auf den Rücken, wandte ihr ihr Bäuchlein zu und verlangte, dort gekrault zu werden.

Sir Arthur sah zu, wand sich aus Saras Armen und sprang elegant auf den Boden. Unter herablassender Nichtbeachtung der neuen Mitbewohnerin stolzierte er auf die Sitzgruppe im Kaminzimmer zu, sprang auf seinen Lieblingssessel und ließ sich darauf nieder.

Sara atmete aus. Der schlimmste Streit schien vorerst abgewendet. Sie hob den Welpen hoch und wanderte mit ihm in ihr Schlafzimmer. Dort legte sie ihn in sein Körbchen und sich selbst ins Bett. Doch kaum hatte sie das Licht ausgeschaltet, begann er zu winseln. Diesmal nützte es auch nichts, dass sie ihren Arm unter der Bettdecke hervorstreckte und ihn streichelte. Als sie vor lauter Müdigkeit kaum mehr die Augen offenhalten konnte, ließ sie sich erweichen.

»Ausnahmsweise. Weil das deine erste Nacht ist.« Kurzerhand nahm Sara die Hundedame zu sich ins Bett. Ein Fehler, wie sich später herausstellen sollte.

# Kapitel 7 – Ein neuer Job

Unausgeschlafen und grantig saß Sara am nächsten Tag vor ihrem Frühstück. Sie war so müde, dass sie die Eier verbrannt hatte, auch der Toast war eher dunkel geraten. Dafür fraßen ihre beiden Tiere einträchtig nebeneinander, oder vielmehr: Sir Arthur Doyle fraß auf der Anrichte und Lady Hitchcock auf dem Boden.

Es war alles etwas umständlich und Sir Arthur Doyle war auch nicht wirklich amüsiert über den Wechsel seines Futterplatzes, doch anders ging es nicht. Als sie beide Futterschüsseln auf den Boden gestellt hatte, hatte sich der Welpe sofort über das Katzenfutter hergemacht, und Sara fürchtete, dass er es nicht vertrug.

Also hatte sie die Futterplätze neu arrangiert, worüber ihr eigenes Essen ungenießbar geworden war.

Cedrics Entschuldigungs-SMS ignorierte sie, doch sie befürchtete, lange würde ihre Ruhe nicht anhalten. Und sie sollte recht behalten. Sie hatte noch nicht einmal ihr Rührei verdrückt, da klopfte es an der Tür und kurz darauf wurde daran gerüttelt, was ihr verriet, dass es sich bei dem Besuch um ihre beiden Seniorenfreunde handelte. Die waren es nämlich gewohnt, einfach das Haus zu betreten.

Lady Hitchcock gebärdete sich wie verrückt, Sir Arthur fauchte – alles wie gehabt. Seufzend öffnete Sara die Tür, wobei sie darauf achtete, dass der Hund nicht ins Freie flüchten konnten, dann ging sie zurück in die Küche, um sich eine weitere Tasse Tee zu holen.

»Was bist du denn für ein Süßer?«, gurrte Miss Spinster im Hintergrund und Sara erriet, ohne sich umzudrehen, dass Lady Hitchcock gerade eine weitere Streicheleinheit abbekam.

»Mögt ihr auch Tee?«

»Gern«, erwiderte Miss Spinster. »Aber deswegen sind wir nicht da. Wem gehört der Hund?«

»Mir«, knurrte Sara.

»Oh. Schade.«

»Wieso?« Nun drehte sich Sara doch um.

»Wir hätten eine Idee. Das heißt, ich hätte eine Idee. Bobby ist nicht sonderlich begeistert davon, weil der Inspector doch angedroht hat ... na ja, du weißt schon.«

»Was wäre das für eine Idee?«

»Wir haben das hier gefunden.« Miss Spinster kam mit einem Stück Papier, das sie eindeutig aus der Regionalzeitung gerissen hatte, auf Sara zu. »Aber wenn du jetzt einen Welpen hast, geht das sowieso nicht.«

»Lassen Sie mich sehen.« Sara griff nach dem Zettel. Sofort sprang ihr eine Überschrift entgegen.

»Underground Passages suchen Verstärkung«, stand da. Darunter ein Aufruf. Die Underground Passages suchten Ehrenamtliche, die ihr Team ergänzen sollten. Je nach zeitlicher Verfügbarkeit konnte man sich für administrative oder andere Aufgaben melden. Auch für Führungen »an besucherstarken Wochentagen« suchte man Verstärkung gegen eine kleine Vergütung.

Ihr Herz schlug schneller. Einen Job anzunehmen konnte ihr niemand verbieten, oder?

Sie sah hoch.

»Nur ... mit Hund geht das sicher nicht«, sagte Miss Spinster.

Sara machte eine wegwerfende Handbewegung. »Der Hund ist sicher kein Problem. Ich werde geteiltes Sorgerecht beantragen. Am Wochenende kommt er einfach zu Papa.«

»Papa?« Miss Spinster sah sie verwirrt an.

»Cedric«, erklärte Sara. »Er hat ihn angeschafft. Er muss sich um ihn kümmern. Zumindest samstags und sonntags – und wenn ich das richtig verstehe, geht es doch gerade um die Wochenenden, nicht?«

»Ich denke schon.« Miss Spinster tauschte einen Blick mit Bobby. »Dann sollen wir uns bewerben?«

»Wir?« Sara sah sie verwirrt an.

»Na ja, was Eveline kann, kann ich auch. Ich denke, das würde mir gefallen.« Sie zwinkerte Sara zu. »Ich könnte dir den Rücken freihalten, wenn du ermittelst.«

Bobby räusperte sich.

»Ach, Bobby, du alter Spielverderber. Wir werden schon nichts Strafbares anstellen!«

»Wer's glaubt«, murmelte Bobby.

»Dann bist du dabei?«, fragte Miss Spinster. »Ich frage nur, weil wenn du nicht dabei bist, kann ich mich auch nicht bewerben. Ich fahre doch so ungern mit dem Bus ...«

Wieder zwinkerte sie Sara zu.

Die lachte. »Ich bin dabei. Wollen wir gleich losfahren?«

»Und der Hund?«, fragte Miss Spinster.

Gleichzeitig drehten sich ihre beiden Köpfe Bobby zu, der abwehrend die Hände hochhielt. »Ich weiß doch gar nicht, was ich da tun muss. Ich habe mich noch nie um einen Hund gekümmert.«

»Das ist ganz einfach. Gib ihm was zum Trinken, was zum Fressen, ganz viele Streicheleinheiten und geh alle halbe Stunde mit ihm Gassi«, erklärte Miss Spinster. »Die Bewegung wird dir guttun.«

Bobby verzog das Gesicht. »Na, gut. Dann lasst mir den Hund hier, aber ich warne euch: Wenn ihr irgendwas macht, was der Polizei nicht gefällt, komme ich höchstpersönlich nach Exeter und verhafte euch.«

»Das wird nicht nötig sein, mein Lieber. Und jetzt lass uns fahren!« Miss Spinster sprühte vor Tatendrang und Sara ließ sich anstecken. Sie streichelte Lady Hitchcock über den Kopf, stürzte den Tee hinunter und dann holte sie ihre Autoschlüssel.

»Auf nach Exeter«, sagte sie.

»So schnell sieht man sich wieder.« Die alte Dame hinter der Kasse der Underground Passages lächelte erfreut. »Hat euch das Museum so sehr gefallen?«

»Genau«, sagte Miss Spinster. »So gut, dass wir beschlossen haben, hier zu arbeiten.« Sie zog den Zeitungsausschnitt hervor und hielt ihn Eveline hin. »Ihr braucht Verstärkung? Wir sind hier. Alle beide.«

»Oh!« Eveline schien etwas überrumpelt. »Aber da steht doch auch, ihr sollt euch bei dieser Nummer melden.« Sie beugte sich tiefer über den Zettel. »Wenn mich nicht alles täuscht, ist das die Nummer von Henry. Er ist gerade zufällig im Museum. Wartet kurz, ich hole ihn!«

Sie stand auf und tastete sich die Treppe abwärts Richtung Museum. Sara und Miss Spinster blieben vor der Kasse stehen und warteten. Eine Familie mit zwei Kindern im Grundschulalter betrat den Vorraum und stellte sich hinter ihnen an.

Die Minuten vergingen.

Das jüngere der Mädchen begann zu quengeln. »Wann fängt es denn an?«

»Entschuldigen Sie, wissen Sie, ob das Museum schon geöffnet ist?«, fragte die Mutter Miss Spinster.

»Ist es«, sagte die. »Schon seit beinahe einer Stunde.«

»Warum ist dann niemand an der Kasse?«, fragte die Frau.

»Die Verantwortliche sucht jemanden im Museum, aber wenn Sie wollen, kann ich Ihnen Ihre Tickets verkaufen.«

»Das wäre lieb.«

Miss Spinster zwinkerte Sara zu, sodass die Frau das nicht sehen konnte, und umrundete den Kassentisch. »Also ... eine Familie, zwei Kinder ... Ist die Kleine älter als sechs Jahre?«

»Jünger«, sagte die Frau.

»Dann macht es genau ...« Miss Spinster sah beim Rechnen zur Decke, dann nannte sie den Preis. »Sie müssen bar zahlen. Ich kann mit dem Kartenlesegerät noch nicht umgehen.«

»Das ist kein Problem.« Die Frau zählte den Betrag heraus, dann packte sie an jeder Hand eines der Mädchen und ging mit ihnen Richtung Treppe.

Kaum waren sie außer Hörweite, sagte Miss Spinster: »Ich denke, ich habe meine Probezeit bestanden, nicht wahr?«

In dem Augenblick kam Eveline auf die Treppe hoch, hinter ihr ein Mann um die fünfzig, der einen beträchtlichen Bauch vor sich hertrug und entsprechend schnaufte. »Miss Spinster, Miss Rattlebag? Ich höre, wir haben neue Volunteers?«, fragte er und musterte Sara und Miss Spinster enthusiastisch. »Das ist phänomenal! Erzählen Sie. Erzählen Sie.«

Sara wechselte einen verstohlenen Blick mit ihrer Begleiterin. »Was … sollen wir denn erzählen, Mr …?«

»Mr White. Wo habe ich meinen Kopf? Ich bin Mr White, aber als zukünftige Kolleginnen dürft ihr gern Henry zu mir sagen. Ich habe das Museum zusammen mit einem Haufen Verrückter auf die Beine gestellt und nun – was soll ich sagen? – darf ich mich Museumsdirektor schimpfen, obwohl ich ja eigentlich Grundschullehrer bin.«

»Aha, deshalb all die interaktiven Stationen im Museum«, sagte Sara.

Seine Augen leuchteten auf. »Phänomenal, oder?«

Sara schmunzelte. Der Museumsdirektor hatte wohl ein Lieblingswort.

»Ja, wie das ganze Museum.«

Henry Whites Gesicht leuchtete auf. »Danke. Also, was verbindet ihr mit dem Museum? Warum möchtet ihr euch hier einbringen?«

»Wir waren gestern hier und haben uns auf den ersten Blick verliebt in die Underground Passages«, sagte Sara. »Der leichte Grusel in den Gängen, die phänomenale Ausstellung der Fundstücke, die interaktiven Stationen – es ist einfach ein phänomenales Gesamtkonzept. Außerdem habe ich selbst Geschichte studiert«, Sara verschwieg dem netten Herrn, dass sie das Studium nie abgeschlossen hatte, »und wenn es eine so gut erhaltene Struktur aus dem Mittelalter zu pflegen gibt, bin ich gern Teil davon.«

»Wir sind außerdem zeitlich sehr flexibel«, ergänzte Miss Spinster. »Ich bin im Ruhestand und Sara ist die Chronistin von Sidbury und Sidmouth – also nicht wirklich ausgefüllt.«

»Oh, Sidbury. Wir hatten schon mal jemanden aus Sidbury«, sagte Henry. »Er war ... er ist tragisch verunglückt.«

»Charles Evans«, sagte Sara. Wieso sollte sie auch mit ihrem Wissen zurückhalten?

»Sie kannten ihn?«

Sie schüttelte den Kopf. »Nein, aber seine Frau ist meine Nachbarin. Sie war ziemlich verzweifelt.« Bis sie sich mit meinem Bruder getröstet hat, dachte sie, sprach den Gedanken aber nicht laut aus.

»Das kann ich mir vorstellen.« Henry White machte eine Pause, als wolle er das Andenken von Charles Evans nicht durch zu viel Geschwätzigkeit verunglimpfen. Dann jedoch streckte er sich wieder und lächelte die beiden Frauen an. »Wir werden Charles immer in guter Erinnerung behalten, aber wir müssen auch nach vorne sehen. Und ich bin wirklich glücklich darüber, dass ihr euch als Volunteers zur Verfügung stellen wollt. Ich hatte ja meine Zweifel, was diese Anzeige betraf, aber dass ihr euch daraufhin gemeldet habt, ist doch phänomenal. Wie könnt ihr euch denn vorstellen, euch hier einzubringen?«

Miss Spinster lächelte. »Nun, die Familie, die euch begegnet ist, hat bereits von mir die Tickets erhalten.

Es müsste mir nur jemand zeigen, wie das Kartenlesegerät zu benutzen ist.« Sie grinste Sara spitzbübisch zu.

Eveline klatschte in die Hände. »Verstärkung an der Kasse wäre wunderbar. Manchmal kommen so viele Leute, dass ich ganz kirre werde. Dann verrechne ich mich und manchmal geht die Schlange der Wartenden dann bis auf die Straße hinaus.«

»Ja«, pflichtete Henry ihr bei. »Verstärkung an der Kasse wäre phänomenal. Und du, Sara? Ich darf euch doch beim Vornamen nennen?«, vergewisserte er sich.

Sara nickte, während Miss Spinster sich beeilte, sich als Nancy vorzustellen.

»Ich bin für jede Arbeit offen«, sagte Sara. »Ihr könnt mich auch für Reinigungsarbeiten einsetzen.« Während sie das sagte, schoss sie Miss Spinster einen bedeutungsvollen Blick zu. Nicht, dass die Seniorin eine Bemerkung darüber fallen ließ, dass sie ihre Putzkünste vielleicht mal in ihrem Cottage zur Anwendung bringen sollte. Doch Miss Spinster blieb still und so fuhr Sara fort: »Nur eine Sache wäre uns wichtig. Dass unsere Arbeitszeiten aufeinander abgestimmt werden. Dann können wir zusammen mit dem Auto kommen.«

»Natürlich. Natürlich! Wie wäre es, wenn du Führungen übernehmen würdest? Es wäre pure Verschwendung, eine Absolventin eines Geschichtsstudiums als Reinigungskraft einzusetzen!«

Sara fühlte sich nicht gut dabei, dem netten Henry zu verschweigen, dass sie das Studium nicht abgeschlossen hatte, aber es war ja ihr Ziel gewesen, als Guide eingesetzt zu werden. Irgendwie hatte sie das Gefühl, dass dort unten in den Gängen ein Geheimnis lauerte ... ein Geheimnis und die Antwort auf die Frage, warum Charles hatte sterben müssen.

Sie lächelte. »Ich könnte mir gut vorstellen, die Besucher durch die Gänge zu führen.«

»Blake lernt dich sicher gern an. Sie wird begeistert sein, dass nicht mehr alles auf ihren Schultern lastet.«

Sara nickte zu Henrys Worten. »Ja, das Gefühl hatte ich auch.«

»Phänomenal.« Es fehlte nicht viel und Henry White klatschte vor Begeisterung in die Hände. »Dann sollten wir gleich in medias res gehen. Oder habt ihr heute noch was anderes vor?«

Sara und Miss Spinster schüttelten die Köpfe.

»Ich nehme Nancy unter meine Fittiche«, erklärte Eveline.

»Und ich bringe Sara nach unten. In zehn Minuten startet eine Tour. Geh einfach bei ein paar Führungen mit, übernimm vielleicht bei jeder etwas. Ich bin sicher, am Ende des Tages hast du es drauf. Es wäre phänomenal, wenn ihr morgen auch kommen könntet, danach machen wir einen neuen Plan und ihr könnt euch die Arbeit aufteilen.« Henry sah Sara abwartend an und als sie nickte, strahlte er. »Also gut. Willkommen im Team der Underground Passages. Sara, wir steigen ab in die Unterwelt.«

Er wandte sich der Treppe zu und ging los. Sara beeilte sich, ihm zu folgen. Statt sie jedoch auf dem schnellsten Weg zu Blake zu bringen, hielt er bereits bei der Zeitleiste an und begann die wichtigsten Fakten zur Entstehung der Tunnel zu erklären. Er erzählte ausschweifend und detailreich, kam vom Hundertsten ins Tausendste und Sara dachte, dass es gut war, dass er nicht selbst Führungen übernahm. Bei seinem Erzählfluss wäre es sonst leicht möglich gewesen, dass ein älterer Besucher währenddessen das Zeitliche segnete.

Der Zeiger rückte näher und näher an den Zeitpunkt, an dem die Führung beginnen sollte, und irgendwann unterbrach Sara ihren neuen Boss. »Ich glaube, die Führung startet gleich. Sollen wir nicht vielleicht …«

»Oh, ja, ja natürlich!« Henry sah erschrocken auf die Uhr und beeilte sich weiterzugehen. »Es ist nur so … Immer wenn ich über die Passages zu sprechen beginne, geht die Begeisterung mit mir durch. Es ist wie verhext. Hier zum Beispiel …« Er blieb bei einer lebensgroßen Puppe in mittelalterlicher Gewandung stehen, deren konturloses Gesicht durch einen Projektor beleuchtet wurde und so den Anschein erweckte, als würde die Figur sprechen.

Sara unterbrach ihn, noch bevor er zu einer weiteren nicht enden wollenden Erklärung ansetzen konnte. »Die Führung, Henry.«

»Die Führung.« Er grinste und eilte weiter. Sara folgte ihm und atmete erleichtert aus, als sie den Filmraum erreichten. Blake verteilte gerade die Helme.

»Oh!«, sagte sie beim Anblick von Sara. »Dich hat wohl das Untergrund-Fieber gepackt.«

Sara grinste.

Henry legte ihr die Hand auf die Schulter. »Genau so ist es, Blake. Darf ich vorstellen: Sara, unsere neue Museumsführerin. Endlich wird dein Wunsch erfüllt. Du bekommst Verstärkung.«

Wenn Sara gedacht hatte, dass Blake sich darüber freuen würde, dass sie nun weniger arbeiten musste, hatte sie sich getäuscht. Ein Ausdruck von Verärgerung huschte über ihre Züge. Etwas Finsteres, das Sara schaudern ließ.

Interessant, dachte sie bei sich. Begeisterung sieht anders aus. Es war wohl die richtige Entscheidung gewesen, etwas tiefer in den Geheimnissen der Passages zu stochern.

Henry schien nichts von Blakes Missstimmung zu bemerken. »Nimmst du Sara unter deine Fittiche, Blake? Lass sie einfach bei jeder Führung etwas mehr übernehmen. Die letzte Führung heute macht Sara und du gibst ihr danach ein konstruktives Feedback. Ach, und nimm sie auch gleich mit, wenn du abschließt. Dann weiß sie, worauf sie achten muss, wenn sie das mal übernehmen muss.«

»Ich ...« Blake sah aus, als wolle sie etwas einwenden, doch dann unterbrach sie sich selbst und meinte: »Ja. Okay. Mach ich, Henry. Komm mit, Sara. Die Leute warten schon.«

Das taten sie tatsächlich. Eine Gruppe Jugendlicher in Begleitung einer Erwachsenen waren dem Gespräch neugierig gefolgt.

»Habt ihr eure Helme aufgesetzt?«, fragte Blake.

Die Jugendlichen nickten eifrig.

Blake holte Luft und setzte gerade zu ihrem üblichen Einführungssatz an, da zwinkerte Sara ihr zu und sagte an ihrer Stelle: »Ich bin Sara Rattlebag, das ist Blake Hughes und wir sind jederzeit für eure Fragen da. Es geht jetzt in die Gänge. Aber zuerst wiederholen wir noch einmal die Regeln: Keiner macht sich da unten selbstständig. Ihr folgt uns und wir folgen der offiziellen Route, die durch halbwegs gut begehbare Gänge führt. Ich wiederhole: Keiner macht sich selbstständig.«

Blake stand neben ihr, den Mund leicht geöffnet und einen Ausdruck der Entrüstung im Gesicht.

Sara raunte ihr zu: »Ich wollte nur zeigen, dass ich gut aufgepasst habe. Den Rest weiß ich allerdings nicht mehr. Den musst du machen.«

Blake schüttelte langsam ihren Kopf, als wäre sie gegen einen Laternenpfahl gerannt. Einer der Jugendlichen lachte leise. Sie schoss ihm einen tadelnden Blick zu, doch dann fing sie sich. »Danke, Sara. Und auch noch einmal von meiner Seite: Das da unten ist ein Labyrinth, in dem sich kein Mensch wirklich auskennt – nicht einmal ich … äh … wir. Wenn ihr da unten verloren geht, seid ihr auf euch selbst gestellt und müsst euch nicht wundern, wenn ihr das Sonnenlicht erst wieder seht, wenn in ein paar Hundert Jahren ein Archäologe euer Skelett ausgräbt.«

Die Jugendlichen raunten einander begeistert zu.

»Ihr denkt, das ist ein Witz? Ist es nicht.« Blake brachte wieder ihren Witz von den Menschen, die sich ständig besserwisserisch in die Führung einmischten und dass gerade die oft zufällig in den Gängen unten verschollen waren. Doch ihr Blick huschte dabei zu Sara.

Die nahm sich vor, möglichst nicht allein mit Blake in den Untergrund abzusteigen. Schließlich konnte man nicht wissen, ob nicht sie die Mörderin von Charles war. Dank der überschäumenden Verzückung der Jugendlichen über den dunklen Ort, vergaß Sara jedoch bald die düsteren Gedanken. Sie bildete diesmal das Schlusslicht, doch bei insgesamt sechs Besuchern musste sie keine Angst haben, etwas von dem zu verpassen, was Blake erzählte.

Sie folgte der Gruppe mit ein paar Metern Abstand und während Blake über die Entstehung der Underground Passages plauderte, musterte sie die Gänge genau. Vielleicht fiel ihr ja irgendwas auf. Etwas wie die Wachstropfen.

Als sie die Stelle erreichte, ließ sie sich Zeit, die rote Spur genauer anzusehen. Sie zog sich kerzengerade über den Stein nach unten, als wäre die Kerze, von der das Wachs getropft war, von jemandem gehalten worden. Als hätte »der Geist« – Blake hatte ja darauf bestanden, dass er es war – hier gestanden. Warum?

Wieso hielt sich außerhalb der Öffnungszeiten jemand – Geist oder Mensch – in den Underground Passages auf, noch dazu mit einer roten Kerze in der Hand?

»Sara?« Die Stimme von Blake von weiter vorn riss sie aus ihren Gedanken.

»Ja?«

»Wir hatten doch gesagt, dass die Gruppe zusammenbleibt? Das gilt auch für die Begleiterinnen der Gruppe, weißt du?«

Die Jugendlichen, die sich zwischen Blake und Sara in dem engen Gang drängten, lachten.

»Ich weiß. Ich wollte nur ... ausprobieren, ob ich mich schon gut genug auskenne, um den Weg allein zu finden.«

Blakes Miene verzog sich missfällig.

»Vielleicht gräbt jemand Sie in ein paar Jahrhunderten aus«, sagte einer der Jungs. Die anderen lachten.

»Oder der Geist der Underground Passages holt Sie«, sagte ein anderer und ließ gleich darauf ein schauriges Geistergeheul ertönen.

»Oder sie wird ganz einfach zum Putzen der Toiletten verdonnert«, meinte Blake trocken. »Wer sich nicht an die Regeln hält, wird bestraft. Das wird unsere Sara noch lernen müssen.« Sie erdolchte Sara mit ihrem

Blick und die Jugendlichen begannen zu tuscheln. »Nun, wenn du denkst, dass du dich hier unten schon auskennst, nur zu. Führe uns wieder nach oben, weise Sara.«

Sara rollte die Augen himmelwärts. Dass Blake so eine Zicke war, hätte sie bei den gestrigen Führungen nicht gedacht. Blake schien ihre ganze Freundlichkeit für die Besucher reserviert zu haben, sodass für die Kolleginnen nichts mehr übrig war. Nun, Sara sollte es recht sein. Sie musste mit der Frau nicht auskommen. Sie würde so lange hierbleiben, bis sie ihren Fall gelöst hatte, und danach musste sie die Underground Passages nie mehr betreten.

Mit diesem Gedanken wandte sie sich um und ging zurück. Natürlich fand sie den Weg ohne größere Probleme und bald stand die Gruppe wieder wohlbehalten in dem kleinen Filmraum, in dem bereits die nächste Gruppe auf ihre Tour wartete.

Es war weit nach fünf Uhr, als Sara und Blake die letzte Gruppe verabschiedeten.

»Puh!« Sara stieß einen Seufzer der Erleichterung aus. »Und das machst du jeden Tag außer am Montag?«

Sie hatte nur freundlich sein wollen, doch Blake nahm Saras Kommentar zum Anlass, um ihr wieder ihre Verachtung zu zeigen. »Tja, tut mir leid, dass deine rosarote Fantasie über Arbeit in einem Museum Brüche bekommen hat. Am besten überlegst du dir gut, ob du dem wirklich gewachsen bist.« Ihr Blick sagte mehr als überdeutlich, dass sie genau das bezweifelte.

»Ich schaffe das.« Sara lächelte die stutenbissige Kollegin freundlich an. »Dann geht es jetzt ans Abschließen?«

Blake nickte knapp. »Das mache ich allein.«

»Aber Henry ...«

»Es ist okay. Ich mache das schon.«

Sara musterte sie aus zusammengekniffenen Augen. Es war, wie Eveline gesagt hatte. Blake riss das Absperren regelrecht an sich. Wieso?

»Okay«, sagte sie gedehnt. »Bist du sicher, dass ich nichts tun kann?«

»Ich bin sicher. Wenn du willst, kannst du beim Hochgehen die Toiletten checken, auch wenn ich das sicher ebenfalls noch einmal tun werde. Schau in alle Kabinen und lass dann die Türen offen stehen.«

»Okay. Sonst noch was?«

»Verschwinde einfach.«

Sara zog die Augenbrauen hoch, sagte aber nichts.

Trotzdem lenkte Blake ein. »Mich laugen die Führungen total aus. Am Ende eines Tages will ich vor allem eins: meine Ruhe. Ich habe keine Lust mehr auf Konversation, ich habe keine Lust mehr darauf zu grinsen. Mach du diese Arbeit mal ein paar Wochen, dann wirst du mich verstehen. Bis dahin: Halt nach der Arbeit einfach die Klappe und lass mir meine Ruhe.«

Eine klare Ansage. Sara nickte, dann nahm sie ihren Helm ab und hängte ihn zu den anderen.

»Übrigens würde ich dir raten, dir einen Helm zu reservieren. Du hast keine Vorstellung, wie viele Läuse durch diese Dinger ihren Wirt wechseln.«

Sofort begann es Sara zu jucken.

Blake verzog das Gesicht zu einem boshaften Lächeln. »Wir sehen uns morgen.«

Sara verstand den Rauswurf und tat so, als würde sie sich auf den Weg nach draußen machen. Bevor sie aus dem Ausstellungraum in den Flur trat, drehte sie sich um.

Blake war offenbar immer noch im Filmraum.

Sara zögerte. Sie war nicht willkommen. Das hatte Blake mehr als deutlich gemacht. Aber war das wirklich nur, weil sie nach diesem Tag ausgelaugt war?

Auf leisen Sohlen schlich Sara zurück zum Vorführungsraum und stellte verwundert fest, dass dieser leer war. Die Tür zu den Tunneln stand offen. War Blake zurück in die Gänge gegangen?

Aber wieso? Doch nicht, um dort nach versprengten Museumsgästen zu suchen? Es war unmöglich, dass einer von ihnen da unten geblieben war. Immer war Blake vorausgelaufen, Sara ganz hinten. Und auf dem Weg zurück war es umgekehrt gewesen. Was also suchte Blake dort unten?

Sara zögerte. Sollte sie nachsehen?

Sie ging einen Schritt auf die Tür zu, einen weiteren ... Gerade in dem Augenblick, in dem sie sie öffnen wollte, ertönten Schritte im Gang dahinter und die Tür wurde aufgestoßen.

Bei Saras Anblick huschte zuerst Erschrecken, dann Wut über Blakes Gesicht. »Wolltest du nicht verschwinden?«

Sara nickte. »Ich ... hatte nur eine Frage und ...« Wieso rechtfertigte sie sich eigentlich? »Was machst du unten in den Tunneln?«

»Was geht dich das an?«

»Ich muss schließlich auch irgendwann mal abschließen. Da sollte ich wissen, ob ich nach der letzten Führung noch mal runter muss.«

»Musst du nicht.«

»Was?«

»Abschließen. Das wirst du niemals tun müssen.«

»Warum?«

Blake verzog einen Mundwinkel. »Weil das mein Job ist.«

»Aber vielleicht willst du dir mal freinehmen oder ...«

»Ich nehme mir nicht frei.«

»Und wenn du krank bist?«

Blake kniff die Augen zusammen. »Ich bin auch niemals krank«, sagte sie langsam und mit einem drohenden Unterton in der Stimme. »Ich bin immer gesund. Ich schließe ab. Also zerbrich dir nicht den Kopf darüber und mach, worum ich dich gebeten habe. Kontrolliere die Toiletten.«

Sie maßen sich mit Blicken.

Sara ahnte, dass sie den Bogen überspannen würde, wenn sie Blake auf den Kopf zusagen würde, dass sie dort unten etwas Unrechtes anstellte. Sie erreichte bloß, dass Blake noch misstrauischer und es noch schwieriger würde, Informationen aus ihr herauszubekommen. Außerdem ... Charles' Tod lag zwei Jahre zurück. Blakes verdächtiges Verhalten hatte gewiss nichts mit ihm zu tun. Viel eher bewahrte ihre Kollegin in den Gängen etwas auf, das dort nichts zu suchen hatte. Auch wenn sie einen neuen Fall witterte – sie war hier, um Charles' Tod aufzuklären, nicht, um Blakes Sünden aufzudecken.

Also nickte sie und zwang ein freundliches Lächeln auf ihre Lippen. »Bis morgen dann«, sagte sie. »Ich freue mich schon.«

Blake nickte nur frostig und Sara war froh, dass sie nicht wirklich auf diese Arbeit angewiesen war. Sie ging hoch zu Miss Spinster, die auf dem Stuhl an der Kasse saß und ziemlich geschafft wirkte.

»Alles gut, Miss Spinster?«, fragte Sara.

»Also ein Tag zu Hause mit einem Tässchen Tee und ein paar Scones wäre definitiv weniger anstrengend gewesen. Wie war's bei dir?«

Statt einer Antwort hob Sara bedeutungsvoll die Augenbrauen. Miss Spinster verstand und drang nicht weiter in sie. Sie verabschiedeten sich von Eveline, dann verließen sie die Underground Passages. Sie hatten es ohnehin eilig, denn Miss Spinster hatte Sara gebeten, sie nachher noch zu ihrer Freundin Patricia zu fahren, um einen Sack voller Stoffreste für ihre Patchworkarbeiten abzuholen. Patricia wohnte in dem Dorf Belstone, das etwas westlich von Exeter mitten im Dartmoor lag, und Sara dachte bei sich, dass es bloß gut war, dass ihre Freundin nicht gestern schon auf die Idee gekommen war, denn dann hätte sie Inspector Websters Verdächtigungen nichts entgegenzusetzen gehabt.

»Was ist los?«, fragte Miss Spinster, kaum dass sie im Auto und damit außer Hörweite waren.

Sara sah in den Rückspiegel und lenkte den Wagen aus der Parklücke. Während sie sich in den Verkehr einreihte, sagte sie: »Also mit dieser Blake stimmt etwas nicht. Es ist, wie Eveline gesagt hat: Sie war so darauf erpicht abzuschließen, dass ich keine Chance hatte. Ich durfte nicht einmal dabei sein. Auch nicht, als ich das Argument ins Feld geführt habe, dass ich das vielleicht auch mal machen muss. ›Ich bin niemals krank‹, hat sie gesagt, als ich gemeint habe, dass sie ja vielleicht mal unpässlich sein könnte.« Sara verzog das Gesicht, als sie die Museumsführerin nachäffte. »Als ich noch einmal zurückgegangen bin, war sie in den Gängen verschwunden. Und sie war nicht amüsiert, als sie wieder hochkam und ich stand da – um nicht zu sagen: Sie sah ertappt aus.«

»Und du denkst, dass das mit Charles und dem Unfall zu tun hat?« Miss Spinsters Stimme klang skeptisch.

»Nein. Nicht wirklich. Das wäre dann doch unwahrscheinlich, nach zwei Jahren.« Doch während Sara das sagte, blitzte vor ihrem inneren Auge das Bild der roten Wachstropfen auf. »Haben Sie Eveline eigentlich gefragt, was es mit den Kerzen in den Tunneln auf sich hat?« Natürlich hatte Sara den anderen auch von diesem Detail erzählt. Keiner hatte etwas dabei gefunden, aber trotzdem hatte Miss Spinster versprochen, nachzufragen.

»Sie weiß nichts von Kerzen«, sagte Miss Spinster. »Ich denke immer noch, dass sich da ein Besucher einen Spaß erlaubt hat. Du kennst diese jungen Leute doch. Sie müssen ständig solche Selfies schießen für die sozialen Netzwerke. Hashtag Gruselspaß in den Underground Passages oder so.«

Sara wunderte sich nicht darüber, dass Miss Spinster wusste, was ein Hashtag war; die Seniorin war neugierig und schnappte allerhand Informationen über die moderne Technik auf. Sara konnte – oder wollte – allerdings nicht glauben, dass ein Selfie der Grund für die Wachsspuren auf den Wänden der Underground Passages war.

»Ich weiß nicht«, sagte sie. »Und selbst wenn es so wäre: Etwas an Blakes Verhalten ist faul.«

»Hm.« Miss Spinster dachte nach. »Die Frage ist, ob das mit Charles zu tun hat oder ob sich da ein dritter Fall anbahnt.«

»Ein dritter Fall?«

»Na ja. Wir überlassen Inspector Webster die Ermordung von Milly nicht wirklich, oder?«

Sara schnalzte mit der Zunge. »Miss Spinster, Miss Spinster, Sie sind ein böses Mädchen.«

»Und wenn schon. Brave Mädchen kommen in den Himmel, böse Mädchen ...«

»... landen irgendwann im Knast.« Sara grinste. »Aber abgesehen von dem Gestank nach gedünstetem Kohl ist es dort nicht einmal so übel.«

Sie kicherten.

Inzwischen hatten sie Exeter hinter sich gelassen. Das Tageslicht war schon im Schwinden und das Fahren auf der schmalen Seitenstraße wurde schwieriger, denn Straßenbeleuchtung gab es hier draußen nicht, und so brauchte Sara ihre ganze Konzentration, um den Schlaglöchern auszuweichen, die im Zwielicht immer erst im letzten Augenblick vor ihr auftauchten.

Plötzlich schrie Miss Spinster leise auf. »Da! Schau mal!« Ihr Finger zeigte nach Süden zu einem Hügel. Eine Kette von Lichtern zog sich über den Abhang, eines nach dem anderen, mit mehr oder weniger demselben Abstand dazwischen.

»Bewegen die sich?«, fragte Miss Spinster.

Sara hielt den Wagen an. Beide starrten sie den Hügel hoch.

Wenig später meinte Sara: »Sie bewegen sich.«

»Also sind das Menschen.«

»Wahrscheinlich.« Sara runzelte die Stirn. »Was wollen die da oben? Um diese Zeit?«

Miss Spinster hatte auch keine Erklärung und zuckte mit den Schultern. Sara startete den Motor wieder und lenkte ihren Wagen weiter die schmale Straße entlang. Doch immer wieder wanderte ihr Blick den Hügel hoch.

Der Sack mit den Stoffresten war schnell entgegengenommen, nur wollte Tricia nicht verstehen, dass sie keine Zeit »für einen Tee und ein Pläuschchen« hatten und da ihnen die alleinstehende Rentnerin leidtat, gaben sie irgendwann nach.

»Marble, meine Nachbarin, würde übrigens eine Patchworkdecke bei dir in Auftrag geben, Nancy. Aber ich habe ihr gleich gesagt, dass ich nicht weiß, ob du das machen willst.«

Miss Spinster schüttelte den Kopf. »Sag ihr, es tut mir leid. Ich nähe gern, aber ich mag keinen Druck haben. Noch dazu mäkeln die Auftraggeber herum. Dann passt hier eine Farbe nicht, da eine Naht nicht. Nein, das will ich mir nicht antun. Aber du kannst ihr sagen, dass ich ihr die nächste Decke zeige. Wenn sie ihr gefällt, kann sie sie haben.«

Tricia war zufrieden. Sie servierte ihnen den Tee in feinen Porzellantassen. Als Sara die Tasse zum Mund hob, erkannte sie Spuren von Lippenstift daran. Verstohlen wischte sie ihn ab und trank von der anderen Seite weiter. Tricia stellte Ingwerplätzchen auf den

Tisch, doch beim ersten Bissen hatte Sara das Gefühl zu ersticken, so trocken waren sie. Beinahe panisch überlegte sie, wie sie den Rest des Kekses verschwinden lassen konnte.

»Sag mal, Tricia, was ist denn auf dem Hügel südlich von Belstone für eine Veranstaltung?«

»Eine Veranstaltung? Auf einem Hügel?« Tricia sah ihre Freundin verwirrt an. »Ich wüsste von nichts. Auf welchem Hügel denn?«

Miss Spinster und Sara beschrieben mit vereinten Kräften die Stelle, von der aus sie die Lichter gesehen hatten.

Das Gesicht ihrer Gastgeberin wurde immer blasser. »Die Geister vom Nine Stones Circle«, flüsterte sie.

»Die Geister vom ... was?« Sara runzelte die Stirn. Schon wieder faselte jemand was von Geistern. Langsam wurde es ihr zu bunt. Lebten sie im einundzwanzigsten Jahrhundert oder im Mittelalter?

»Vom Nine Stones Circle«, wiederholte Tricia. »Da oben auf dem Hügel ist ein Steinkreis ... ihr wisst schon. So etwas wie Stonehenge. Nicht so berühmt, aber gleich alt.«

Sara nickte. Von diesen Steinkreisen waren in der Gegend einige zu finden. Wenn es sie nicht täuschte, waren es allein sieben im Dartmoor, an dessen nördlichem Ausläufer sie sich hier befanden. Doch auch in Cornwall standen einige und natürlich war auch das berühmte Stonehenge nicht weit von ihnen entfernt.

»Da oben auf dem Hügel, den ihr beschrieben habt, ist der Nine Stones Circle. Ein mystischer Ort, der Treffpunkt der Geister ... In letzter Zeit sind sie wieder unruhig, die Geister. Das bedeutet, dass etwas geschehen wird.«

Der Drang, die Augen zu verdrehen, war so übermächtig in Sara, dass sie sich abwenden musste und einen Hustenanfall vortäuschte.

»Ich denke nicht, dass das Geister waren«, sagte Miss Spinster und blieb völlig ernsthaft. »Geister brauchen keine Lichter. Und diese Gestalten hatten Lichter.«

»Tanzende Lichter«, wiederholte Tricia entrückt.

»Menschen mit Fackeln.« Miss Spinster beharrte auf ihrem Standpunkt.

»Es wird etwas passieren ...«

Sara wurde es zu bunt. Sie hatte genug von Geistern. Silly Old Joe, der mit seinen toten Freunden auf dem Friedhof sprach, Blake und Eveline, die an einen Geist in den Underground Passages glaubten, die tanzenden Lichter ... Und nicht allein das. Jeder wollte auch noch ein böses Vorzeichen darin sehen. Es reichte.

»Wir müssen los.«

Miss Spinster wirkte nahezu erleichtert, während über Tricias Gesicht ein trauriger Ausdruck huschte. Doch sie verstand.

»Ja, es ist auch schon dunkel. Auf der Straße ist bei Dunkelheit nicht gut fahren. Und wenn jetzt auch Geister unterwegs sind ...«

Sara zwang ein Lächeln auf ihr Gesicht. »Eben. Wir müssen weg, jetzt, wo die Lichter tanzen. Schnell.«

Überhastet brachen sie auf. Sara wendete auf der engen Straße, die durch Belstone führte, und fuhr los. Als sie an der Stelle vorbeikamen, an der sie die Lichter entdeckt hatten, schauten sie beide unwillkürlich zum Hügel hinauf. Doch es war nichts zu sehen. Sara beugte sich im Fahren nach vorn und starrte durch die Windschutzscheibe, da brüllte Miss Spinster plötzlich:

»Achtung!«

Instinktiv trat Sara auf die Bremse und das Auto kam schlitternd zum Stehen. Im Licht der Scheinwerfer blitzten zwei bleiche Beine auf, sprangen über die Straße und verschwanden im Gebüsch auf der anderen Seite.

»Was war das?«, fragte Sara atemlos, als sie sich endlich gefasst hatte.

»Ein Mensch«, sagte Miss Spinster. »Das war ein Mensch. Eine Frau. Und sie war nackt.«

»Im Januar?«

»Im Januar.«

Sara öffnete die Tür. »Ich schaue nach.«

»Nein! Vielleicht ist sie gefährlich!«

Doch Sara stieg aus dem Wagen und umrundete ihn. An der Stelle, an der die Frau ins Gebüsch gesprungen war, gab es eine Öffnung, durch die man auf die dahinterliegende Weide gelangen konnte. Mit einem mulmigen Gefühl schob sich Sara hindurch. Die Wiese lag verlassen in der Dunkelheit. Es war stockduster. Der

Mond ging entweder erst später auf oder es war sogar Neumond. Wer auch immer da nackt durch die Gegend lief, konnte in der schwarzen Nacht wunderbar untertauchen.

Doch wer tat so etwas? Es war Winter, verdammt noch einmal, und wenn es in England auch aufgrund des Golfstroms kaum einmal so kalt wurde wie in anderen Ländern auf diesem Breitengrad, war es doch alles andere als warm. Die Frau würde sich den Tod holen hier draußen.

»Hallo?«, rief Sara probehalber in die Dunkelheit hinein.

Nichts.

Sara rief noch einmal, doch als sie auch diesmal keine Antwort bekam, kehrte sie zum Wagen zurück.

»Ich habe hier keinen Empfang«, sagte Miss Spinster. »Wir müssen weiterfahren und die Polizei verständigen.«

Sara nickte. Das war das Einzige, das Sinn machte. Trotzdem setzte sie ihren Weg nur langsam fort. Sie hielt auf beiden Seiten des Weges nach der nackten Frau Ausschau, während Miss Spinster den Blick unablässig auf das Display ihres Handys gerichtet hatte. Als endlich zwei Balken anzeigten, dass sie Empfang hatte, wählte sie die Notrufnummer und berichtete der Polizei von ihrer Entdeckung.

Sara konnte an den gefühlt tausend Beteuerungen ihrer alten Freundin die Reaktion des Beamten erraten, der den Anruf entgegennahm. Er glaubte Miss Spinster nicht. Irgendwann reichte es Sara. Sie hielt an, streckte die Hand nach dem Telefon aus und als Miss Spinster es ihr überreichte, legte sie los.

»Wir sind zwei Menschen, die diese Frau gesehen haben. Wir haben sie auf der Straße von Belstone beinahe überfahren. Sie war nackt. Es ist arschkalt hier draußen und dunkel. Die Frau holt sich den Tod.«

»Wir haben keine Vermisstenmeldung, Miss«, erwiderte der Beamte. »Das habe ich Ihrer Freundin auch schon gesagt.«

»Nun, dann werden Sie wohl morgen eine bekommen«, erwiderte Sara. »Und ich bete für Sie, dass es dann nicht zu spät ist.«

»Und was soll ich Ihrer Meinung nach tun? Das ganze Dartmoor absuchen? Nachts?«

»Genau das sollten Sie. Zumindest könnten Sie mit dem Bereich um Belstone anfangen«, sagte Sara. »Weit kann sie nicht gekommen sein.«

Der Beamte seufzte. »Ich schicke eine Streife los. Sind Sie zufrieden?«

Statt einer Antwort gab Sara das Telefon wieder an Miss Spinster zurück. Die bedankte sich artig, dann legte sie auf. Doch erst, als ihnen ein Stück vor Exeter ein Streifenwagen mit Blaulicht entgegenkam, atmeten die beiden Frauen auf. Der Frau würde geholfen werden. Hoffentlich.

»Sie hat überall Häufchen und Pfützchen gemacht«, beschwerte sich Bobby Bobby, als Sara mit Miss Spinster ihr Cottage betrat und gleich nach allen Seiten schnüffelte. Es roch zitronig und ganz anders, als Sara es von ihren vier Wänden gewöhnt war.

»Ist jetzt die ganze Wohnung geputzt?«

Bobby hob die Schultern. »Es ist ja nicht so, dass es der Wohnung schaden würde, von Zeit zu Zeit mal mit einem feuchten Tuch durchzuwischen.«

Miss Spinster kicherte.

Saras Wangen wurden heiß. »Das tue ich.«

Bobby nickte. »Davon bin ich überzeugt«, meinte er trocken. »Übrigens hat Cedric nach dir gesucht und Inspector Webster war auch hier.«

Sara sackte das Herz in die Hose. »Was will er?«

»Er wollte sehen, ob es Hitchcock gutgeht.« Bobby betrachtete den Welpen liebevoll.

»Lady Hitchcock«, verbesserte sie ihn.

Bobby nickte. »Wir haben nett geplaudert.«

»Mit Inspector Webster? Nett geplaudert?« Das konnte sie sich beim besten Willen nicht vorstellen.

»Ja.«

»Worüber?«

»Über die Arbeit als Polizist im Allgemeinen, über seinen aktuellen Fall im Besonderen.« Bobby betrachtete seine Fingernägel, als sei ihm nicht bewusst, was für eine Bombe er gerade hatte platzen lassen.

»Bobby!«, japste Miss Spinster. »Er hat dir Informationen über den Mord an Milly gegeben und du sagst das so einfach daher?«

Bobby hob die Schultern. »Er steckt in einer Sackgasse, der Arme. Keiner hat was gesehen, keiner hat was gehört ... Er brauchte jemanden, der ihn versteht.«

»Und da sucht er sich ausgerechnet dich aus?«

Bobby sah hoch und grinste. »Ich bin in seinen Augen wahrscheinlich vertrauenswürdig genug. Wobei ich leider gestehen muss, dass er eigentlich Sara gesucht hat. Schließlich ist er nicht zu mir nach Hause gekommen, sondern zu ihr.«

»Doch nur wegen Lady Hitchcock«, vermutete Sara.

Doch Bobby schüttelte den Kopf. »Ich denke nicht.« Er sah von Sara zu Miss Spinster und wieder zurück. »Ich hatte das Gefühl, dass er die wichtigsten Informationen ganz gezielt fallen ließ. Weil er ... Unterstützung braucht.«

»Unterstützung von ...« Sara ließ den Satz unvollendet.

»Von einem Krimiclub, wie wir es sind«, sagte Miss Spinster mit leuchtenden Augen. »Ha! Die Polizei wendet sich an Zivilisten, weil sie überfordert ist!«

»Nicht Zivilisten. Sie wendet sich an uns«, berichtigte Bobby. »Er braucht jemanden, der das Vertrauen der Bevölkerung hat. Bei ihm sehen die Leute seine Uniform ...«

»Und sein grimmiges Gesicht«, warf Sara ein.

Bobby nickte. »Und sein grimmiges Gesicht – und keiner rückt mit dem raus, was er weiß. Wir hingegen ...«

»Wir haben das Vertrauen der Leute und können sie befragen, ohne dass sie einen Verdacht schöpfen«, rief Miss Spinster. »Meine Lieben, wir haben den Fall! Ich hab dir doch gesagt, dass wir Millys Mord auch aufklären müssen.«

Doch Sara schüttelte den Kopf. »Wir haben einen Job, Miss Spinster. Wir können uns nicht in die Ermittlungen stürzen, weil wir den Job in den Underground Passages angenommen haben. Und das haben wir getan, weil wir bereits in einem anderen Fall ermitteln, wenn ihr euch erinnert. Ich fürchte, wir können der Polizei nicht helfen.«

»Ach, komm schon, Sara. Wir müssen doch nicht bis morgen warten. Das können wir auch gleich erledigen. Es ist noch nicht mal acht Uhr. Da sind die Leute alle zu Hause und wach. Das geht ganz schnell. Vielleicht hat jemand eine Information, die Webster nicht bekommen hat.«

Sara zögerte.

»Als ob du dich nicht die ganze Zeit zurückhalten müsstest, deine Nase in den Fall zu stecken!« Miss Spinster wurde ungeduldig. »Komm schon!«

»Na gut.« Sara gab nach. »Lasst uns schauen, ob wir in Millys Wohnung kommen, und dann können wir versuchen, mit Millys Nachbarn zu sprechen. Vielleicht sagen sie uns tatsächlich mehr als diesem Inspector Griesgram.«

Und so zogen sie los, mit Lady Hitchcock im Schlepptau, die natürlich auf halbem Weg schlappmachte. Bobby nahm die Kleine auf den Arm und wurde dafür stürmisch abgeschleckt.

Das Haus der Sekretärin stand in der Hauptstraße, die um diese Zeit menschenleer war. Milly musste von den Fenstern im ersten Stockwerk einen guten Ausblick auf den Friedhof gehabt haben – etwas, worum Sara sie nicht beneidete. Tag für Tag den Totenacker vor sich zu sehen, selbst wenn es sich um eine sehr idyllische Anlage handelte, musste doch deprimierend sein.

Die Haustür war immer noch mit Absperrbändern gesichert, doch das war auch bei einem ihrer letzten Fälle kein Hinderungsgrund für Sara gewesen. Sie wischte sie zur Seite und rüttelte an der Klinke. Es war abgeschlossen. Was für eine Überraschung.

Doch Miss Spinster grinste und fuhr sich in die Jackentasche. »Vorsorge ist besser als Nachsorge.« Sie steckte den Schlüssel ins Schloss und drehte ihn herum.

»Sie haben Millys Schlüssel geklaut?«

»Geklaut ist ein böses Wort. Er lag auf dem Bord neben der Eingangstür. Ich habe ihn in weiser Voraussicht eingesteckt. Irgendjemand muss sich doch um die Pflanzen kümmern. Als wir neulich hier waren, wusste doch noch niemand von Millys Tod.« Miss Spinster lächelte frech. Sie sperrte auf und ließ Sara und Bobby eintreten, dann schlüpfte sie selbst ins Haus und zog schnell die Tür hinter sich zu. Als sie auf den Lichtschalter drücken wollte, zischte Bobby: »Kein Licht.«

»Wieso ... oh!« Miss Spinster verstand sofort. »Weil dann die Leute denken, dass sich hier jemand zu schaffen macht.«

»Was ja völlig aus der Luft gegriffen wäre«, sagte Sara zynisch. Sie zückte ihr Mobiltelefon und schaltete die Taschenlampenfunktion ein. Mit nach unten gerichtetem Strahl drang sie weiter vor. »Was suchen wir eigentlich?«

»Keine Ahnung.« Miss Spinster hatte ebenfalls ihre Handylampe eingeschaltet. »Irgendwas, das die Polizei übersehen hat.«

Sara zog bloß die Augenbrauen hoch, während Bobby schnaubte. Er mochte es nicht, wenn irgendjemand die Polizei in einem schlechten Licht darstellte. Dafür hatte er wohl selbst zu lange als Polizist gedient.

»Am besten, wir teilen uns auf«, schlug Miss Spinster vor. »Ich übernehme das Schlafzimmer, Bobby, du machst das Wohnzimmer und Sara die Küche?«

Bobby setzte den Welpen ab, der sofort begeistert schnüffelnd durch die Wohnung lief.

»Wir sollten ihn zum Spürhund ausbilden«, meinte Miss Spinster nachdenklich. »Bei künftigen Fällen könnte das von Nutzen sein.«

Sara verdrehte die Augen. »Für diesmal sollten wir vor allem darauf achten, der er nirgends ein Pfützchen hinterlässt. Nicht, dass die Spurensicherung dann kommt, seinen Urin identifiziert und wir am Ende wieder verdächtigt werden.«

Sie lenkte ihre Schritte in die Küche, wo deutliche Spuren einer Hausdurchsuchung zu sehen waren. Schubladen stand offen, der Müll war entfernt worden – vermutlich wurde er gerade von einem Experten der Polizei analysiert –, kein Stein stand auf dem anderen. Wie sie da etwas Relevantes finden sollte, war ihr schleierhaft. Sie wandte den Kopf, um ihren beiden Freunden zuzurufen, dass das hier keinen Sinn hatte, da weckte das geisterhafte Licht in den beiden anderen Zimmern eine andere Erinnerung in ihr.

Die Lichter in der Nacht von Donnerstag auf Freitag! Da hatte sie noch die Hoffnung gehabt, dass Milly wieder zurückgekehrt war.

Aufgeregt eilte sie in den Gang zurück und rief die beiden Senioren zusammen.

»Hast du was gefunden?«, fragte Miss Spinster.

Sara schüttelte den Kopf. »Nein. Aber ich habe mich an etwas erinnert. In der Nacht von Donnerstag auf Freitag war ich auf dem Friedhof, um Sir Arthur einzusammeln, und da hab ich Lichter in Millys Wohnung gesehen.«

»Lichter?«

»Ja, wie von einer Taschenlampe. Ich dachte, Milly wäre wieder zu Hause und ich wollte es Cedric sagen, aber der hat Zoff gemacht, weil ich allein unterwegs gewesen bin. Und Inspector Webster ist ein Ekelpaket und da hab es ich für mich behalten. Aber das ist jetzt egal. Ich glaube ...«

Miss Spinster vervollständigte den Satz für sie. »Da hat jemand was gesucht.«

Sara nickte. Das war auch ihr erster Gedanke gewesen.

»Das bedeutet, dass der Mörder befürchtet hat, etwas in ihren Sachen könnte ihn verraten.«

»Und«, Sara führte Miss Spinsters Überlegung fort, »dass Milly den Mörder gekannt hat. Vielleicht hat sie etwas gewusst, was dem Mörder schaden konnte. Vielleicht hat sie jemanden erpresst?«

Sie sahen einander nachdenklich an, doch es dauerte nicht lang und Miss Spinster schüttelte den Kopf. »Nein, das glaube ich nicht. Nicht Milly.«

Sara musste ihr recht geben. Die Sekretärin des Dorfvorstehers war eine recht mitteilsame, aber keine ungute Frau gewesen. Sie hatte sicher nie einer Seele was zuleide getan. Zumindest nichts so Schlimmes, dass sie dafür verdient hatte zu sterben. Das konnte sie sich einfach nicht vorstellen.

»Tatsache ist, dass diese Wohnung auch von jemand anderem durchsucht worden ist. Aber nachdem die Polizei hier war, ist es unwahrscheinlich, dass wir irgendwas finden. Wir sollten uns wirklich auf die Nachbarn konzentrieren, wie Inspector Webster sich das von uns gewünscht hat.«

Die beiden Senioren waren einverstanden.

Gemeinsam steuerten sie auf den Ausgang der Wohnung zu und Sara hatte bereits die Hand auf die Türklinke gelegt, da schrie Miss Spinster leise auf. Sie hielt inne.

»Was ist?«

»Der Geruch!«, sagte Miss Spinster. »Der Geruch ist weg.« Sie sah Bobby an. »Du erinnerst dich doch, Bobby. In der ganzen Wohnung lag so ein Geruch nach etwas Verbranntem.«

Sara fand das nicht halb so spannend wie Miss Spinster. Seitdem die beiden in Cedrics Auftrag bei Milly nach dem Rechten geschaut hatten, waren zwei Tage vergangen. Und nicht nur das. Die Polizei hatte das Haus durchsucht – die Türen waren wahrscheinlich die ganze Zeit über sperrangelweit offen gewesen. Das hätte jeden Geruch vertrieben.

Trotzdem ertappte sie sich dabei, wie sie in den Raum hinein schnüffelte. Nein, da war kein brenzliger Geruch. Dafür fiel ihr Blick auf einen Stapel Zeitungen. Die waren ja wohl für sie gedacht gewesen. Milly hatte ihr jede Woche die Sammlung an regionalen und lokalen Zeitungen gebracht, die das Dorfamt abonniert hatte, und die Sara für die Chronik ausschlachten durfte. Das hier war wohl die Ausbeute der vergangenen Woche.

Obwohl es sich nicht gut anfühlte, ging sie noch einmal zurück und nahm den Stapel auf den Arm. Die Chronik musste schließlich weitergeführt werden. Die Zeitungen an die Brust gedrückt, verließ sie gemeinsam mit den anderen Millys Haus und klingelte beim Haus nebenan.

Sara sah, wie sich der Vorhang beim Küchenfenster leicht bewegte, bevor Mr Donovan, ein etwa vierzig Jahre alter Junggeselle in einem karierten Flanellpyjama, ihnen öffnete. »Ja?«

»Hallo, Percy. Stören wir?«

»Nein, nein! Natürlich nicht.«

Doch Sara sah die Missbilligung auf seinem Gesicht, die er nicht schnell genug verdrängen konnte. Sie schaute verstohlen auf die Uhr. Es ging mittlerweile auf neun zu. Definitiv keine Zeit mehr, zu der man einen Besuch erwartete. Aber Donovan war ganz Engländer – zu höflich, um seinen Ärger zu zeigen.

»Wir haben nur ein paar Fragen.«

»Es ist kalt«, wandte Donovan ein. Sein Blick flackerte unruhig die Straße hinauf.

Lady Hitchcock winselte leise. Sie schien ihm recht zu geben.

»Es geht ganz schnell.« Miss Spinster lächelte ihn zuckersüß an. »Was kannst du uns über Milly sagen?«

Der Gesichtsausdruck des Mannes verfinsterte sich. »Verdächtigt ihr etwa mich, sie ermordet zu haben?«

»Aber natürlich nicht, mein Lieber!«, rief Miss Spinster entrüstet aus. »Wie kommst du auf so eine Vermutung?« Dann setzte sie listig nach: »Warst du's denn?«

Statt einer Antwort machte Percy Donovan Anstalten, ihnen die Tür vor der Nase zuzuschlagen.

»Das war ein Scherz, Percy Donovan, ein Scherz!« Miss Spinster stellte schnell ihren Fuß in die Tür und verhinderte, dass er sein Vorhaben in die Tat umsetzte.

»Mit so etwas macht man keine Scherze!«

»Da hast du natürlich recht«, pflichtete sie ihm bei. »Entschuldige. Nein, wir kommen nicht, um dich zu beschuldigen. Wir wollen nur möglichst viel über Milly erfahren, weil ...«

»Weil ihr eure Nasen in den Fall stecken wollt. Ihr denkt wohl, nur weil ihr zwei-, dreimal Glück hattet, seid ihr richtige Detektive, oder? Aber – Überraschung – mich hat schon die Polizei gefragt und mehr als ich denen erzählt habe, weiß ich nicht.«

»Das ist uns schon klar. Nur wissen wir ja nicht, was du der Polizei erzählt hast. Also leg los. Was war Milly für ein Mensch?«

Percy Donovan ergab sich in sein Schicksal. »Keine Ahnung. Ich hatte nichts mit ihr zu tun.«

»Aber ihr habt Tür an Tür gelebt. Da bekommt man doch einiges mit, nicht wahr?« Miss Spinster lächelte.

Er schüttelte den Kopf. »Wenn du denkst, dass wir uns gegenseitig mit Mehl ausgeholfen haben, liegst du falsch. Ich halte es wie mein Vater. Nicht zu viele Berührungspunkte mit den Nachbarn, dann hast du gute Nachbarn. Ich habe Abstand gewahrt und gut war's. Wenn was gewesen ist, konnten wir auf der Sachebene darüber diskutieren und so haben wir in Frieden nebeneinander gelebt. Anders als Mandy ... Die war ganz dicke mit Milly, als ich hier eingezogen bin, und gegen Ende haben die beiden miteinander gestritten wie die Kampfhähne.«

Sara zog die Augenbrauen hoch. »Haben Sie das der Polizei gesagt?«

»Natürlich habe ich das.« Wieder huschte sein Blick die Straße hoch, dann sagte er: »Hören Sie, es ist wirklich kalt hier draußen. Können wir das Gespräch nicht morgen fortsetzen? Ich habe nur diesen Pyjama an und friere.«

»Oh, natürlich können wir morgen weiter darüber sprechen«, sagte Miss Spinster. »Aber ich habe nur noch eine Frage: Hast du in der Nacht von Donnerstag auf Freitag Geräusche aus der Wohnung von Milly gehört?«

»Geräusche? In der Nacht? Ich schlafe in der Nacht.«

»Es war so gegen elf«, ergänzte Sara.

Percy Donovan legte die Stirn in Falten und dachte nach. »Ich bin nicht sicher, aber möglicherweise war da was. Es kann aber auch in der Nacht davor gewesen sein.«

»Was haben Sie gehört?«, fragte Sara.

»Möbel, die verschoben wurden. Und Stimmen. Aber ich bin nicht sicher ... Es könnte auch in der Nacht von Mittwoch auf Donnerstag gewesen sein oder noch früher.«

Miss Spinster ging nicht auf seine Ausflüchte ein. »Also Möbel, die verschoben wurden, und Stimmen. Waren es Frauen oder Männer, die da gesprochen haben?«

»Beides. Zumindest eine Frau war dabei – nicht Milly. Die Stimme kam mir bekannt vor, aber ich ... keine Ahnung, an wen mich die Stimme erinnert hat.«

»Dass die Stimmen aus der Wohnung deiner verschwundenen Nachbarin kamen, hat dich nicht gewundert?«

Percy schüttelte den Kopf. »Ich hatte zwar gehört, dass sie verschwunden war, aber ich dachte, dass sie wieder zurückgekommen ist. So was passiert ...«

»Aha!«, unterbrach Miss Spinster ihn triumphierend.

Percy Donovan schrak zusammen. »Was meinst du mit ›aha!‹?«

»Dass du sehr wohl weißt, dass du die Geräusche in der Nacht von Donnerstag auf den Freitag gehört hast. Sonst hättest du nicht darüber nachgedacht, dass Milly vielleicht wieder zurückgekommen ist!«

»Du hast recht«, sagte Percy und sog fröstelnd die Luft ein. »Ja, es war in der Nacht von Donnerstag auf Freitag. Und macht mich das jetzt zum Mörder?«

»Nicht, wenn du uns sagen kannst, wer die Leute waren, die in Millys Wohnung Möbel verstellt haben.«

»Das weiß ich nicht«, sagte Percy verzweifelt. »Ich war ja nicht drüben.«

»Aber du hast dich doch ein wenig darüber gewundert, dass sie plötzlich wieder hier war. Noch dazu offensichtlich nicht allein.«

»Ja.«

Sara, die dem Schlagabtausch bisher amüsiert gefolgt war, mischte sich ins Gespräch. »Ich glaube, worauf meine liebe Freundin hinauswill, ist: Haben Sie vielleicht einen Blick aus dem Fenster geworfen, um zu sehen, wer sich da in Millys Wohnung zu schaffen macht? So wie vorhin, als wir an Ihrer Tür geklingelt haben?«

Percy Donovan nickte seufzend. »Hab ich. Aber ich habe wirklich niemanden ... erkannt.«

»Aber Sie haben jemanden gesehen, der aus dem Haus gekommen ist?«

Er nickte. »Ja. Sie waren zu dritt. Ich habe sie durch mein Küchenfenster beobachtet, aber nur von hinten gesehen. Sie ...« Er verstummte.

»Sie ...?« Sara wartete geduldig ab.

»Sie waren ganz in weiße Gewänder gehüllt. Lange, wallende Gewänder. Ein bisschen haben sie ausgesehen, als wären sie aus einer anderen Zeit. Geister ... in ihren Totenhemden ...« Seine Stimme war zu einem Flüstern geworden. »Sie sind zum Friedhof geschwebt und ein Leuchten ist von ihnen ausgegangen. Ich ... konnte mich nicht rühren vor Angst. Erst als sie weg waren, konnte ich mich wieder bewegen. Sie ... haben mich verhext, glaube ich.«

Sara atmete tief durch, um nichts Unüberlegtes zu sagen. Drehten hier alle durch? Reichte es nicht, dass Silly Old Joe glaubte, Geister sehen zu können? Musste es ihm hier jeder gleichmachen?

»Geister«, wiederholte sie und sie konnte nichts dagegen tun, dass in ihrer Stimme Ungläubigkeit mitschwang.

»Sie können sich vielleicht denken, warum ich der Polizei diese Geschichte nicht erzählt habe. Und ich brauche auch euren Spott nicht. Ich habe diese Geister gesehen und sie ... haben mir Angst gemacht. Seit Donnerstag kann ich nicht mehr schlafen, ich schrecke bei jedem Geräusch zusammen, habe sogar schon begonnen, mich nach einer neuen Wohnung umzusehen. Wer weiß, ob sie mich nicht auch entführen und ermorden. Es ist ... furchtbar.«

»Jetzt beruhige dich mal, Percy. Wer weiß, was Milly und diese Menschen gemeinsam hatten. Und ich sage bewusst Menschen. Das waren sicher keine Geister.«

Percy wollte aufbegehren, doch Miss Spinster wehrte ab. »Wenn man mit Blick auf den Friedhof wohnt, liegt es vielleicht nahe, Geister als Erklärung für alles Unerklärliche zu bemühen, aber glaub mir: Diese Geister waren aus Fleisch und Blut.«

»Das macht es für mich nicht weniger gruselig«, jammerte Percy.

»Das war auch nicht mein Ziel.« Miss Spinster sah ihn durchdringend an. »Du solltest auf jeden Fall der Polizei von diesen Geistern erzählen. Ich bin sicher, Inspector Webster wird sich brennend dafür interessieren.«

Percy sah nicht aus, als teile er ihre Meinung.

»Mach es, Percy. Und jetzt geh in deine Wohnung. Du holst dir noch den Tod.« Miss Spinsters freundschaftlicher Rat wurde von Percy Donovan nicht wirklich gut aufgenommen.

Er starrte sie mit aufgerissenen Augen an, dann schauderte es ihn. »Den Tod ...«, wiederholte er geisterhaft. Dann trat er einen Schritt zurück und warf die Tür mit solcher Wucht zu, dass Sara die Ohren dröhnten.

Lady Hitchcock winselte.

»Mandy?«, fragte Miss Spinster.

Doch Sara schüttelte den Kopf. »Das muss warten. Es ist zu spät. Morgen ist auch noch ein Tag.«

»Den wir im Museum verbringen werden.«

Seufzend musste Sara ihr recht geben. »Da hilft nur eins, Bobby: Du musst Mandy verhören.«

»Vernehmen«, berichtigte Bobby sie.

»Dann eben das. Können wir jetzt zurück? Ich habe zwar keinen Pyjama an, aber ich kann meine Zehen auch nicht mehr spüren. Es ist einfach zu kalt.« Sara schlang die Arme um ihren Körper, um ihre Bitte zu unterstreichen.

Miss Spinster nickte unwillig. »Ihr habt recht.«

Die beiden brachten Sara nach Hause, da sie allein die Zeitungen und den Hund nicht hätte tragen können, dann verabschiedeten sich alle voneinander.

Später saß Sara auf dem Sofa vor dem Kamin und wartete auf Cedric. Er war noch bei irgendeiner Sitzung und hatte angekündigt, dass er gegen halb elf bei ihr sein würde. Ihr war es recht. So konnte sie besser nachdenken. Sie liebte Cedric, aber wenn er da war, lenkte er ihre Aufmerksamkeit weg von ihren Fällen. Doch sie brauchte ihre volle Konzentration für Milly und diese Geister, die ihr Nachbar gesehen haben wollte, für die nackte Frau im Dartmoor und für Blake, die eindeutig etwas zu verbergen hatte. Über all dem schwebte Silly Old Joes dunkle Prophezeiung – »In dunklen Gängen lauert der Tod.« –, die sie ebenfalls nicht losließ. Genauso wenig wie der nächtliche Schleicher.

»Hier kommt einfach zu viel zusammen, verstehst du?«, fragte sie Lady Hitchcock, die es sich neben ihr auf dem Sofa bequem gemacht hatte, während Sir Arthur zusammengerollt auf seinem Lieblingssessel lag.

Der Welpe klopfte mit dem Schwanz auf das Polster, was eine Menge Staub aufwirbelte.

Sara seufzte. »Lass das.« Doch beim Klang ihrer Stimme verstärkte sich das Wedeln. Sie fuhr dem Hund mit der Hand über den Kopf.

Es nützte nichts, immer dieselben Gedanken zu drehen und wenden. Bei keinem ihrer Fälle hatte sie genügend Anhaltspunkte, um auch nur in die Nähe einer Lösung zu kommen. Vielleicht würde die Arbeit an der Chronik sie beruhigen.

Sie beugte sich vor, zog den Stapel mit den Zeitungen näher und klappte die Zeitung gleich bei der Seite auf, die den Dörfern an der Jurassic Coast gewidmet war. Nach kurzem Suchen fand sie einen Artikel zu den Dreharbeiten für einen historischen Liebesfilm, die vergangene Woche in Sidmouth stattgefunden hatten, und schnitt ihn aus, daneben gab es einen Bericht über ein Ukulelekonzert, bei dem über tausend Pfund für einen Verein gesammelt worden waren, der sich dafür einsetzte, den Hinterbliebenen von Selbstmördern Trost und Hilfe zu spenden.

Sie klebte die Artikel auf ein Blatt, schrieb säuberlich die Quelle und das Datum daneben und legte die Blätter im aktuellen – noch ziemlich leeren – Ordner der Chronik von Sidbury und Sidmouth ab. Dann nahm sie die zweite Zeitung vom Stapel.

Als sie sie auf der Bezirksseite der Jurassic Coast aufklappte, fiel ihr ein weißes Blatt entgegen und segelte zu Boden. Sie bückte sich danach und wollte es auf ihre

Papierablage legen, da nahm sie einen ganz feinen zitronigen Duft wahr. Nur diesem Duft allein war es zu verdanken, dass sie dem Blatt einen zweiten Blick schenkte, und da erst erkannte sie, dass es etwas gewellt war, so, als wäre es nass gewesen.

Ihr Herz klopfte schneller. Als Kind hatte sie mit Maud manchmal Detektiv gespielt. Sie hatten Fingerabdrücke abgenommen, Spuren gesichert und ihre Beobachtungen in einem schwarzen Notizbüchlein festgehalten. »Genau so, wie die richtigen Detektive das tun«, hatte Maud dazu gesagt. Und einige Male hatten sie sich auch mit Geheimschriften und Chiffriermethoden beschäftigt. Sara hatte damals schnell das Interesse verloren, wenn sie allzu sehr knobeln musste, um eine geheime Botschaft ihrer Tante zu entschlüsseln, aber als es um das Thema unsichtbare Tinte ging, war sie kaum zu bremsen gewesen.

»Glaubst du, das ist eine geheime Nachricht?«, fragte sie Lady Hitchcock, die ebenfalls höchst interessiert an dem Blatt schnupperte. Antwort bekam sie von ihr allerdings keine.

»Weißt du was? Das haben wir schnell herausgefunden.« Sara hievte den Welpen von ihrem Schoß und stand auf. Mit wenigen Schritten war sie beim Kaminfeuer, dort kniete sie sich nieder und hielt wie damals das Blatt über die Flammen.

»Wow!«, flüsterte Sara, als sie nach und nach Buchstaben entziffern konnte. Allerdings erschloss sich ihr der Inhalt der Botschaft nicht. Drei Wörter standen da – keines davon ergab Sinn für sie.

»Belisamas Kinder«, las sie sich selbst halblaut vor. »Eva.«

Wer war Belisama? Gab es jemanden mit diesem Namen in Sidbury? Es klang irgendwie orientalisch, aber soweit Sara wusste, gab es keine Menschen orientalischer Abstammung im Dorf. Vielleicht wusste Miss Spinster mehr.

Sie öffnete den Chat und schrieb:

*Gibt es jemanden namens Belisama in Sidbury?*

Miss Spinsters Antwort kam sofort. *Nein. Wieso fragst du?*

*Zwischen den Zeitungen lag ein Blatt, das mit Zitronensaft beschrieben war.*

Sie fotografierte das Papier und stellte das Bild in den Chat.

*Eine Botschaft von Milly?*

*Möglich.*

*Vielleicht hat es was mit Adam und Eva zu tun? Bobby meint, dass es um einen Sündenfall gehen könnte. Oder um Äpfel. Vielleicht ist Belisama eine Apfelsorte? Such das Wort mal im Internet!*

Darauf hätte sie auch selbst kommen können. Schnell gab sie »Belisama« in die Suchmaschine ihres Laptops ein. Als das Ergebnis erschien, klopfte ihr Herz schneller.

*Belisama war eine keltische Göttin*, schrieb sie in den Chat. Dann wurde es ihr zu umständlich, all die anderen Informationen einzugeben, und sie tippte einfach auf Gruppenanruf. Nacheinander ploppten die Gesichter ihrer Lieben auf. Zuerst Miss Spinster und Bobby, dann Cedric und Zac.

»Was ist los? Ich bin noch in der Sitzung. Dauert nicht mehr lang«, sagte Cedric. Er klang nicht sehr erfreut über die Störung. »Und ich bin dabei, Margaret zu verwöhnen. Wir haben gerade …«

»Keine weiteren Informationen, bitte«, rief Sara schnell. »Da verzichte ich lieber auf deine Hilfe.«

Doch Zac blieb. »Worum geht's?« Er hatte die Diskussion zwischen Sara und Miss Spinster offenbar nicht mitgelesen.

Sara stieß die Luft aus. »Um die Botschaft, die Milly uns – mir – hinterlassen hat.«

»Eine Botschaft? Was für eine? Und wie soll sie das geschafft haben? Wurde sie nicht aus ihrer Wohnung entführt?«

»Zwischen den Zeitungen, die sie für mich gesammelt hat, lag ein Zettel, der mit unsichtbarer Tinte beschrieben ist.« In wenigen Worten erzählte Sara, wie sie den Zitronenduft bemerkt und die Botschaft lesbar gemacht hatte.

Cedric stöhnte. »Wisst ihr was? Ich mache mich auf den Heimweg. Auch wenn die Sitzung noch nicht zu Ende ist.« Er legte auf.

Sie schwiegen.

Irgendwann meinte Zac: »Ich verstehe immer noch nicht, wieso Milly ausgerechnet dir eine Botschaft schicken sollte? Wieso sie überhaupt eine Botschaft geschickt hat.«

»Vielleicht wusste sie, dass sie in Gefahr war?« Für Sara war das die logischste Sache der Welt. »Milly hatte keine Angehörigen. Wenn sie geahnt hat, dass jemand hinter ihr her ist, war die Botschaft vielleicht eine Absicherung für sie. Damit man sie finden kann – sollte etwas passieren.«

»Das wäre krass«, meinte Zac. »Aber warum Geheimtinte? Da gibt es doch viel zu viele unsichere Faktoren, oder? Erstens mal: Wie konnte sie sicher sein, dass jemand die Zeitungen durchblättert, statt einfach den ganzen Stapel wegzuwerfen, zweitens ...«

»Da konnte sie deshalb sicher sein, weil jeder will, dass die Chronik lückenlos weitergeführt wird.« Für Miss Spinster schien die Sache klar zu sein. »Milly hat die Zeitungen für Sara gesammelt. Sie konnte davon ausgehen, dass irgendwer ihr die Dinger nach ihrem Verschwinden geben würde, damit sie die Artikel in die Chronik kleben kann.«

Zac schnalzte ungeduldig. »Okay, aber wie konnte sie sicher sein, dass Sara den Zettel findet, dann draufkommt, dass sich darauf eine verborgene Botschaft befindet, und am Ende auch noch weiß, wie man sie lesbar macht?«

Sara schnaubte. »Also den Trick mit dem Zitronensaft kennt wirklich jedes Kind. Und Milly konnte sicher sein, dass ich die Bezirksseite aufschlagen würde, deshalb hat sie den Zettel dahin gelegt. Und es ist gut möglich, dass sie damit gerechnet hat, dass ihre Wohnung durchsucht wird und eine sichtbare Nachricht abgefangen wird.«

»Ich weiß nicht ...« Zac schien nicht überzeugt.

»Was hast du denn nun zu dieser Keltengöttin rausgefunden?«, fragte Miss Spinster in die entstandene Pause hinein.

Sara erinnerte sich wieder an den Grund ihres Anrufs. »Also ... Der Name Belisama bedeutet ›die Leuchtendste‹, ›die Strahlendste‹. Belisama wurde in Gallien und Britannien verehrt und war für Seen und Flüsse, Handwerk und Künste, Feuer und Licht zuständig. Das steht jedenfalls in diesem Artikel.«

Es war ein paar Augenblicke ruhig im Chat, dann räusperte sich Bobby. »Erinnert ihr euch, dass Percy gesagt hat, von den Totengeistern würde ein Leuchten ausgehen?«

»Und da war der Geruch nach Verbranntem in Millys Wohnung, als wir nach ihr gesucht haben«, sagte Miss Spinster. »Vielleicht Kerzen?«

Sara lief ein Frösteln über den Rücken. »Ihr glaubt jetzt aber nicht, dass Milly von Geistern gekidnappt und ermordet worden ist, oder? Dass da irgendeine Göttin ihre Finger im Spiel hat?«

»Nein«, meinte Miss Spinster langsam. »Das glaube ich nicht. Aber ich glaube, dass wir es mit Verrückten zu tun haben ... Mit Verrückten, die Geschichte spielen.«

Sara wusste nicht, warum, aber wie aufs Stichwort fielen ihr Blake und Henry White ein und gleich danach die Underground Passages. »Gebaut, um die Stadt Exeter mit Wasser zu versorgen ...«, flüsterte sie den Text der Führung, den sie inzwischen auswendig konnte.

»Was faselst du da?«, fragte Zac.

Doch Miss Spinster hatte verstanden. »Du denkst, dass Millys Verschwinden mit den Underground Passages zu tun hat? Ist das nicht ein wenig weit hergeholt?«

Sara dachte nach. »Irgendwie schon, aber ... ich weiß nicht ... Ich spüre, dass es da einen Zusammenhang gibt. Ich weiß nur noch nicht, wo.«

»Darf ich dir mal was sagen, Schwesterherz?«, meldete sich Zac zu Wort. »Du spinnst. Margaret ist übrigens meiner Meinung.«

»Sorry, Sara!«, rief eine Frauenstimme im Hintergrund. »Aber das klingt alles zu sehr nach Fantasy. Keltengötter und Totengeister ... Da muss es eine weniger fantasievolle Ursache geben.«

»Du hast recht.« Sara seufzte. »Aber es würde so schön zusammenpassen. Die Underground Passages regeln die Wasserversorgung, Belisama ist die Göttin, die für Flüsse und Seen zuständig ist ... Aber du hast recht. Also bleiben wir bei den Tatsachen. Milly wurde von Menschen in weißen, wallenden Gewändern besucht. Sie hat uns eine Botschaft hinterlassen, die lautet: Belisamas Kinder Eva. Belisama ist eine keltische Göttin, die fürs Wasser und fürs Licht zuständig ist. Fällt uns dazu was ein?«

»Eva!«, japste Miss Spinster.

»Eva?« Sara war verwirrt.

»Eva Taylor. Sie arbeitet im Dorfamt.«

In diesem Augenblick trat Cedric durch die Eingangstür ins Haus. »Was ist mit Eva?«, fragte er und setzte sich neben Sara. Von ihm ging Kälte aus und Sara fröstelte, obwohl sie immer noch vor dem Kamin saß und von den Flammen gewärmt wurde.

»Draußen ist es eisig«, sagte Cedric zur Erklärung.

»Ich weiß.« Sara dachte an ihren Ausflug zu Millys Haus zurück, dann wanderten ihre Gedanken zu der Frau, die nackt im Dartmoor unterwegs gewesen war. Hoffentlich hatte die Polizei sie inzwischen gefunden und ins Warme gebracht ...

»Also. Ihr habt über Eva gesprochen, als ich hereingekommen bin. Was hat sie verbrochen, dass der Kriminalclub sich Gedanken über sie macht?« Cedric sah erst Sara an, dann auf ihr Telefon, von dem ihm Miss Spinster, Bobby und Zac entgegenschauten.

»Ein Teil der Botschaft lautet ›Eva‹«, erklärte Sara.

»Und ihr denkt jetzt, dass Eva etwas mit Millys Verschwinden zu tun haben könnte?«

Sara schüttelte den Kopf. »So weit sind wir noch gar nicht gekommen. Miss Spinster ist nur eingefallen, dass es im Dorfamt eine Eva gibt. Wenn ich aber so drüber nachdenke, könnte es tatsächlich sein, dass sie ihre Finger im Spiel hat. Sie hat mit Milly zusammengearbeitet und bei der Arbeit gibt es immer Konfliktstoff. Möglicherweise gab es da Neidereien oder eine Mobbingsituation oder ...«

Sara wurde von Cedrics lautem Lachen unterbrochen.

»Was?«, herrschte sie ihn an.

»Dass ihr auch nur darüber nachdenkt, dass Eva Milly etwas angetan haben könnte, ist so absurd, dass ich einfach nur drüber lachen kann!«

»Und wieso?«

»Weil Eva seit ihrem Schlaganfall vor vier Jahren halbseitig gelähmt ist«, erklärte Miss Spinster an seiner Stelle. »Sie wäre nicht imstande, Milly zu entführen ...«

»Oh.« Darauf wusste Sara nichts mehr zu sagen. »Dann kann sie es wohl doch nicht gewesen sein.«

»Nein. Und bevor du anfängst, weitere meiner Mitarbeiter zu verdächtigen, möchte ich eine Erklärung, wie du darauf gekommen bist.«

Und so erzählte Sara erneut, was sie entdeckt hatte.

Cedric hörte bis zum Ende des Berichts zu, dann schüttelte er den Kopf. »Also ich weiß nicht, was dieses ›Eva‹ auf dem Blatt soll – ehrlich gesagt kann ich nicht einmal glauben, dass diese Botschaft wirklich von Milly stammt –, aber ich weiß eins: Damit muss wirklich eine andere Eva gemeint sein. Sogar, wenn Eva nicht gelähmt wäre, würde ich meine Hand für sie ins Feuer legen.«

»Hm ...« Sara überlegte. »Eine andere Eva gibt es in Sidbury nicht?«

Alle schüttelten die Köpfe.

»Dann muss Eva etwas wissen. Wir sollten morgen mit ihr reden.«

»Sara, Kind... Sorry ... Aber darf ich dich daran erinnern, dass wir morgen wieder ins Museum müssen?«

Sara stöhnte. Diese Idee mit den Führungen im Museum stellte sich langsam als Schnapsidee heraus. Noch dazu, wo sie jetzt einen richtigen Fall hatten.

»Sollen wir das nicht einfach absag...«

»Nichts da«, widersprach Miss Spinster, noch bevor Sara fertiggeredet hatte. »Wir haben es versprochen und wir halten unsere Versprechen!«

Sara senkte den Kopf, bevor sie die Augen verdrehte, und hoffte, dass sie es nicht sah. Irgendwie erriet sie es aber doch.

»Und du brauchst nicht die Augen zu verdrehen, meine Liebe. Morgen fahren wir ins Museum und am Montag befragen wir Eva und Mandy und Millys andere Nachbarn. Das muss reichen. Es ist ja nicht so, als könnten wir Milly wieder lebendig machen, wenn wir uns beeilen.«

»Das nicht«, sagte Sara, doch dann biss sie sich auf die Lippen. Sie konnte unmöglich laut sagen, was ihr durch den Kopf geschossen war. Nämlich, dass sie vielleicht weitere Morde verhindern konnten, wenn sie sich beeilten. Noch war nichts weiter passiert, aber sie spürte in den Knochen, dass es nicht lange dauern würde, bis der nächste Tote in einem Moor gefunden wurde. Als die nackten Beine der Frau vor ihrem inneren Auge auftauchten, lief ihr ein Schauder über den Rücken.

# Kapitel 8 – Endlich Montag

Sara war schon wach, als Lady Hitchcock sie mit einem leisen Winseln daran erinnerte, dass sie ihre Blase entleeren musste. Sie hatte die ganze Nacht tief und fest geschlafen. Der lange Sonntag im Museum hatte sie völlig ausgelaugt. Zum Glück war es Miss Spinster ähnlich gegangen und sie hatte sich nicht dagegen gewehrt, das Treffen des Krimiclubs, das sie eigentlich noch für den Abend geplant hatten, auf einen anderen Tag zu verschieben.

Sie war mehr als froh, dass die Underground Passages, wie die anderen Museen weltweit auch, am Montag geschlossen hatten. Ihren nächsten Einsatz hatten sie am Freitag, an dem vormittags eine Schülergruppe erwartet wurde und nachmittags der Wochenendtrubel einsetzen würde. Bis dahin sollte sie das Hintergrundwissen zu den Tunneln studieren – Blake hatte ihr einen ganzen Ordner mit Informationen in die Hand gedrückt. Sara würde ihre erste Führung geben, an deren

Ende Blake entscheiden würde, ob sie so weit war und künftig alleine Besuchergruppen durch die Underground Passages lotsen dürfte. Ob sie wollte oder nicht – sie war etwas aufgeregt deswegen. Es fühlte sich beinahe an wie eine Prüfung an der Uni.

Nun war aber Montag und es war wirklich an der Zeit, mit Mandy, Eva und Millys anderen Nachbarn zu sprechen. Sara war sich beinahe sicher, dass Eva etwas wusste. Warum sonst hätte Milly ihren Namen in die Botschaft schreiben sollen?

Auch diesen Totengeistern, die Percy Donovan gesehen haben wollte, musste sie nachgehen. Vielleicht gab es irgendwo in der Gasse eine Videokamera oder eines der parkenden Autos hatte eine – in London hatten viele Autos eine Kamera, die auch im Ruhezustand lief.

Jedenfalls war sie voller Tatendrang und es kam ihr gerade recht, dass Lady Hitchcock die Nacht für beendet erklärte.

»Ich gehe mit ihr raus«, flüsterte sie Cedric zu, der nur etwas Unverständliches in sein Kopfkissen brummelte.

Leise schlüpfte Sara in ihre Sachen, nahm den Welpen hoch und trug ihn nach draußen. Klirrende Kälte empfing sie.

»Mach schnell«, sagte sie zu Lady Hitchcock, die jedoch nicht reagierte. Sie schnüffelte an den Rosenstöcken, untersuchte eingehend einen Stein, dann jagte sie wie eine Verrückte im Vorgarten herum und bellte eine

Froschfigur aus Ton in einer derart hohen Frequenz an, dass Saras Ohren klingelten.

»Lady Hitchcock! Ende! Aus!«, befahl sie.

Doch wie so oft hatte sie das Gefühl, dass die Kleine einfach kein Englisch verstand – oder verstehen wollte. Endlich hockte sie sich hin und mit einem ernsthaften Blick in ihre Richtung entleerte sie ihre Blase.

»Komm rein«, lockte Sara. »Futter.«

Sie wandte sich um, um ins Haus zurückzukehren, und erstarrte. An ihre Tür war mit großen, blutroten Buchstaben ein Wort geschrieben. »Bald!«

Lady Hitchcock sah es im selben Augenblick wie Sara – oder vielleicht spürte sie auch nur den Umschwung in ihrer Stimmung, denn sie begann augenblicklich zu knurren. Das verstärkte das Gefühl von Bedrohung noch. Sara packte den Hund und flüchtete mit ihm ins Cottage. Sollte Lady Hitchcock ihr Häufchen doch auf dem Wohnzimmerboden machen!

Sie verriegelte die Tür, dann lehnte sie sich schwer atmend dagegen. Der nächtliche Schleicher war wieder hier gewesen. Und er hatte eine klare Botschaft hinterlassen. Keine Kratzer, die vielleicht schon dagewesen waren oder die ein Fuchs hinterlassen haben könnte, sondern eine Botschaft. Eine Drohbotschaft. Bald.

Was meinte er damit? Was würde »bald« passieren? Würde er ihr etwas antun? Warum ihr? Was hatte sie ihm getan? Warum gefiel es ihm so, sie in Angst und Schrecken zu versetzen? Und: Hatte dieser Schleicher etwas mit dem Verschwinden von Milly zu tun? War sie möglicherweise die Nächste, die aus ihrem Haus entführt und dann getötet wurde?

Fieberhaft überlegte Sara, wer als Täter infrage kam. Sie hatte in letzter Zeit mehrere Verbrechen aufgedeckt. Doch die Bösewichte waren alle hinter Schloss und Riegel gelandet. Die konnten ihr in der nächsten Zeit keinen Schaden zufügen. Ihre Angehörigen?

Sie musste eine Liste von möglichen Racheengeln anfertigen. Am besten gleich und am besten ...

Die Türklinke in ihrem Rücken bewegte sich und jemand ruckelte an der Tür. Adrenalin flutete ihre Blutbahnen, dann erkannte sie die Stimme von Miss Spinster.

»... nein, von innen verriegelt, glaub ich. Vielleicht ...«

Sara öffnete die Tür und hatte Miss Spinsters zum Klopfen erhobene Faust vor ihren Augen.

»Hast du gesehen, was da auf deiner Tür steht?«

»Euch auch einen wunderschönen guten Morgen. Wollt ihr eine Tasse Tee?«

»Geht es dir gut?« Miss Spinster zog Bobby ins Innere des Hauses, während sie Sara kritisch begutachtete. »Hast du die Schmiererei an deiner Tür gesehen? Wer war das?«

»Ich werde das nächste Mal Zettel und Stift an die Tür hängen, damit der Schmierer Name und Adresse hinterlassen kann.«

Miss Spinster legte ihren Kopf schief. »Ich mag deinen Sarkasmus nicht.«

»Ich mag diesen Schmierer nicht.«

Sie nickte. »Gut. Dann sind wir uns ja einig.« Sie schluckte. »Ich habe noch etwas, was du nicht mögen wirst.«

Sara schwante Furchtbares. »Was?«

»Vielleicht ist es besser, wir setzen uns und machen uns einen schönen, starken Tee. So auf leeren Magen ist ...«

»Miss Spinster!« Sara war sich sicher, dass die Seniorin eine schreckliche Nachricht haben musste. Und sie wollte jetzt keinen Tee trinken. Sie wollte wissen, was passiert war.

»Nun ... dann ...« Miss Spinster streckte die Hand aus und hielt Sara eine Ausgabe der Regionalzeitung entgegen. Es war die Montagsausgabe. Den Großteil machten immer die Berichte zu den diversen Sportveranstaltungen am Wochenende aus, wie Sara wusste. Doch auf der Titelseite prangte kein brüllender Fußballspieler wie sonst meistens.

*Tote im Dartmoor. Mord Nummer zwei.* So lautete die Überschrift. Darunter stand als Teaser: *Bisher galt der Südwesten Englands als sicherste Ecke von Großbritannien. Nun erschüttert der zweite Mord innerhalb von wenigen Tagen das Land. Ist das Dartmoor zu einem Verbrechenspfuhl geworden?* Ein Bild von Beamten der Spurensicherung in ihren Ganzkörperanzügen zog Saras Blick an. Die Männer beugten sich über einen leblosen

Körper, von dem die Kamera lediglich das Bein eingefangen hatte. Ein bleiches Bein ... ein nacktes Bein.

In Saras Kopf blitzte das Bild der nackten Frau im Scheinwerferlicht ihres Wagens auf. Handelte es sich bei der Toten um sie? Sara wechselte einen Blick mit Miss Spinster, die bedrückt nickte.

Schnell las sie weiter. Die Tote war am Sonntagnachmittag am nördlichen Ausläufer des Dartmoors gefunden worden.

Diesmal hatten Wanderer den Fund gemacht, die zum Nine Stones Circle unterwegs gewesen waren. Sie waren abseits der Wanderwege über die verwaisten Weiden gewandert und hatten eine Blutspur entdeckt, die sie zu der Leiche geführt hatte. Die Frau war nackt gewesen, weswegen sie keine Papiere bei sich trug, mit denen man sie hätte identifizieren können. Die Polizei rief die Bevölkerung zur Mithilfe auf. Wer die Frau erkannte, sollte sich an die Polizei von Exeter wenden. Daneben war ein künstlich erstelltes Bild des Gesichts der Frau zu sehen.

Sara war einerseits dankbar dafür, dass sie nicht einfach ein Foto der Toten abgebildet hatten, andererseits verriet ihr das, dass das Gesicht furchtbar entstellt sein musste. Was war mit der Frau passiert? Wer hatte sie getötet?

»Die Lichter«, flüsterte sie und sah Miss Spinster an. »Wir sollten ...«

Wieder nickte die Seniorin. »Das denke ich auch. Wir müssen das der Polizei melden. Ich bin sicher, dass diese Lichter etwas mit dem Tod der Frau zu tun haben.«

»Sollen wir ... Webster ...?« Sara sah fragend von Miss Spinster zu Bobby.

»Er ist schon auf dem Weg. Ich habe ihn verständigt und gesagt, dass wir ihn hier treffen«, sagte der.

»Gut.« Sara atmete tief durch. »Dann sollten wir ... Wir sollten ...«

Ja, was tat man, wenn man gleich einen Polizisten empfing, mit dem man eine Beobachtung zu einem Mordfall teilen wollte? Tee machen? Frühstück? Noch bevor sie zu einer Entscheidung gekommen war, klopfte es an der Tür.

»Miss Rattlebag?« Der Inspector streckte den Kopf herein, sah, dass sie sich alle versammelt hatten, und betrat vollends das Haus. »Ich höre, dass Sie Informationen für mich ...«

Er kam nicht weiter, denn Lady Hitchcock erkannte ihn und sprang glücklich kläffend an ihm hoch. Sie drehte sich um sich selbst, wedelte mit ihrem Schwänzchen und kläffte so laut, dass sich alle die Ohren zuhielten. Als Höhepunkt des Spektakels pieselte sie auf den Boden.

»Es reicht!«, brüllte Sara. »Ruhe, Lady Hitchcock!«

Inspector Webster zog eine Augenbraue hoch. »*Lady* Hitchcock?«

»Ihnen ist bei der Namensgebung wahrscheinlich entgangen, dass das hier eine Dame ist.« Sara wandte sich an den Welpen. »Lady Hitchcock, aus!«

Der Welpe sah sie verdutzt an, dann sprang er weiter unbeeindruckt am Hosenbein des Inspectors hoch. Sara verstand zwar nicht, wie ein lebendiges Wesen den Griesgram so freudig begrüßen konnte, doch es war nun mal so. Sie ließ Polizist und Hund im Vorraum stehen und wandte sich um. Was sie brauchte, um sich mit diesem Tag und allen seinen Tiefschlägen zu versöhnen, waren eine Tasse ihrer Five-O'Clock-Teemischung, dazu ein Rührei und ein schöner Toast, aber vor allem der Tee.

Sie füllte den Samowar mit frischem Wasser und setzte Wasser auf dem Herd auf, denn bis das im Samowar heiß war, wollte sie nicht warten. Hinter ihr schlurften Füße herein und Stuhlbeine scharrten über den Boden, doch sie drehte sich nicht um. Unbeirrt füllte sie Teeblätter in die Kanne, holte Tassen aus dem Küchenschrank, dann erst wandte sie sich den anderen zu.

Miss Spinster lächelte sie an, Bobby musterte sie mit mitleidigem Blick und Inspector Webster hielt eine glückliche Lady Hitchcock auf seinem Schoß, ließ sich von ihr das Gesicht abschlabbern und streichelte den Welpen verliebt. Eifersucht stach Sara ins Herz. Ihr Welpe sollte niemanden sonst lieben – und besonders nicht diesen blöden Beamten.

»Was wollen Sie?«, fragte sie daher ziemlich unwirsch.

»Ich will gar nichts. Ich wurde angerufen, weil Sie alle etwas für mich haben. Zumindest wurde mir das so angekündigt.«

»Das stimmt, Inspector«, sagte Miss Spinster. »Wir haben nämlich eine Beobachtung zu einem Fall gemacht, der ... nun ja ...« Sie schob dem Beamten die Zeitung zu.

»Zu diesem Fall?«, fragte er überrascht.

Miss Spinster nickte. »Sara, jetzt komm endlich her. Ich weiß nicht, ob ich mich an alles erinnere. Mein Gedächtnis lässt nach, weißt du ...«

Unwillig trennte sich Sara von ihrem Teewasser, das immer noch nicht kochte, und setzte sich auf den freien Stuhl.

»Wir haben die Frau gesehen.«

»Wann?«

Plötzlich war Lady Hitchcock vergessen und Sara hatte die ungeteilte Aufmerksamkeit des Polizisten, was noch unangenehmer war, als ihn ihren Hund streicheln zu sehen.

»Samstagabend. Gegen sieben Uhr. Wir ...« Sara wechselte einen Blick mit Miss Spinster, die ihr bekräftigend zunickte. »Wir waren bei einer Freundin von Miss Spinster in Belstone. Sie ...«

»Sie hatte Stoffreste für mich gesammelt. Ich fertige nämlich Patchworkdecken an, müssen Sie wissen, aber dazu brauche ich Stoffreste. Meine Freundinnen wissen das und sammeln welche für mich. Das Problem ist, dass man nicht alles nutzen kann. Cordstoffe zum Beispiel …«

»Nancy«, brummte Bobby nachdrücklich und Miss Spinster verstummte sofort.

»Wir waren also dort, um die Stoffe zu holen und da haben wir auf der Hinfahrt Lichter gesehen.«

»Lichter?«, fragte Inspector Webster leicht genervt.

»Eine Kette von Lichtern. Als wären dort Menschen unterwegs. Eine Prozession. Die Lichter haben sich bewegt. Sie sind auf den Hügel rauf, wo dieser Steinkreis ist. Der Nine Stones Circle, Sie wissen schon.«

Webster nickte.

»Jedenfalls haben wir Tricia gefragt, ob das eine besondere Veranstaltung ist, aber sie wusste nichts von den Lichtern.«

»Tricia?«

»Patricia Marsh«, warf Miss Spinster ein. »Das ist meine Freundin in Belstone.«

»Und was hat das alles mit der Frau zu tun?«, fragte Webster.

»Dazu wollte ich gerade kommen. Auf dem Rückweg …« Sara schluckte. »Auf dem Rückweg ist sie uns vors Auto gesprungen. Sie war … nackt.«

»Also haben Sie die Frau überfahren? Und dann haben Sie Fahrerflucht begangen? Ist es das, was Sie mir hier erzählen wollen?« Inspector Websters Stimme klang scharf.

Schnell wehrte Sara ab. »Nein! Nein! Sie ist uns vors Auto gesprungen, ich habe gebremst und sie ist durch die Büsche auf die nächste Weide gelaufen. Ich bin ausgestiegen und ihr nach. Ich ... sie war nackt. Es war eiskalt.«

»Und haben Sie sie angesprochen? Wissen Sie, warum sie allein und nackt im Dartmoor unterwegs war?«

Sara schüttelte den Kopf. »Sie war verschwunden. Spurlos. Ich habe gerufen, aber ... sie war fort. Wie vom Erdboden verschluckt. Kaum, dass wir Empfang hatten, haben wir die Polizei von Exeter verständigt. Ich glaube, sie hatte etwas mit den Lichtern zu tun.« Während sie das sagte, ging Sara auf, dass sie es wirklich meinte. Diese Lichterkette und die nackte Frau – das hing zusammen. Die Frau war direkt aus der Richtung des Nine Stones Circles gekommen. Etwas hatte sie in Panik versetzt und Sara war sicher, dass dieses Etwas mit den Lichtern zu tun hatte.

In ihrem Kopf manifestierte sich langsam ein Gedanke. Konnte es sein, dass diese Tote und Milly nicht nur durch ihren Fundort verbunden waren, sondern auch durch Belisama? Waren sie Belisamas Kinder gewesen? Oder waren Belisamas Kinder ihre Mörder? Sie musste unbedingt mehr über diese keltische Göttin herausfinden.

Plötzlich war ihr die Anwesenheit des Inspectors noch lästiger. »Mehr habe ich nicht zu sagen«, erklärte sie. »Haben Sie noch Fragen?«

Inspector Webster musterte sie nachdenklich. »Nein, für den Moment war es das«, sagte er. »Ich werde den Kollegen in Exeter von Ihrer Beobachtung berichten. Nur noch eine Frage: Wie können Sie sicher sein, dass es sich bei der Frau, die Ihnen begegnet ist, um die Tote handelt?«

Sara hob die Schultern. »Das kann ich nicht. Aber wenn Ihre Kollegen die Frau nicht gefunden haben, glaube ich nicht, dass sie in dieser Kälte lange überlebt hat.« Ein schrecklicher Gedanke kam ihr. »Ansonsten liegt da draußen vielleicht eine weitere Tote.«

Sie wechselte einen besorgten Blick mit Miss Spinster.

»Ich werde nachfragen«, versprach Inspector Webster. Plötzlich schien auch er es eilig zu haben. »Danke für die Informationen.«

»Der Tee ist gleich so weit.«

»Danke. Ich verzichte diesmal. Aber ich werde mich bald wieder bei Ihnen melden.« Webster warf dem Welpen einen sehnsüchtigen Blick zu. »Schon, um zu sehen, wie Lady Hitchcock sich macht. Übrigens sollten Sie sich mal Ihre Eingangstür ansehen. Ich fürchte, da hat jemand eine Botschaft für Sie hinterlassen.«

Danke, dass du mich daran erinnerst, dachte Sara frustriert. Gerade hatte sie den Schmierer vergessen. Sie schenkte dem Beamten ein zynisches Lächeln und meinte: »Das ist nur eine Erinnerung an mich selbst.«

»Bald?« Inspector Webster zog ungläubig die Augenbrauen hoch. »Was müssen Sie bald tun?«

»Einen Schreikrampf kriegen.« Sara verdrehte die Augen. »Natürlich habe ich die Botschaft gesehen, aber danke, dass Sie mich darauf hinweisen. Ich weiß, das wird das Einzige sein, was die Polizei in dieser Angelegenheit unternehmen wird. ›Solange nichts passiert ist, können wir nicht einschreiten.‹ Das würden Sie doch sagen, wenn ich mit meinen Befürchtungen zu Ihnen kommen würde, nicht wahr? Also sparen Sie sich gern weitere Kommentare.«

Webster sah aus, als wolle er etwas erwidern, doch er schluckte seine Bemerkung wieder hinunter. »Spätestens nächste Woche sollten Sie die zweite Impfung machen«, sagte er mit Blick auf Lady Hitchcock. Dann verließ er ohne Gruß das Cottage.

Zurück blieb Stille.

»Und was jetzt?«, fragte Miss Spinster.

»Jetzt sprechen wir mit Mandy und mit Eva und davor sollten wir unbedingt noch herausfinden, was mit Belisamas Kindern gemeint ist.« Sara ging zum Sofa, wo ihr Laptop lag, klappte ihn auf und tippte in die Suchleiste des Internetbrowsers »Belisamas Kinder« ein.

Sie fand nichts über irgendwelche Kinder dieser Gottheit. Zwar gab es im Netz jede Menge Wissenswertes über die Göttin selbst, aber das meiste davon hatte sie bereits bei ihrer ersten Recherche herausgefunden. Außerdem, was brachte es ihr, wenn sie wusste, dass das irische Fest Beltane, das in der Nacht vom 30. April auf den 1. Mai auch heutzutage noch gefeiert wurde, auf einen keltischen Brauch zu Ehren der Göttin Belisama zurückging? Nichts. Bis zum ersten Mai fehlten noch über drei Monate ...

Nur der Gedanke an eine mögliche Verbindung zu den unterirdischen Gängen von Exeter ließ sie einfach nicht los. Blakes verdächtiges Verhalten kam ihr wieder in den Sinn.

Was, wenn sie etwas verstecken wollte, was mit diesen Kindern von Belisama zu tun hatte?

Sara schüttelte den Kopf. Das war arg weit hergeholt. Blake lebte und arbeitete in Exeter, Milly war in Sidbury aus ihrer Wohnung entführt worden. Wie sollte das zusammenhängen?

Doch dann erinnerte das Stimmchen in ihrem Kopf sie daran, dass Millys Leiche im Dartmoor gefunden worden war – das sich westlich von Exeter befand, also näher an Exeter als an Sidbury. Und dass dort eine zweite Frauenleiche gefunden worden war ... Und die Lichterkette auf dem Hügel des Nine Stones Circle kam ihr ebenfalls wieder in den Sinn. Belisama, die

Leuchtendste ... Wäre es nicht naheliegend, wenn zu Ehren der Göttin Belisama Kerzen entzündet würden?

»Die Wachstropfen!«, rief sie aus.

Miss Spinster und Bobby sahen sie an.

»Die Wachstropfen in den Underground Passages! Ich habe euch doch von der Wachsspur erzählt, nicht?«

Die beiden nickten.

»Was, wenn die auch mit Belisama zu tun haben? Wachs kommt von Kerzen? Für die Lichterkette wurden vielleicht Kerzen entzündet – oder Fackeln, aber auch Kerzen wären möglich ...«

»Und in der Wohnung von Milly hat es gerochen, als hätten dort Millionen Kerzen gebrannt.« Miss Spinster war für die Idee entbrannt, das sah Sara deutlich.

Doch Bobby schüttelte den Kopf. »Verrennt euch nicht zu sehr in einen Gedanken«, sagte er. »Es ist natürlich möglich, dass das alles zusammenhängt, aber es kann auch sein, dass nichts davon miteinander zu tun hat.«

»Ja, ja, du Spielverderber«, sagte Miss Spinster. »Du wirst dafür sorgen, dass wir das im Kopf behalten. Aber jetzt lass uns diese Möglichkeit mal durchspielen. Die Kinder von Belisama, Eva, der Nine Stones Circle und die Lichterprozession, die Underground Passages mit den Wachsspuren und ...«

»Charles!«, rief Sara. »Vielleicht hat er in den Underground Passages einen Hinweis auf die Kinder von

Belisama gefunden und ist ihnen auf die Schliche gekommen. Vielleicht tun die was Böses und er wollte sie aufhalten, aber sie haben ihn entlarvt und er musste sterben.«

»Sicher«, brummte Bobby. »Und als Nächstes willst du uns weismachen, dass die Schmierereien an deiner Tür auch von den Kindern von Belisama hingekleckst wurden.«

»Das wäre immerhin möglich«, sagte Miss Spinster.

Doch diesmal war es Sara, die den Kopf schüttelte. »Der Schmierfink schleicht schon länger ums Haus. Schon lange bevor wir wussten, dass es diese Kinder von Belisama gibt – auch lange, bevor Milly aus ihrem Haus entführt wurde.«

Nein, der hatte mit den Kindern von Belisama nichts zu tun. Aber alles andere ...

»Sollen wir mal bei Mandy nachfragen, ob sie etwas mitbekommen hat?«, schlug sie vor.

Miss Spinster nickte, dass ihre Silberlöckchen nur so durch die Luft flogen, und Bobby brummte zustimmend. Also nahm Sara ihren Hund an die Leine und sie gingen los.

Wenig später befanden sie sich im Dorfladen. Sie hatten die Vernehmung als Einkauf kaschiert, wohl wissend, dass Mandy einem kleinen Schwatz nie abgeneigt war. Und sie hatten recht behalten, denn während sie die drei bediente, nahm die Verkäuferin dankbar ihre Fragen zum Anlass, um sich über das Dorfleben, insbesondere Milly, auszulassen.

»Milly? Nein. Die war ganz normal. Also freundlich halt.«

Sara zog die Augenbrauen hoch. »Ach so? Ich habe irgendwo gehört, dass ihr beiden euch in letzter Zeit nicht besonders grün wart.«

Mandy seufzte. »Lass mich raten. Das hat Percy gesagt?«

Sara nickte.

»Wir hatten einmal eine Auseinandersetzung. Ein einziges Mal. Ich ... na ja ... ich habe von Milly ein altes Familienrezept für Teekuchen bekommen und habe es weitergegeben. Ich habe mir nichts dabei gedacht, aber für Milly war es ein Vertrauensbruch. Sie hat mich nach Strich und Faden zusammengefaltet und das hat Percy mitbekommen, aber danach haben wir uns ausgesprochen und es war alles im Lot und ...«

In dem Augenblick öffnete sich die Ladentür und ein Lieferant betrat rückwärtsgehend mit einem offenbar ziemlich schweren Pakt in den Armen das Geschäft.

Er stellte es mit einem Ächzen auf der Theke ab und legte Mandy einen Zettel hin, den sie unterschrieb, ohne ihn anzusehen. Der Mann tippte sich an die Stirn und verließ den Laden.

»Milly ist jedenfalls jeden Tag in den Laden gekommen und wir hatten immer nette ...« Während Mandy weitersprach, öffnete sie mit einem Ritzmesser das Paket und klappte den Deckel zurück. »Ach!«, entfuhr es ihr.

»Was ist los?« Sara reckte neugierig den Hals, um zu sehen, was Mandy da so aus dem Konzept gebracht hatte.

»Auf den Dingern werde ich jetzt wohl sitzen bleiben.« Die Verkäuferin schlug den Deckel noch einmal zurück und gab den Blick auf den Inhalt frei. Eine ganze Reihe roter Tischkerzen lag auf einer Schutzfolie und Sara erriet mühelos, was sich darunter befand: weitere Kerzen.

»Die waren alle für Milly«, erklärte Mandy. »Und die ...«

»... braucht sie jetzt wohl nicht mehr.« Miss Spinster wechselte einen Blick mit Sara.

Die spürte, wie ihr Herzschlag sich beschleunigte. Milly hatte Unmengen an roten Tischkerzen gekauft, in den Underground Passages befanden sich rote Wachsspuren an der Wand ... Das konnte doch kein Zufall sein.

Entweder hatte Milly Tag und Nacht Kerzen in ihrer Wohnung brennen lassen – was zumindest den brenzligen Geruch erklärt hätte, den Miss Spinster und Bobby Bobby wahrgenommen hatten, oder ... sie hatte sie geteilt ... zum Beispiel mit den anderen Kindern von Belisama. Mit Eva ...

»Sag mal, Mandy, Eva Taylor aus dem Dorfamt ... Hat sie auch Kerzen gekauft?«

Mandy schüttelte den Kopf. »Nie. Eva kauft überhaupt nur normales Zeug ein. Na ja, wenn man von dem ganzen Knoblauch absieht. Sie glaubt, dass sie damit einem weiteren Schlaganfall vorbeugen kann, und mit grünem Tee. Aber nein. Kerzen kauft sie keine.«

Schade, dachte Sara. Das wäre zu einfach gewesen. Hätte es in Sidbury zwei verrückte Kerzenkäuferinnen gegeben, wäre ein Zusammenhang klar gewesen.

»Gibt es sonst jemanden, der Kerzen kauft?«

Mandy schüttelte den Kopf. »Nicht in dem Ausmaß wie Milly.«

»Aber jemand kauft regelmäßig Kerzen?«

Mandy sah Sara ungläubig an. »Willst du jetzt ernsthaft von mir hören, wer in Sidbury Kerzen kauft und wie oft? Warum denn? Ist Milly mit Kerzen erstochen worden?«

»Nein. Natürlich nicht.« Sara verdrehte die Augen. »Obwohl wir immer noch nicht wissen, wie sie genau umgekommen ist. Weißt du etwas Neues dazu?«

Mandy schüttelte bedauernd den Kopf. »Leider nicht.«

Wie auf Kommando schauten alle drei Frauen Bobby an, der von seinen ehemaligen Kollegen vielleicht am ehesten mit Informationen versorgt wurde, doch er hob nur die Schultern.

»Webster hat gesagt, je weniger wir wissen, desto weniger kommen wir auf die Idee, unsere Nasen zu weit in den Fall stecken. Auf jeden Fall geht die Polizei von Mord aus – ebenso wie bei der anderen Frau aus dem Dartmoor.«

Milly riss die Augen auf. »Es ist noch jemand gestorben?«

»Ja, eine Frau, deren Identität noch nicht geklärt ist. Warte!« Sara zog ihr Mobiltelefon hervor und rief in der Onlineausgabe der Zeitung das Bild der Toten auf. Sie zeigte es Mandy, die augenblicklich erblasste.

»Val!«

»Du kennst sie?« Sara wechselte einen Blick mit ihren Begleitern.

Mandy nickte. Ihre Stimme war brüchig, als sie sagte: »Das ist Valery Russell. Ich kenne sie vom Pilates in Exeter, da fahre ich mit ein paar Frauen aus Sidbury einmal die Woche hin. Valery leitet den Kurs.«

Obwohl es völlig irrelevant war, fragte Sara: »Wer fährt noch mit?«

»Edda, Fran, Martha und Margaret.«

»Meine Nachbarin Margaret?«

»Ja. Und Edda Hammond, die Zahnärztin, Martha Bilton und Fran Carter.«

Sara nickte. Außer Edda Hammond, von der sie nicht viel mehr wusste, als dass sie Zahnärztin war und erst kürzlich die Praxis ihres Vaters übernommen hatte, kannte sie alle diese Frauen persönlich. Sidbury war ein Kaff.

»Wie kommt ihr dazu, bis nach Exeter zu fahren, um Pilates zu machen?«

Mandy hob die Schultern.

»Hier gibt es so was nicht und Margaret kannte Valery. Sie war ja früher öfter mal mit ihrem Mann in Exeter und als ich erzählt habe, dass Doc Diggory gesagt hat, dass ich mich körperlich betätigen soll, aber es hier keine Möglichkeit gibt, hat sie mir von diesem Studio erzählt. Es war auch ihre Idee, dass wir uns für die Fahrt zusammentun. Dann habe ich die anderen angesprochen, wenn sie bei mir im Laden waren, und Fran, Martha und Edda waren sofort Feuer und Flamme. Seitdem fahren wir einmal die Woche nach Exeter zum Training.«

Sara nickte. Das war ja eine nette Geschichte, brachte sie aber kaum weiter.

Dann waren diese fünf Frauen eben einmal die Woche nach Exeter gefahren, um sich zu bewegen. Milly war nicht mit von der Partie gewesen und sie konnte die Frauen schlecht des Mordes an Valery verdächtigen, nur weil sie an ihren Pilatesstunden teilgenommen hatten. Außer ihnen hatten das ja gewiss zig andere Frauen getan.

»Zumindest wissen wir jetzt, wer die Frau ist. Webster wird sich freuen.«

Sara nickte Bobby zu, der ihr die Hundeleine in die Hand drückte und zum Telefonieren nach draußen ging.

»Eine letzte Frage an dich, Mandy. Du hast ja im Nachbarhaus von Milly gelebt. Ist dir in letzter Zeit etwas aufgefallen?«

»Das hat die Polizei schon gefragt. Nein, mir ist nichts aufgefallen. Alles war wie immer. In der Nacht, als sie verschwunden ist, habe ich weder Geräusche gehört noch Schreie, nichts ... Ich fürchte, da kann ich euch nicht weiterhelfen.«

Sara dachte an die Beobachtung von Percy Donovan. »Möbel, die verrückt wurden? Stimmen?«

Mandy schüttelte den Kopf. »Wäre mir nicht aufgefallen.«

Obwohl sie befürchten musste, von der netten Verkäuferin für dumm verkauft zu werden, fragte Sara: »Sind dir in dieser Nacht Menschen in weißen, wallenden Gewändern aufgefallen, die sich Richtung Friedhof bewegt haben?«

»Du meinst Geister?« Mandys Augen weiteten sich. »Nein. Und sollte ich jemals so etwas sehen, sterbe ich auf der Stelle. Davon bin ich überzeugt!«

Sara nickte. An Percys Geistergeschichte hatte sie ohnehin nicht geglaubt. »Danke, Mandy. Du hast uns sehr geholfen.«

Damit wandte sie sich an Miss Spinster. »Eva?«

Die Seniorin nickte. »Eva.«

»Mr Brewer hat schon angekündigt, dass ihr kommen würdet«, sagte Eva zur Begrüßung, als Sara und ihre

beiden Begleiter samt Lady Hitchcock das Büro des Dorfamtes betraten.
Ihre Aussprache war verwaschen und abgehackt und Sara musste sich konzentrieren, um sie wirklich zu verstehen.

»Ich habe der Polizei alles gesagt, was ich weiß.«

»Was haben Sie denn der Polizei gesagt?«

»Milly war eine gute Kollegin, sie war geduldig mit mir und immer freundlich. Sie ... fehlt mir.«

Sara nickte. »War Milly in den Tagen vor ihrem Verschwinden anders?«

Eva runzelte die Stirn. »Anders ... Vielleicht. Ja.«

Saras Puls beschleunigte sich. Also doch. »Inwiefern anders?«

»Sie war nervös. Mit mir hatte sie immer noch Geduld, aber ... sie ist jedes Mal erschrocken, wenn jemand zur Tür reinkam.«

»Haben Sie sie drauf angesprochen?«

Eva schüttelte den Kopf. »Musste ich nicht. Hat sie selbst getan. Einmal hat sie zu mir gesagt: ›Ich weiß nicht, warum ich so schreckhaft bin.‹ Wir haben gelacht. Dann hat sie sich umgedreht und ganz leise gemurmelt: ›Natürlich weiß ich es, aber da kann mir niemand helfen.‹ Sie hat wahrscheinlich gedacht, dass ich sie nicht höre, aber ... na ja.« Eva hob die Schultern.

»Und Sie haben keine Vermutung, was das gewesen sein könnte?«

Eva schüttelte den Kopf. »Nein.« Sie seufzte. »Wenn sie wenigstens noch ihren Urlaub hätte genießen können.«

»Urlaub?«

»Sie wollte nach Thailand fliegen.«

»Im Januar?«

»Das ist die beste Zeit, hat sie gesagt.«

»Wann wollte sie fliegen?«

Eva runzelte die Stirn. »Ich glaube, sie wollte diese Woche los. Mr Brewer müsste das wissen. Sie hat ja sicher bei ihm nach Urlaub gefragt. Soll ich ihn holen?« Ohne auf Saras Kopfnicken zu warten, stand sie auf und humpelte zu der Tür, hinter der sich Cedrics Büro befand.

Mit ihrem gesunden Arm klopfte sie, wartete auf die Zustimmung des Dorfvorstehers, dann öffnete sie die Tür und streckte ihren Kopf hinein.

Kurze Zeit später kam Cedric heraus. »Urlaub? Da wisst ihr mehr als ich.«,

Sara hob die Schultern. »Nicht wir wussten davon, sondern Eva.«

Diese sah ziemlich schuldbewusst aus. »Ich hatte keine Ahnung, dass das nicht mit Ihnen abgesprochen war. Vielleicht hab ich auch etwas falsch verstanden ... obwohl ...« Sie humpelte zu dem verwaisten Schreibtisch, der ihrem gegenüberstand, setzte sich auf den Bürostuhl und zog mit ihrem gesunden Arm eine Ablage zu sich heran. »Ich glaube ... Wo hat sie denn nur ... Hat sie ... Oh, da ist es ja!«

Sie zog ein Blatt aus dem Papierstapel und schwenkte es wie eine Fahne.

Sara sah schon von Weitem das Bild eines weißen Sandstrandes mit Palmen. Sie ging zu Eva und nahm das Blatt entgegen. Es handelte sich um den Ausdruck einer Hotelbuchung.

»Sie wollte tatsächlich in den Urlaub fahren. Die Buchung ist ab morgen.«

Cedric kratzte sich am Hinterkopf. »Und wieso wusste ich nichts davon?«

Sein Blick ging zu Eva, die die Schultern hob.

Sara ahnte, dass die Frage anders lauten musste. »Hat Milly Sie bewusst in ihre Urlaubspläne eingeweiht?«

Eva verneinte. »Der Drucker hat wieder einmal Mucken gemacht und als ich etwas ausgedruckt habe, hat er davor dieses Blatt ausgespuckt. Ich war erst etwas irritiert, dann hat Milly gesehen, was ich da in der Hand halte. Sie war ... besorgt. Ich dachte, weil sie privates Zeug bei der Arbeit ausgedruckt hat. Ich hab gesagt, dass Mr Brewer ihr deswegen schon nicht den Kopf abreißen wird ... Aber vielleicht ...«

»Vielleicht hatte die Besorgnis einen anderen Hintergrund«, beendete Sara ihren Satz.

Eva nickte.

»Wer hat den Zettel sonst noch gesehen?« Sara war sicher, dass sich Milly bedroht gefühlt hatte. Die Botschaft in den Zeitungen war nur ein Indiz dafür, dieser Urlaub hier – am anderen Ende der Welt – war ein anderes. Wer auch immer gewusst hatte, dass Milly im Begriff war, abzureisen, war vielleicht unter Zugzwang gekommen.

Doch Eva schüttelte bedauernd den Kopf. »Niemand, soviel ich weiß.«

»Hm ...« Sara wechselte einen hilflosen Blick mit ihren Begleitern.

Miss Spinster meldete sich zu Wort. »Eva, sagt dir Belisama etwas?«

»Belisama?« Die Sekretärin des Dorfamtes legte ihre Stirn in Falten. »Nein. Was soll das sein?«

»Eine Göttin«, erklärte Sara.

Eva schien mit der Information nichts anfangen zu können. »Ist Milly deshalb nach Thailand gefahren? Wegen einer Göttin?«

»Denken Sie nach«, sagte Sara. »Hat Milly irgendwann etwas über Belisama gesagt? Oder über Belisamas Kinder?«

Eva sah aus, als rauche ihr gleich der Kopf vor Anstrengung. Doch irgendwann gab sie auf. »Ich habe ehrlich noch nie von jemandem gehört, der so heißt.«

»Danke«, sagte Sara mutlos. »Dann stehen wir also immer noch ganz am Anfang. Was nun?«

»Wie wäre es, wenn wir mit Margaret sprechen würden? Vielleicht weiß sie mehr über Valery Russell.« Miss Spinster sah aus, als wäre sie selbst wenig begeistert von ihrem Vorschlag.

Cedric sah sie verwirrt an. »Valery Russell?«

»Erzählen wir dir nachher«, versprach Sara. Dann verließ sie zusammen mit Miss Spinster und Bobby das Dorfamt und sie gingen in die Richtung von Saras Cottages, in der auch Margarets Haus lag.

Lady Hitchcock sorgte dafür, dass sie kaum vorwärtskamen, denn sie stemmte sich gegen die Leine und ließ sich durch nichts davon abhalten, alle Spuren, die irgendwelche anderen Hunde an Laternenpfählen und Mauerecken hinterlassen hatten, zu beschnüffeln.

»Also, wenn du irgendwann ein richtiger Detektivhund werden willst, musst du in die Gänge kommen, Lady Hitchcock!«, rügte Sara sie.

»Lass sie doch. Sie trainiert ihren Spürsinn. Das kann uns nur zugutekommen.« Miss Spinster betrachtete den Welpen verliebt.

»Na ja, solange wir als Geisterjäger unterwegs sind, nützt uns auch der beste Spürhund nichts.« Sara seufzte. »Und langsam habe ich das Gefühl, dass es genau darauf hinausläuft. Götter, Totengeister, der Geist in den Underground Passages ... Vielleicht sollten wir Silly Old Joe ins Team aufnehmen. Mit Geistern kennt er sich am besten aus.«

»Das ist vielleicht nicht einmal eine schlechte Idee«, meinte Miss Spinster nachdenklich. »Kommt, lasst uns einen Abstecher auf den Friedhof machen. Vielleicht ist er ja dort.«

Obwohl Sara wusste, dass sie keinen Erfolg haben würden, trottete sie den beiden Alten hinterher, die bald einen ordentlichen Vorsprung hatten und lange vor ihr den Friedhof erreichten.

Sara ließ sich Zeit und tatsächlich, wenig später kamen die beiden wieder zurück. Von ihren Gesichtern konnte Sara ablesen, dass sie Silly Old Joe nicht angetroffen hatten.

Sie wendete und schlug wieder den Weg zu ihrem Cottage ein. Wenn sie noch vor dem Mittagessen mit Margaret sprechen wollten, mussten sie sich beeilen, doch Lady Hitchcocks Geschwindigkeit blieb unsäglich langsam. Sie schnüffelte schon wieder an etwas auf dem Gehsteig. Etwas Rotem.

»Seht mal! Wachs!«, rief sie über die Schulter zurück.

Die beiden Senioren, die nur mehr ein paar Schritte hinter ihr waren, kamen interessiert näher.

»Da.« Sara zeigte auf einen Wachstropfen. Dann auf einen zweiten, der etwas weiter die Straße entlang auf dem Boden gelandet war. »Das sieht so aus wie in den Underground Passages.«

»Erinnert ihr euch, was Percy Donovan gesagt hat?« Miss Spinster sah die anderen erwartungsvoll an.

»Von den Totengeistern ging ein Leuchten aus«, wiederholte Sara den Satz flüsternd. »Denkt ihr, die sind wirklich mit Kerzen die Straße entlanggegangen?«

»Wenn sie es waren, die diese Tropfen verloren haben, dann wissen wir jetzt zumindest eins«, sagte Miss Spinster triumphierend. »Es sind keine Geister, sondern Menschen.«

Sara war nie von etwas anderem ausgegangen. Aber Miss Spinster war wohl nicht ganz sicher gewesen, ob bei diesem Fall nicht doch Geister ihre Finger im Spiel hatten. Sara verkniff sich ein Schmunzeln. »Percy hat erzählt, dass sie gegen elf Uhr am Friedhof unterwegs waren. Dann müsste Silly Old Joe sie gesehen haben. Um die Zeit ist er immer hier.«

»Im Gegensatz zu jetzt«, sagte Bobby.

»Ich werde ihn heute Abend besuchen«, versprach Sara.

Miss Spinster schüttelte den Kopf. »Du gehst besser nicht allein aus dem Haus. Nicht nach dem, was dieser Verrückte an deine Tür geschrieben hat.«

Sara nickte zögernd. In Gedanken nahm sie sich jedoch vor, mit Silly Old Joe zu sprechen. Der Alte musste diese »Totengeister« gesehen haben, wenn sie um diese Zeit unterwegs waren. Vielleicht hatte er sogar die Gesichter erkannt. Auch wenn er bei der Polizei als unzurechnungsfähig galt und seine Aussagen mit äußerster Vorsicht behandelt wurden ... Er lag zu oft richtig mit seinen Unkenrufen ...

»Ihr kommt nicht wirklich günstig«, sagte Margaret, als sie den dreien die Tür öffnete. »Ich bin beim Kochen. Und Annie ... Nein, Bunny!«

Schneller als sie die Tür aufmachen konnte, war ein kläffendes weißes Fellknäuel nach draußen geflitzt und stürzte sich auf die arme Lady Hitchcock, die angstvoll winselte und sich zwischen Saras Beinen in Sicherheit bringen wollte.

Erfolglos, denn Bunny spürte sie dort natürlich auf. Lady Hitchcocks Weinen war so herzzerreißend, dass Sara sich todesmutig nach unten bückte und sie hochnahm. Mit viel Glück entkam sie Bunnys schnappender Schnauze und presste ihren Welpen an ihre Brust, doch Bunny verlegte sich darauf, wie ein Gummiball an Sara hochzuspringen, und erreichte Lady Hitchcock selbst da beinahe.

»Bunny! Aus!«, wiederholte Margaret, doch auch sie hatte keinen Erfolg. Endlich packte sie den Hund am Schlafittchen und trug ihn ins Innere der Wohnung. Sara, Miss Spinster und Bobby blieben stehen, wo sie waren. Hereingebeten hatte Margaret sie nicht. Wahrscheinlich sperrte sie den Hund irgendwo ein, damit sie in Ruhe sprechen konnten.

Nach ein paar Minuten kam sie tatsächlich wieder zurück. »Wenn ihr das nächste Mal kommt, dann bitte ohne den hier.« Sie deutete auf Lady Hitchcock. »Es wäre mir ohnehin lieber, wenn ihr am Nachmittag noch einmal kommt. Ich muss kochen und danach muss ich Annie aus dem Kindergarten holen. Ich bin grad etwas gestresst.«

Sara nickte verständnisvoll. »Entschuldige bitte. Wir hatten auch nur eine kurze Frage ... zu Valery Russell.«

»Valery ...« Verwirrung zeichnete sich auf dem Gesicht von Margaret ab, dann verstand sie, von wem Sara sprach. »Oh, Valery! Was ist mit ihr?«

Sara wusste nicht, warum, aber irgendwie hatte sie das Gefühl, dass Margaret auf die Frage vorbereitet war. Das machte sie stutzig. »Ja. Valery Russell. Du kennst sie?«

»Flüchtig.«

»Mandy sagte, ihr seid jede Woche bei ihr zum Pilates gegangen.«

»Das stimmt.«

»Kannst du uns etwas über sie sagen?«

Margaret schüttelte den Kopf. »Nicht wirklich. Sie ist eine tolle Pilateslehrerin, sie ist aus Exeter – glaube ich. Mehr weiß ich auch nicht. Wieso?«

Wieder kam es Sara vor, als sei das bloß eine rhetorische Frage. Trotzdem antwortete sie: »Sie ist die Tote aus dem Dartmoor.«

»Valery ist tot?«

Sara hätte schwören mögen, dass es ein Ausdruck der Erleichterung war, der über Margarets Gesicht huschte, aber als sie ihn festzumachen versuchte, war er weg. Da war nichts als Bestürzung in Margarets Gesicht zu sehen.

»Ja, sie ist tot. Ihr Foto ist in der Zeitung. Mandy hat sie erkannt. Wir ... kümmern uns ein bisschen um den Mord an Milly und weil die Frau wie Milly im Dartmoor gefunden wurde, kümmern wir uns eben auch um ihren Fall. Vielleicht hängen sie zusammen.«

»Mhm«, machte Margaret nachdenklich. »Das ist möglich.«

»Daher müssen wir so viel wie möglich über Valery erfahren. Und Mandy hat gemeint, dass du diejenige warst, die den Pilatesclub entdeckt hat. Daher ...«

»Daher hast du gedacht, ich kenne ... kannte Valery.« Margaret schüttelte den Kopf. »Nein, tut mir leid. Ich kenne sie auch nur von den Pilatesstunden. Der Club ist mir mal beim Shopping zufällig ins Auge gefallen. Ich hätte immer gern mit Pilates angefangen, aber wenn Mandy mich nicht darauf angesprochen hätte, ob wir zusammen Sport machen wollen, hätte ich mich wohl nie dort eingeschrieben. Tut mir leid.«

Sara machte eine beschwichtigende Geste. »Vielleicht solltet ihr in Exeter nachforschen. Valerys Freunde sind alle von dort, ebenso ihre Feinde, vermute ich.«

»Aber Millys Freunde und Feinde müssen in Sidbury zu finden sein. Und wenn man davon ausgeht, dass der Tod der beiden Frauen zusammenhängt, müssen wir ...«

»Vielleicht ist es nur ein dummer Zufall, dass beide im Dartmoor gefunden wurden«, unterbrach Margaret sie, dann schnupperte sie Richtung Küche. »Mist! Mein Gemüse brennt an! Entschuldigt!«

Mit diesen Worten warf sie einfach die Tür zu.

Sara sagte nichts. Sie wandte sich ihren beiden Begleitern zu und sah ihnen fragend ins Gesicht.

Miss Spinster hob die Schultern. »Margaret war schon immer etwas absonderlich«, sagte sie. »Schon, dass sie mit ihrer Tochter ganz allein in diesem Haus wohnen geblieben ist, ist seltsam. An ihrer Stelle wäre ich umgezogen. Irgendwohin, wo Menschen sind.«

Sara schnitt eine Grimasse. »Ach ja? Und was sagen Sie über mich?«

»Dass du absonderlich bist.« Miss Spinster grinste. »Aber das wundert niemanden. Im Gegenteil. Ich würde sagen, es liegt in der Familie.«

Trotz des leisen Spotts wurde es Sara ganz warm ums Herz.

»Und jetzt?«, fragte sie.

»Jetzt sollten wir zusehen, dass wir etwas Warmes in den Magen bekommen, bevor wir tun, was Margaret uns geraten hat.«

»Und das wäre?«

»In Exeter weiterforschen.«

# Kapitel 9 – Geisterjäger

Nach einem schnellen Mittagessen – Sara holte ein Stew aus dem Tiefkühlfach und wärmte es auf – brachen sie auf. Sie zwängten sich in Saras klapprigen Fiesta und rollten Richtung Exeter. Miss Spinster saß vorne und hielt Lady Hitchcock auf dem Schoß, die sich geweigert hatte, in die Hundebox zu steigen, die Cedric für sie besorgt hatte. Sie war sehr zufrieden mit ihrem Platz, schleckte Miss Spinster das Gesicht ab und beschnüffelte alles im Auto ausgiebig.

»Wehe, wenn du in meinen Wagen pieselst!«, drohte Sara ihr. Als Antwort bekam auch sie die nasse Zunge zu spüren.

Bobby gluckste.

»Du kannst den Zappelphilipp gern zu dir auf den Rücksitz nehmen«, grummelte Miss Spinster, doch er wehrte ab.

Sie staunten nicht schlecht, als ein ganzes Stück hinter dem Ortsende von Sidbury eine Gestalt mit schütterem weißen Haar am Straßenrand stand. Es war Silly

Old Joe, der ihnen entgegenstarrte, als habe er auf sie gewartet. Sara hielt neben ihm.

»Hallo, Joe, hast du dich verirrt?«

»Nein, Joe hat sich nicht verirrt. Er hat hier gewartet. Maud hat gesagt, dass Sara hier langkommen würde.«

Sara rieselte es kalt den Rücken hinunter. »Und warum hast du auf uns gewartet?«

»Maud hat gesagt, du brauchst einen Menschen, der Geister sehen kann.«

Wieder schauderte es Sara. Sie wechselte einen Blick mit Miss Spinster, die neben ihr saß. Dann schluckte sie ihre Furcht hinunter. »Maud hat recht. Ich wollte heute Nacht zu dir auf den Friedhof kommen und dich ein paar Sachen fragen, aber jetzt, wo du hier bist ... Hast du Lust, mit uns nach Exeter zu kommen?« Vielleicht konnten sie auf der Fahrt dorthin auch aus dem Alten herausbekommen, ob er die Menschen in den wallenden Gewändern gesehen hatte.

Silly Old Joe nickte ungeduldig, griff nach dem Türgriff und rüttelte daran. Sara stieg aus dem Wagen und half ihm, die Tür zu öffnen, sodass er sich auf die Rückbank zu Bobby Bobby setzen konnte. Lady Hitchcock winselte leise.

Der Alte rückte so nah an den ehemaligen Polizisten heran, dass der unbehaglich brummte. »He, Joe, da ist genug Platz für dich. Du musst nicht auf meinen Schoß klettern.«

»Maud fährt mit. Und Charles.«

Sara schluckte. Sosehr sie sich wünschte, dass Maud in ihrem Wagen Platz nahm, sosehr sie sich wünschte, sie noch einmal in den Arm nehmen und ihr sagen zu können, dass sie sie mehr als alles auf der Welt liebte, so unheimlich war die Vorstellung, dass Maud als Geist mitfuhr.

»Du sollst keine Angst haben. Maud wird der jungen Rattlebag niemals etwas antun. Ihr nicht und auch nicht ihren Freunden.«

»Okay …« Sara schloss seine Tür, stieg ein und gab Gas.

Es war eine seltsame Fahrt. Auf die Frage nach den Menschen in den weißen Gewändern weigerte sich Silly Old Joe zu antworten. Er sprach überhaupt nicht mit ihnen. Stattdessen richtete er den Blick auf den leeren Platz an seiner von Bobby abgewandten Seite, nickte immer wieder einmal oder wackelte mit dem Kopf, als kommentiere er die unhörbaren Sätze der Geister, die nur er sehen konnte. Auch ihre normalen Gespräche, in denen sie Theorien entwickelten und wieder verwarfen, Verdächtige ausmachten und Fragen zu ihren aktuellen Fällen stellten, wollten nicht in Gang kommen.

Bobby litt offensichtlich auf seinem beengten Platz im hinteren Teil des Wagens. Miss Spinster grinste ihm mehrmals schadenfroh zu. Irgendwann verfiel Silly Old Joe in seinen monotonen Singsang, der wie eine Geisterbeschwörung anmutete. Auch wenn Sara nicht an solchen Quatsch glaubte: Die Fahrt war auf eine ganz eigene Art und Weise gruselig.

Sie war froh, als sie endlich in einer Seitenstraße der Paris Street einen Parkplatz für ihren Wagen fand und alle aussteigen konnten. Sie einigten sich in wenigen Sätzen darauf, dass Miss Spinster und Bobby mit Lady Hitchcock zum Pilates-Studio gehen würden; so konnte einer von ihnen mit dem Welpen draußen warten. Sara würde Silly Old Joe mit in die Underground Passages nehmen und im Anschluss wollten sie sich wieder in dem netten Café treffen, in dem sie mit Eveline geplaudert hatten. Doch erst als Sara vor dem Eingang stand, fiel ihr wieder ein, dass das Museum montags ja geschlossen hatte.

»Mist!«, fluchte sie.

»Mist. Mist. Mist.« Silly Old Joe wiederholte ihren Fluch geistesabwesend.

»Wir kommen nicht rein, Joe. Dann müssen wir wohl auch ins Pilates-Studio. Schaffst du den Weg dorthin?«

»Ja, ja.« Der Alte dackelte los. Doch er ging in die falsche Richtung.

»Hey, Joe, zum Pilates-Studio müssen wir hier lang.«

Wieder brabbelte der Alte seine Zustimmung, hielt jedoch an dem Weg fest, den er eingeschlagen hatte. Wenn Sara ihn nicht mit Gewalt zum Umkehren bringen oder ihn allein durch Exeter laufen lassen wollte, musste sie ihm wohl oder übel folgen. Sie versuchte weiter ihr Glück, doch Joe wollte nicht auf sie hören. Stattdessen ging er die High Street entlang, vorbei an den Shops und Shoppingzentren, die dort lagen, bis sie vor der St. Stephen's Cathedral standen.

»Eine Kirche«, stöhnte Sara. »Wieso habe ich mir das eigentlich nicht gedacht?«

Der Alte kümmerte sich nicht um sie. Er umrundete die Kirche und bog in eine schmale Seitenstraße ein. Zu beiden Seiten erhoben sich Backsteinmauern und am Ende spannte sich ein steinerner Bogen über die Gasse. Sara musste sich beinahe bücken, um unter ihm hindurch auf den Platz dahinter zu gelangen. Den überquerten sie, bis sie vor den Überresten einer weiteren Kirche standen. Ein Schild verriet, dass es sich um die St. Catherine's Chapel handelte. Sara überflog die Erklärung und erfuhr, dass hier ein Armenhaus gestanden hatte, das bereits im fünfzehnten Jahrhundert erbaut worden war und dass ...

»Komm, junge Rattlebag, komm ...«, forderte Silly Old Joes brüchige Stimme von der anderen Seite einer alten Mauer, vielleicht dem Überrest einer ehemaligen Hausmauer.

»Joe?«

»Hier, junge Rattlebag. Hier!«

Schnell machte sie, dass sie hinterherkam. Nicht auszudenken, was passieren konnte, wenn sie ihn hier verlor. Er würde orientierungslos herumirren und am Ende in einer psychiatrischen Klinik landen – oder in einem Altersheim. Sie umrundete die Mauer und gelangte auf einen kleinen Friedhof, der schon längst nicht mehr im Gebrauch war, bis sie den Alten entdeckte, der an einer weiteren Mauer auf sie wartete.

»Hier hinein geht es in die Tunnel.«

»Bitte?« Sara glaubte, sich verhört zu haben.

»Du wolltest mir die Tunnel zeigen. Das Museum ist zu. Hier ist ein Eingang.«

»Woher ... weißt du das, Joe?«

Er hob die Schultern. »Charles hat ihn mir gezeigt.«

»Charles?«

Joe nickte. »Er ist mit uns nach Exeter gekommen. Und er weiß, wie man in die Gänge kommt. Auch wenn man kein Ticket fürs Museum kaufen will.«

Sara sah sich misstrauisch um. »Wo ist er?«

»Er ist überall und nirgends. Hier und hier und hier.« Silly Old Joe deutete auf die Kirche, einen Brunnen und auf ein Mäuerchen. »Er sagt, dass du nur die Tür aufmachen musst, dann können wir eintreten.«

Tür war zu viel gesagt. Es handelte sich um ein breites Holzbrett, das in eine runde Nische gerammt war. Ein Verschlag, mehr nicht.

»Und du bist sicher, dass man hier durch in die Tunnel kommt?«

»Charles sagt es. Charles sagt es.«

Sara sah sich noch einmal misstrauisch um. Kein Charles zu sehen. Auch sonst niemand, der Silly Old Joe an Charles erinnern könnte.

»Also gut.« Sie bohrte ihre Finger in eine Ritze zwischen Holz und Mauer und rüttelte an dem Brett. »Das geht nicht.«

»Einen Hebel. Die junge Rattlebag braucht einen Hebel.«

Sara sah sich um. Nirgends war etwas zu entdecken, das auch nur im Entferntesten wie ein Hebel aussah. Da ging Silly Old Joe zu einem Mauerrest, bückte sich und kam mit einem Brecheisen hervor.

»Und das liegt hier einfach so rum?«, fragte Sara.

»Alles, was wir brauchen, kommt irgendwann einmal zu uns.« Silly Old Joe schien nichts dabei zu finden. Er brachte Sara das Brecheisen, dann stand er neben ihr und starrte auf die Holzplatte.

Zögernd setzte Sara das Brecheisen an. Sie konnte doch nicht einfach eine Holzplatte aufstemmen, oder? Noch dazu mitten in Exeter – in einem denkmalgeschützten Bereich. Was, wenn plötzlich jemand kam und sie dabei beobachtete, wie sie die Platte demolierte?

»Hier musst du ansetzen«, sagte Silly Old Joe und deutete auf eine Stelle, die tatsächlich so aussah, als hätte hier schon einmal jemand den Versuch gemacht, den Eingang zu den Gängen zu öffnen – wenn sich wirklich bewahrheitete, was Joe da behauptete.

Sara blickte über die Schulter. Niemand da. Sie hörte auch keine Stimmen oder anderen Geräusche, die darauf hindeuteten, dass jemand im Begriff war, die Chapel und das Gelände drumherum zu betreten. Also setzte sie das Brecheisen an, stemmte sich dagegen und ... das Brett schwenkte zur Seite und entpuppte sich als Tür, hinter der eine weitere Tür war. Diesmal brauchte Sara kein Brecheisen, um sie zu öffnen. Sie drückte die Klinke hinunter, die Tür schwenkte nach innen und gab den Blick auf einen dunklen Gang frei. Und auf Treppenstufen, die nach unten in die Tiefe führten. Es war eindeutig ein Stück der Underground Passages.

»Joe, du bist ein Genie«, flüsterte Sara.

Der Alte nickte zufrieden. Er betrat die Treppe und wackelte nach unten ins Dunkel, als könne er sehen.

»Warte!« Schnell zog Sara ihr Telefon heraus und schaltete die Taschenlampe ein, dann betrat sie selbst die Treppe. Das Holztor zog sie zu. Es musste ja nicht sein, dass irgendein neugieriges Kind ihnen folgte und sich möglicherweise in den Gängen verlief. »Joe?«

»Humpty Dumpty sat on a wall, Humpty Dumpty had a great fall ...« Seine Fistelstimme klang in dem dunklen Treppenabgang noch gruseliger als auf dem Friedhof von Sidbury.

»Hör auf, Joe! Bitte keine Kinderreime, ja?«

Doch der Alte hörte nicht auf sie. »All the King's horses and all the King's men, couldn't put Humpty together again.« Dann begann er wieder von vorn.

Sara machte, dass sie zu ihm aufschloss. Auch wenn er wie durch ein Wunder den Eingang zu den Gängen gefunden hatte und sich hier bewegte, als kenne er sich aus, trug sie die Verantwortung dafür, dass sie beide wieder heil nach draußen kamen.

»Hör mal, Joe. Ich bin dir dankbar, dass du den Eingang gefunden hast, aber …«

»Nicht gefunden. Charles hat Joe verraten, wo er ist.«

»Also gut, Charles.« Wieder beschlich Sara ein unheimliches Gefühl. »Ist Charles hier, Joe?«

Der Alte legte den Kopf schief und lauschte auf etwas, das Sara nicht hören konnte, dann nickte er. »Charles ist bei uns, Maud ist bei uns. Die Toten lassen uns nicht allein. Sie passen auf uns auf.«

»Warst du schon einmal hier, Joe?«

Der Kopf des Alten pendelte von einer Seite zur anderen, während er wieder mit seinem Singsang begann. Sara musste an sich halten, um ihn nicht an den Schultern zu packen und zu schütteln.

»In dunklen Gängen lauert der Tod«, flüsterte Joe ein ums andere Mal.

Sara hielt den Atem an. Diesen Satz hatte Joe schon einmal gesagt. Ihn hier in den Underground Passages zu hören, ließ ihr die Haare im Nacken zu Berge stehen. Am liebsten hätte sie Silly Old Joe an der Hand gepackt und ihn nach draußen ins Tageslicht gezogen, weg von diesen gruseligen Gängen. Doch ganz offensichtlich wusste er etwas. Und sie musste dem auf den Grund geben. Ganz sicher würde sie nicht denselben Fehler wie die Polizei machen und Joes Geistergeschichten keine Beachtung schenken.

»Wer ist hier gestorben?«, fragte Sara atemlos.

»Keiner. Keiner. Noch nicht. Aber bald ...«

Allein dieses letzte Wort verursachte Sara Gänsehaut.

»Ist jemand hier, Joe? Sollen wir nicht lieber verschwinden?«

»Charles passt auf uns auf. Und Maud.« Er wackelte weiter.

Sara blieb nichts anderes übrig, als ihm zu folgen. Im Licht der Taschenlampe schien der Platz zwischen den Wänden noch beengter als sonst. Die Treppe führte immer weiter nach unten und sie hoffte inständig, dass Silly Old Joe aufpasste, wohin er seine Füße setzte. Die Stufen waren direkt in den Stein gehauen und glitschig. Zusammen mit der Dunkelheit machte das ihren Ausflug zu einer halsbrecherischen Aktion.

Wann immer Sara mit Blake und den Besuchern des Museums in den Passages gewesen war, hatten die LED-Leisten dafür gesorgt, dass man sich nicht allzu unwohl fühlte. In dem Bereich, in dem sie sich befanden, gab es aber keine LED-Leiste, so weit drangen die Besuchergruppen nie vor. Abgesehen davon wäre der Lichtschalter im Museum gewesen.

Einen kurzen Moment fragte sich Sara, ob dieser Bereich überhaupt gesichert war. Sie wusste, dass der Abschnitt, der mit den Museumsgästen besichtigt wurde, täglich begangen und auf seine Stabilität überprüft wurde. Wie verhielt es sich mit diesem Teil? Plötzlich wurde ihr bewusst, dass weder Silly Old Joe noch sie selbst Helme aufhatten. Sollte ein Teil des Gangs einstürzen, wären nicht einmal ihre Köpfe geschützt ...

Als Nächstes fiel ihr ein, dass niemand wirklich wusste, wo sie waren. Miss Spinster und Bobby würden zum Museum gehen, um sie zu suchen, feststellen, dass es geschlossen war, und davon ausgehen, dass sie etwas anderes unternommen hätten. Niemand käme auf die Idee, hier unten nach Sara und Joe zu suchen. Ein Blick auf ihr Handy bestätigte ihr, was sie schon geahnt hatte. Hier unten gab es keinen Empfang.

»Mist!«, fluchte sie. »Joe, sollen wir nicht lieber zurückgehen?«

»Charles will uns etwas zeigen.«

Schon wieder Charles. Sara schluckte. Das einzig Gute an der Sache war, dass sie bisher an keiner Abzweigung vorbeigekommen waren. Noch liefen sie also keine Gefahr, sich zu verirren. Sie müssten nur umdrehen und wieder zurück zum Ausgang laufen. Blieb noch das Risiko, dass die Tunnel einstürzten, aber wieso sollten sie das ausgerechnet heute tun, wenn sie seit dem Mittelalter stabil gewesen waren?

Sara atmete durch. Blieb der Verrückte, der glaubte, dass ein Toter ihnen hier unten etwas zeigen wollte. Nun war sie mit ihm hier unten – sechs bis acht Meter unter der Erde. Dabei war das genau das, was sie beabsichtigt hatte. Sie hatte Joe in die Gänge mitnehmen wollen, um zu sehen, ob er auch hier unten mit den Toten sprechen würde. Laut Blake musste es hier von Geistern nur so wimmeln. Es hieß, in den Zeiten der Pest hätten sich Menschen hier unten versteckt, um den üblen Dämpfen der Krankheit zu entgehen, doch natürlich waren sie der Krankheit hier genauso zum Opfer gefallen und schließlich zu Hunderten in den Gängen verwest. Ob das nun stimmte oder nicht – hier unten waren gewiss im Laufe der Jahrhunderte Menschen gestorben. Würde Silly Old Joe mit ihnen sprechen können?

Die Treppe hörte plötzlich auf und sie befanden sich in einem ebenen Gang. Er war niedrig, viel niedriger als die Tunnel, durch die sie die Besucher des Museums führten, und im Gegensatz zu denen waren die Wände feucht. Vermutlich war der Teil drüben trockengelegt worden.

Dann kam, was Sara die ganze Zeit befürchtet hatte: eine Abzweigung.

»Joe, wir können nicht weiter. Wir verirren uns hier unten!«

»Nicht mehr weit. Nicht mehr weit. Charles sagt, wir sind gleich da.«

»Aber was, wenn wir uns verirren?«

»Wir verirren uns nicht. Charles kennt sich aus. Er weiß Bescheid!«

Verzweifelt sah Sara sich um. Sie musste sich irgendwas ausdenken, damit sie nachher wieder zurückfanden.

Hastig versuchte sie, mit dem Fuß eine Linie in den Boden zu kratzen, doch der war so festgestampft, dass sie dafür ein Messer benötigt hätte. Das »Humpty Dumpty« von Silly Old Joe entfernte sich rasch. Wenn sie nicht schnell machte, würde sie den Alten verlieren ...

Der Schal fiel ihr ein. Sie riss ihn sich vom Hals, dann platzierte sie das eine Ende in die Richtung, aus der sie gekommen waren, das andere in die Richtung, in die Silly Old Joe verschwunden war. Sofort legte sich die Kälte wie Geisterfinger um ihren Hals.

»Joe! Warte!« Sie hastete weiter.

Bei der nächsten Abzweigung benutzte sie ihre Jacke als Wegmarke, bei der übernächsten ihren Pullover. Bibbernd vor Kälte holte sie den Alten endlich ein.

»Es reicht, Joe. Wir gehen nicht weiter.«

»Müssen wir nicht. Wir sind da.« Joe bog noch einmal in einen Gang ab, dann blieb er stehen.

Sara tat es ihm gleich. Vor ihnen tat sich im Licht der Handylampe ein kleiner Raum auf. Er war vielleicht so groß wie ihr Kaminzimmer. In der Mitte stand ein Becken mit klarem Wasser. Sara wunderte sich, dass es nicht gefroren war, aber wahrscheinlich fiel die Temperatur hier unten nicht bis zum Gefrierpunkt.

»Was ist das für ein Raum?«, fragte sie.

Statt einer Antwort zeigte Silly Old Joe an die Wände, wo keltische Symbole in den Stein geritzt waren. »Hier treffen sich Belisamas Kinder, sagt Charles.«

Saras Herzschlag beschleunigte sich. Woher wusste der Alte von Belisamas Kindern? Sie hatten nie mit ihm darüber gesprochen.

»Belisamas Kinder?«

»Sie treffen sich in den Gängen und feiern die Strahlendste. Aber Belisamas Kinder sind böse geworden. Böse.«

»Wieso sind sie böse geworden, Joe?«, fragte Sara behutsam.

»Sie haben Belisama vergessen. Jetzt glauben sie nur noch an ihren Mund. Aber der Mund ist böse. Menschen mussten sterben.«

»Welche Menschen, Joe?«

»Ein Mann. Charles.«

Saras Herzschlag beschleunigte sich. »Charles?« Dann hatte sein Tod also tatsächlich mit den Kindern Belisamas zu tun und alles hing zusammen? Sein Tod, der von Milly, der von Valery? Silly Old Joes nächste Worte bestärkten sie in ihrer Ahnung.

»Er wollte nicht tun, was der Mund sagte. Nach ihm ist ein Mann gestorben und dann Milly. Und noch eine Frau.«

»Valery?«

»Ich kenne ihren Namen nicht. Aber sie ist gestorben. Und es wird noch jemand sterben. Bald.«

Bald ... Der blutrote Schriftzug an ihrer Tür blitzte vor Saras innerem Auge auf und ihr Herzschlag beschleunigte sich. War sie das nächste Opfer von Belisamas Kindern? Und warum wusste Joe so viel darüber? War er womöglich Teil dieser Organisation und hatte sie in eine Falle gelockt? Würden nun diese »Totengeister« in ihren wallenden, weißen Gewändern kommen, von denen Percy Donovan gesprochen hatte?

»Joe, hast du in der Nacht vor Millys Tod fremde Geister gesehen?« Wenn schon Percy die Menschen in den wallenden Gewändern für Geister gehalten hatte, würde Silly Old Joe das allemal tun, oder?

»Keine Geister. Belisamas Kinder. Sie waren zu dritt, haben miteinander geflüstert und seltsame Melodien gesummt. Sie haben Joe nicht bemerkt. Joe hat sich versteckt.« Er senkte die Stimme. »Sie haben gesagt, dass jemand sterben wird.«

»Wer wird sterben? Joe, bitte! Sag mir, wer sterben wird.«

»Das Kind.«

»Welches Kind?«, brüllte sie. Ihre Stimme hallte von den Wänden des seltsamen Raumes wider.

»Humpty Dumpty sat on a wall, Humpty Dumpty had a great fall, all the King's horses and all the King's men, couldn't put Humpty together again.« Ohne auf Saras Frage zu antworten, wandte sich Silly Old Joe ab und tauchte im Dunkel der Gänge unter.

Sara warf einen verzweifelten Blick in den Raum, zückte ihr Telefon und versuchte, die Zeichen und Symbole auf den Wänden mit ihrer Kamera einzufangen, dann hastete sie seiner Stimme nach. Sie wusste nicht, ob sich Joe einfach an ihren behelfsmäßigen Marken orientierte oder ob er intuitiv den richtigen Weg wählte, aber Tatsache war, dass sie bald wieder am Tor ankamen. Sara hatte ihre Kleider wieder an, doch die waren klamm.

Was sie jetzt mehr als alles andere brauchte, war ein heißes Getränk in einem warmen Raum. Sie öffnete langsam das Holztor, lugte vorsichtig hinaus und schlüpfte ins Freie. Als auch Joe draußen stand, schlug sie es zu, sodass es sich wieder in der Nische verkeilte. Das Brecheisen legte sie dorthin, wo der Alte es gefunden hatte.

Dann dirigierte sie Joe zu dem Café, in dem Miss Spinster und Bobby bereits auf sie warteten.

»Na? Habt ihr Geister in den Gängen getroffen?«, fragte Miss Spinster zur Begrüßung.

Sara sah Silly Old Joe von der Seite an, der ein ums andere Mal seinen Kinderreim aufsagte. Er reagierte nicht auf die Frage.

So nickte sie Miss Spinster bedeutungsvoll zu. Die verstand sofort. »Okay, also später. Dann fasse ich die Ermittlungsergebnisse von Bobby und mir zusammen: Valery war allseits beliebt, aber niemand im Studio hatte intensiver mit ihr zu tun. Sie wissen nicht mehr, als dass Valery in Exeter gelebt hat. Keiner hat eine Ahnung, ob sie in einer Beziehung war, ob sie Familie hatte … Sie war eben da, hat die Leiterin des Studios gesagt.«

»Also nicht wirklich viel.«

Miss Spinster und Bobby schüttelten den Kopf.

»Dann lasst uns nach Hause fahren.« Mit einem bedeutungsvollen Blick in Joes Richtung stand Sara auf. Sie brannte darauf, den anderen Mitgliedern des Krimiclubs von ihrer Entdeckung zu erzählen, aber ohne ihn. Sie wusste nicht, ob sie ihn nicht vollends verwirrte, wenn sie alles berichtete. Außerdem war ihr seine Rolle in dem ganzen Schlamassel nicht klar. Er hatte sich einfach zu gut in den Gängen ausgekannt – und nein, sie akzeptierte die Erklärung, dass Charles ihn geführt hatte, nicht. Aber er wusste zu viel.

Außerdem – das wurde ihr erst jetzt bewusst – machte er Lady Hitchcock Angst. Gerade versuchte sich die Kleine wieder erbärmlich winselnd zwischen Miss Spinsters Beinen zu verstecken, das Schwänzchen hatte sie eingeklemmt. Hieß es nicht, dass Hunde erkannten, wer ein guter oder ein schlechter Mensch war?

Vielleicht spürt sie auch nur die Geister, die Silly Old Joe begleiten, flüsterte das Stimmchen in Saras Kopf und sie schlug sich gegen die Stirn, um es zum Schweigen zu bringen.

Keine Geister, sagte sie sich. Es gab für alles eine natürliche Erklärung. Jemand musste Joe eingeweiht haben oder er hatte Dinge aufgeschnappt, die nicht für ihn bestimmt waren. Sie konnte sich gut vorstellen, dass Leute in seiner Anwesenheit unvorsichtig wurden, schließlich machte er oft genug einen völlig verwirrten Eindruck.

Oder er steckt in der Sache mit drin, flüsterte das Stimmchen in ihrem Kopf und diesmal konnte sie es nicht zum Schweigen bringen.

»Also raus mit der Sprache. Was hat es mit Silly Old Joe auf sich?«, fragte Miss Spinster, kaum dass sie den Alten am Friedhof abgesetzt hatten.

Sara setzte den Blinker und fuhr los. Erst als sie im Rückspiegel sah, wie er auf den Totenacker trottete, begann sie zu erzählen, was sie erlebt hatte. Sie war gerade beim inoffiziellen Eingang zu den Underground Passages bei der St. Catherine's Chapel angelangt, als sie beim Cottage ankamen.

Lady Hitchcock sprang freudig kläffend aus Miss Spinsters Armen, rannte auf eine Mauer zu und entleerte ihre Blase.

»Wieso kennt Joe den Eingang?«, fragte Miss Spinster.

Sara hob die Augenbrauen. »Er behauptet, Charles hätte ihm das alles gezeigt. Inklusive Brecheisen.«

»Und was ist deine realistische Einschätzung?«

»Er ist eingeweiht.«

»Joe?« Miss Spinster schüttelte den Kopf. »Das kann ich einfach nicht glauben.«

»Wie sonst sollte er den Eingang finden? Aber wartet, es geht noch weiter.« Sara nahm Lady Hitchcock hoch, die nur noch herumschnüffelte. Beim Anblick der Tür, auf der immer noch der Schriftzug leuchtete, schauderte sie, doch sie sperrte auf und sie gingen ins Innere des Hauses. Cedric musste hier gewesen sein und das Feuer entfacht haben, denn es war wohlig warm.

Bei Tee und Keksen erzählte sie ihren beiden Freunden den Rest der Geschichte. Als sie geendet hatte, schwiegen sie alle. Wenn sie den Worten des Alten Glauben schenken konnten – und das taten sie –, hingen nicht nur die Morde an Milly und Valery zusammen, sondern auch der von Charles und der eines weiteren Mannes. Es war ungeheuerlich und in ihnen allen kreiste die Frage, inwieweit Silly Old Joe in das alles verstrickt war. War er nur stiller Beobachter gewesen oder gehörte er diesem mörderischen Netzwerk an?

Irgendwann räusperte sich Miss Spinster. »Ich weiß, es deutet alles darauf hin, dass Joe eingeweiht ist, aber mir will dieser Gedanke einfach nicht gefallen. Er scheint ja auch mit der Entwicklung dieser Kinder von Belisama nicht einverstanden zu sein. Trotzdem weiß er zu viel, da gebe ich dir recht. Er ist verdächtig. Aber er ist nicht der Einzige.«

»Du denkst an Blake, oder?« Sara lehnte sich auf ihrem Stuhl zurück und fixierte Miss Spinster.

Die nickte. »Ja, genau an die denke ich. Was, wenn sie in der ganzen Sache mit drinhängt?«

Sara konnte nicht widersprechen. Sie würden sich noch einmal um Blake kümmern müssen, aber vorher ... Sie dachte an Silly Old Joes Worte. »Es wird noch jemand sterben. Bald. Das Kind.«

»Welches Kind?«

Erst als Sara den erschrockenen Blick von Miss Spinster und Bobby auf sich gerichtet sah, erkannte sie, dass sie laut gesprochen hatte. »Das hat Silly Old Joe in den Tunneln gesagt. Zuerst hat er nur erzählt, dass jemand sterben wird. Bald. Da dachte ich, er meint womöglich mich. Wegen dem ›Bald‹ an meiner Tür, ihr versteht?«

Die beiden Alten nickten.

»Dann habe ich ihn angebrüllt und gefragt, wer sterben wird. Seine Antwort lautete: ›Das Kind.‹ Mehr war aus ihm nicht herauszubekommen.«

»Und wieder einmal fragt man sich, ob Joe wirklich mit der Geisterwelt in Verbindung steht oder ob er einfach nur zur richtigen Zeit am richtigen Ort war, dass er so eine Information aufschnappen konnte.« Miss Spinster kraulte Lady Hitchcock zwischen den Ohren, die schon wieder auf ihrem Schoß lag und die Zuwendung genoss.

»Ich glaube, es ist Letzteres«, sagte Sara. »Aber es ist zu viel, was er aufgeschnappt hat. Er muss irgendwie mit dem inneren Zirkel dieser Gemeinschaft zu tun haben. Dass er all das weiß, kann kein Zufall mehr sein.«

»Außer er hat die Hilfe der Geister«, wandte Miss Spinster ein.

»Weil wir aber nicht an Geister glauben, muss es eine andere Erklärung dafür geben.« Sara weigerte sich einfach, diese spirituellen Erklärungen in Betracht zu ziehen. Etwas Böses war im Gange und sie mussten dahinterkommen, was. Am besten, bevor es zu spät war.

# Kapitel 10 – Wir brauchen den Kopf

Die beiden Senioren gingen erst nach Hause, als Cedric sich endlich von der Arbeit trennen konnte. Er kam jedoch nur, um Sara zu holen.

»Dich und deinen Zoo«, sagte er.

»Den Hund hast du mir geschenkt«, erinnerte sie ihn.

Er grinste. »Trotzdem ist er mir noch nicht genug Schutz. Nicht, wenn es einen Irren gibt, der Drohbotschaften an deine Tür schmiert. Heute schläfst du in meiner Wohnung.«

Sara hatte keine stichhaltigen Argumente dagegen. Und so zog sie für diese Nacht mit Sack und Pack in Cedrics Wohnung im Dorfzentrum ein. Sie schlief zum ersten Mal dort. Bisher hatte Cedric immer bei ihr im Cottage übernachtet, weil sie Sir Arthur Doyle nicht hatte alleinlassen wollen.

»Der Ausblick ... traumhaft!«, spöttelte sie. Auch Cedric konnte von seinem Wohnzimmer aus auf den

Friedhof schauen. Vermutlich musste er das Fenster nachts schließen, um die Monologe von Silly Old Joe nicht mitanhören zu müssen.

»Ja, ich werde tagtäglich an die Endlichkeit des Seins erinnert.« Er stellte sich hinter sie und umarmte sie von hinten.

Sara schmiegte sich an ihn. »Die Endlichkeit des Seins«, sinnierte sie. »Daran würde ich lieber nicht jeden Tag erinnert.«

»Wieso nicht? Jeder Tag bekommt eine besondere Bedeutung. Jeder Augenblick.« Er küsste sie auf den Hals.

Sara drehte ihren Kopf und küsste ihn auf die Lippen. Dann löste sie sich aus der Umarmung und schaute wieder auf den Friedhof hinab. »Sag mal, dir ist nichts aufgefallen in der Nacht, als Milly entführt wurde?«

Cedric schüttelte den Kopf. »Das hat Inspector Webster auch schon gefragt.«

»Keine Totengeister, die in wallenden, weißen Gewändern von ihrem Haus Richtung Friedhof marschiert sind? Laut Percy Donovan müssen sie direkt vor deinem Haus entlanggegangen sein.«

»Es ist ja nicht so, dass ich die ganze Nacht an meinem Wohnzimmerfenster stehe und den Friedhof betrachte«, meinte er. »Mein Schlafzimmerfenster geht hinten raus.«

»Schade.«

»Du würdest dir wünschen, dass ich Totengeister gesehen hätte? Dir ist schon klar, dass ich mich dann gleich zu Silly Old Joe auf den Friedhof stellen müsste?«

Sara lachte. »Ihr würdet fantastisch zusammen aussehen.«

»Ich muss dich leider enttäuschen«, sagte er. »Dafür sehe ich jetzt dich.« Wieder drückte er ihr einen Kuss auf den Hals.

Sara lächelte. Wahrscheinlich war es ganz gut, dass Cedric nicht zuließ, dass ihre Gedanken ständig um die Frage kreisten, wer hinter Millys Tod steckte. Also schloss sie die Augen und genoss seine Zuwendungen.

Bis Lady Hitchcock winselte.

»Die Kleine muss noch mal nach unten«, sagte sie.

»Nachher.« Cedric küsste sich weiter an ihrem Hals entlang zu ihren Ohren. Sara erschauderte.

Lady Hitchcock winselt erneut. Diesmal nachdrücklicher.

Sara öffnete die Augen und die Magie des Augenblicks verflog. »Wenn du nicht willst, dass sie in deiner schicken Wohnung ein Pfützchen macht, lässt du mich jetzt gehen. Ich mache schnell eine Runde mit ihr, dann machen wir da weiter, wo wir gerade aufgehört haben.«

»Ich komme mit.«

»Nicht nötig.«

»Da draußen läuft ein Irrer herum, der Drohbotschaften auf deine Tür schmiert. Natürlich komme ich mit.«

»Wie du meinst.« Sara lächelte Cedric zu, dann legte sie Lady Hitchcock die Leine an und nahm sie hoch. Die Treppen konnte sie noch nicht selbst laufen und Cedrics Wohnung lag im ersten Stock.

Als sie unten auf die Straße traten und Sara Lady Hitchcock abgesetzt hatte, erleichterte sie sich beinahe sofort.

Sara schlang die Arme um ihren Oberkörper. Es war wieder eiskalt und sie hatte natürlich darauf verzichtet, ihre Jacke mitzunehmen. Ungeduldig trat sie von einem Fuß auf den anderen und schaute die Straße entlang. Ihr Blick blieb an Millys Haus hängen. Sie kniff die Augen zusammen. Stand dort jemand an der Tür?

»Hallo?«, rief sie hinüber.

Der Schatten erstarrte, dann kam Bewegung in ihn. Es war ganz eindeutig eine menschliche Gestalt, die nun über die Straße huschte. Dann ertönte ein Motor, ein Wagen startete und fuhr mit erhöhter Geschwindigkeit in Richtung Exeter davon. Die Tür zu Millys Haus stand weit offen.

»Hast du das auch gesehen?«, fragte sie Cedric.

»Was?«

»Den Schatten, der von Millys Haus weggelaufen ist. Und ... dass ihre Haustür offensteht.«

Der kniff ebenfalls die Augen zusammen. »Lass uns nachsehen.« Schon ging er auf das Haus zu.

Sara war nicht ganz wohl bei der Sache. Wer auch immer in dem Haus gewesen war – oder immer noch war –, hatte nichts Gutes im Sinn. Begaben sie sich jetzt in Gefahr?

Sie hob Lady Hitchcock hoch und beeilte sich, zu Cedric aufzuschließen.

»Bist du sicher, dass wir reingehen sollten?«, fragte Sara, als sie vor der Tür standen.

Cedric nickte grimmig. »Wer auch immer da drin ist – oder war –, hat etwas mit Millys Tod zu tun. Wir können nicht warten, bis die Polizei von Sidmouth kommt. Außerdem sind wir zu zweit und wir haben einen Hund.«

Sara hielt nicht dagegen, dass der Eindringling auch in Begleitung sein konnte, und dass der Hund allerhöchstens ein Baby war. Stattdessen presste sie Lady Hitchcock an sich und betrat hinter Cedric das Haus. Im Flur wehte ihnen ein leichter Geruch entgegen. Ein Geruch, der ihr bekannt vorkam, den sie jedoch nicht wirklich einordnen konnte.

Sie verharrten, horchten in die dunkle Wohnung hinein. Als sie nichts hörten, schlichen sie weiter. Weder in der Küche noch in Millys Schlafzimmer war jemand, auch das Wohnzimmer war menschenleer.

Lady Hitchcock zappelte so verrückt in ihren Armen, dass sie sie auf den Boden setzte. »Keine Pfützchen«, ermahnte sie den Welpen. Dann konzentrierte sie sich wieder auf den Fall.

»Vermutlich hat er hier was gesucht«, stellte Cedric fest.

»Möglich.« Sara sah sich um. Wusste der Täter, dass Milly eine Nachricht hinterlassen hatte? War er hier eingebrochen, um zu verhindern, dass diese Nachricht entdeckt wurde? Dass er selbst aufflog? Er und die Kinder von Belisama?

Tja, wenn du wüsstest, dass Millys Nachricht allerhöchstens ein Rätsel war, würdest du dich davon nicht beunruhigen lassen, dachte Sara. Oder gab es noch eine weitere Nachricht? Sie sah sich um. Die Spurensicherung hatte hier das Unterste zuoberst gekehrt, Miss Spinster, Bobby und sie selbst hatten die Wohnung ebenfalls nach Spuren durchsucht, jetzt dieser Eindringling. Hier würde niemand mehr etwas finden ... Oder doch?

Ohne zu wissen, wonach sie genau suchte, ging Sara ins Schlafzimmer. Sie blieb vor dem Bett stehen, schloss die Augen und streckte ihren Geist aus.

Was versteckst du vor uns, Milly?, fragte sie sich in Gedanken.

Es kam keine Antwort.

»Das wäre auch zu schön gewesen«, sagte Sara.

»Was?« Cedric stand an ihrer Seite und schien genau wie Sara unschlüssig zu sein, was genau sie hier eigentlich wollten.

»Wenn der Geist von Milly mir eingeflüstert hätte, was in ihrer Wohnung uns bei der Aufdeckung des Falls weiterhelfen könnte.« Sara schnitt eine Grimasse. »Aber eigentlich bin ich froh darüber. Wenn ich jetzt auch noch Stimmen hören würde, hätte ich ganz schön Angst.«

Genau in diesem Augenblick fiel ihr Millys Kleiderschrank ins Auge und es war ihr, als zöge er sie magisch an.

»Haben wir in ihrem Kleiderschrank nachgesehen?«, fragte sie und gab sich gleich selbst die Antwort. »Natürlich. Da war nichts.« Miss Spinster und Bobby hatten das Schlafzimmer gründlich durchsucht.

Trotzdem ging sie auf den Kleiderschrank zu und öffnete ihn. »Ich brauche Licht.«

Cedric richtete seine Taschenlampe auf den Kleiderschrank, während Sara einen Schritt zurücktrat.

»Aha«, sagte sie.

»Was?«

»Sieh mal genauer hin«, sagte Sara. »Auch wenn du ein Mann bist, solltest du erkennen, was hier heraussticht.«

»Oh!« Er hatte es offenbar ebenfalls entdeckt. »Das Kleid?«

Sara lächelte. Es war ganz klar, dass Miss Spinster und Bobby dieses kleine Detail bei ihrer Suche nicht aufgefallen war. Damals hatten sie noch nichts von den »Totengeistern« gewusst, hatten viel eher nach Tagebüchern gesucht, nach Botschaften, versteckten Hinweisen. Dabei hatten sie den auffälligsten übersehen. Im Schrank, der voll war mit grauen und beigen Kostümen – offenbar Millys Lieblingsfarben –, hing ein einziges bodenlanges Kleid. Ein weißes Kleid.

Sara nahm den Stoff zwischen zwei Finger. Er war luftig und weich und fiel gleichzeitig schwer nach unten. Vorsichtig nahm sie das Kleid heraus und hängte es so an die Schranktür, dass sie es betrachten konnten. Es bestand aus unzähligen Schichten, die alle aus demselben Stoff waren, und passte so überhaupt nicht zu der biederen Milly, dass es ein Wunder war, warum es bisher niemandem aufgefallen war.

»Die Totengeister«, flüsterte Cedric, den sie natürlich regelmäßig über den Stand ihrer Ermittlungen auf dem Laufenden gehalten hatten.

»Ja, die müssen auch solche Gewänder getragen haben.« Sara nahm noch einmal den Stoff zwischen zwei Finger. Glatt, seidig, luftig. Es musste geisterhaft aussehen, wenn jemand in so einem Kleid über den Friedhof wandelte.

Da entdeckte sie noch etwas. Über den Haken des Kleiderbügels und unter den Falten des Gewandes versteckt, hing eine Kette. Sara zog sie heraus. Es war ein Lebensbaum, wie man sie hierzulande und besonders in Irland überall zu kaufen bekam. Allerdings wies er eine Besonderheit auf: Der Stamm war ein Frauenkörper, dessen Arme die Äste bildeten, von denen aus sich der Lebensbaum verzweigte. Sie wusste dank ihrer Recherche auch, was dieser Baum darstellte.

»Der Lebensbaum ist Belisamas Symbol«, flüsterte sie. »Das Symbol für Fruchtbarkeit.« Während sie das sagte, zog sie ihr Handy heraus und schickte ein Bild des Gewands und des Schmuckstücks an den Krimiclub.

»Also war Milly Teil von Belisamas Kindern?« Cedric runzelte die Stirn. »Und dann hat sie etwas angestellt, was die anderen Mitglieder dieser ...« Er suchte nach dem richtigen Wort.

»Sekte?«, schlug Sara vor.

Er nickte. »Sie hat die anderen Mitglieder dieser Sekte mit etwas erzürnt.«

»Sie und Valery ... und wenn mich nicht alles täuscht, war auch Charles dabei. Sie alle müssen etwas getan haben, was in dieser Sekte nicht gern gesehen wurde. Nur was? Und wer gehört noch dazu?«

Cedric schnalzte mit der Zunge. »Nun, jeder, der dazugehört, sollte so ein Gewand besitzen.«

»Und wir spazieren jetzt einfach in alle Schlafzimmer und inspizieren die Kleiderschränke? Von hier bis nach Exeter? Und womöglich noch darüber hinaus?«

»Das ist natürlich Unfug. Außerdem nützt es uns nichts, wenn wir die einzelnen Mitglieder der Sekte ausfindig machen. Im Gegenteil. Da riskieren wir nur, dass sie sterben müssen, weil es zu gefährlich ist, sie leben zu lassen. Wir brauchen den Kopf. Die Frage ist nur, wie wir den kriegen.«

Sie dachte einen Moment nach. »Wir müssen uns Blake an die Fersen heften. Sie verhält sich eindeutig so, als wüsste sie etwas.« Blake war auf jeden Fall in das Ganze involviert und wenn sie es geschickt anstellten, würde sie sie vielleicht zu so einer Versammlung führen. Und dann ... Nun, von dem Punkt an wusste sie auch nicht weiter. Sollten sie Inspector Webster informieren?

»Heute heftet sich niemand mehr an irgendwelche Fersen. Lass uns zurück in meine Wohnung gehen.«

Sara nickte. Cedric hatte recht. Sie sammelten Lady Hitchcock ein, die inzwischen all die neuen Gerüche in der Wohnung aufgenommen hatte, dann verließen sie das Haus. Für heute hatte sie genug. Morgen war auch noch ein Tag.

# Kapitel 11 – An die Fersen geheftet

»Hatten wir nicht gesagt, dass ihr erst am Freitag wieder einen Einsatz habt?« Blake schien nicht wirklich begeistert über Saras und Miss Spinsters Auftauchen zu sein.

»Das stimmt, aber ich habe gedacht, dass es vielleicht einfacher ist, wenn ich meine erste Führung an einem ruhigeren Tag mache als am Freitag.« Sara lächelte die Museumsführerin unschuldig an. »Außerdem hatten wir gerade Zeit und in Exeter zu tun. Also …«

Sie hatten bis zum Nachmittag gewartet, damit sie nicht wieder den ganzen Tag hier herumlungern mussten. Schließlich wollten sie wissen, wohin Blake nach der Arbeit ging.

»Na gut. Komm mit. Gleich startet eine Führung.«

Sara nickte strahlend. »Darf ich sie übernehmen?«

»Dazu bist du doch hergekommen, oder nicht? Nach dir.« Blake breitete die Arme aus und bedeutete ihr voranzugehen.

Im Filmraum saß eine Gruppe von drei Personen, gerade genug, dass überhaupt eine Führung zustande kam. An Wochentagen war der Zulauf mager, das wusste Sara. Zudem war Januar und damit die ruhigste Zeit im Jahr, wie man ihr erklärt hatte. Die Touristen fehlten beinahe gänzlich. Nun, ihr sollte es recht sein, wenn sie sich nur vor einer kleinen Gruppe beweisen musste.

Sie lächelte Blake noch einmal zu, dann klatschte sie in die Hände. »Ich bin Sara Rattlebag und jederzeit für eure Fragen da. Das ist meine erste Führung, also habt Geduld mit mir. Zuerst setzt ihr euch bitte einen Helm auf. Es geht in die Gänge.«

Sie wechselte einen Blick mit Blake, die zustimmend nickte, dann spulte sie das Programm ab, das sie jetzt doch einige Male bei Blake mitbekommen hatte. Es war nicht wirklich so, dass es sie forderte. Sie hatte nicht umsonst Geschichte studiert, sodass sie die historischen Zusammenhänge kannte und die verschiedenen Ereignisse vermutlich sogar besser einordnen konnte als ihre Mentorin. Trotzdem war sie nervös.

Die Besucher merkten davon offenbar nichts. Sie nickten, lachten an den richtigen Stellen und stellten interessierte Fragen. Alles in allem wirkte es, als wollten sie Sara bei ihrer ersten Führung unterstützen. Als sie wieder im Filmraum angekommen waren, drückte ihr eine ältere Dame sogar ein Trinkgeld in die Hand.

»Das haben Sie meisterhaft gemacht. Gönnen Sie sich einen Kaffee oder etwas anderes.«

Sara bedankte sich und verabschiedete sich von den Gästen.

»Die nächste Führung fällt aus«, stellte Blake fest, während sie die Polster auf den Sitzbänken ordnete. »Zu wenig Interessierte. Danach schließt das Museum. Du kannst also schon zusammenpacken.«

»Ich würde dir gern helfen.«

»Ich brauche keine Hilfe.«

Sara seufzte. Sie kamen schon wieder an diesen Punkt. »Okay, dann ... bis morgen.«

»Bis Freitag«, erinnerte Blake sie. »Du hast es drauf mit den Führungen. Du brauchst kein Trockentraining mehr. Komm einfach, wenn du Dienst hast. Und jetzt verschwinde.«

Uff. Das war ziemlich deutlich. Sara musterte ihre Kollegin. War das ein Aufflackern von Angst in ihren Augen? »Wenn du mich vorher brauchst ...«

»... dann melde ich mich. Bis Freitag.« Damit wandte sich Blake ab und ging in den Filmraum zurück. Sie schloss die Tür zum Ausstellungsraum und Sara hörte, wie sie den Schlüssel im Schloss drehte.

»Da liegt etwas im Argen. Das ist so gewiss wie das Amen in der Kirche«, murmelte sie. Dann wandte sie sich ab. Es war ja nicht so, als ob sie Blakes Reaktion nicht genau so vorausgesehen hätten. Im Gegenteil. Sie hatten sie provozieren wollen und das hatte sie geschafft. Blake hatte Angst. Blieb nur noch die Frage, ob sie sich zu einem Fehler hinreißen ließ, wenn sie sich fürchtete.

Sara zog ihr Handy heraus und rief den Chat auf. Als Mitarbeiterin des Museums durfte sie das WLAN nutzen und hatte Empfang, obwohl der Ausstellungsraum etwa ein Stockwerk tiefer lag als der Eingang.

*Es geht los.*

Bobby hatte sich bei der St. Catherine's Chapel auf die Lauer gelegt und wusste nun Bescheid. Sie selbst würde es sich zusammen mit Miss Spinster im Café gegenüber gemütlich machen.

Sie ging nach oben und nickte Miss Spinster zu. »Können wir?«

Die Seniorin erhob sich. »Mein Taxi ruft«, sagte sie entschuldigend zu ihrer neuen Freundin.

Eveline nickte verständnisvoll. »Danke für die Gesellschaft. Viel Arbeit haben wir heute ja nicht gehabt. Schließt Blake ab?«

Sara nickte. »Unten ist niemand mehr. Die Toiletten sind auch leer.«

»Dann mache ich jetzt auch zu. Um die Zeit kommt sowieso niemand mehr.« Eveline fuhr den Computer herunter, mit dem sie die Tickets ausstellte, verstaute die Kasse mit den spärlichen Tageseinnahmen in einem kleinen Tresor, der hinter der Kopie eines Kupferstichs des mittelalterlichen Exeter versteckt war, und zog sich ihre Jacke über. »Lasst uns verschwinden.«

Sie wartete, bis Sara und Miss Spinster auf der Straße standen, dann zog sie ihren Schlüsselbund heraus und sperrte ab.

»Aber Blake ist noch drinnen.«

Eveline lächelte verschmitzt.

»Ach, dann muss sie eben über Nacht im Museum bleiben.« Sie wurde wieder ernst. »Keine Angst. Sie hat selbst einen Schlüssel und kann ein und aus spazieren, wie es ihr gefällt.«

Evelines Satz über Blakes Ein- und Ausspazieren ging Sara noch im Kopf herum, als sie sich schon längst von ihr verabschiedet und einen Platz gleich hinter einem der bodentiefen Fenster des Cafés gegenüber gesichert hatten. Sie schlürften einen Tee, den sie sich vorsorglich in einem To-go-Becher hatten geben lassen, und hielten den Blick unverwandt auf den Eingang der Underground Passages gerichtet.

Doch Blake kam nicht.

Es verging eine Viertelstunde, es verging eine halbe Stunde.

Auch von Bobby, der an der anderen Seite der Tunnel wartete, hatten sie bislang nichts gehört.

»Wo bleibt sie denn?« Miss Spinster klang beinahe besorgt. »Wenn wir nur einen Schlüssel hätten. Dann könnten wir nachsehen.«

»Also, auf jeden Fall können wir davon ausgehen, dass sie mehr tut, als bloß ›abzuschließen‹«, meinte

Sara. »In der Zeit hat sie das Museum neu sortiert und geputzt.«

»Ja, seltsam.« Miss Spinster griff zum Telefon. »Mal sehen, was Bobby macht.« Sie wählte seine Nummer und hielt das Handy an ihr Ohr. Zuerst wartete sie, dann zeichnete sich Verwirrung auf ihrem Gesicht ab. »Er hat mich abgewürgt.«

»Bobby?«

Miss Spinster nickte.

»Ist das der Zeitpunkt, an dem wir uns Sorgen machen?« Sara packte ihren Becher, um Bobby zur Hilfe zu eilen.

Da ging eine Nachricht ein.

*Kann nicht sprechen. Da kommen in Scharen Leute und steigen durch diesen Eingang in die Tunnel.*

Saras Herzschlag beschleunigte sich.

Miss Spinster wechselte einen Blick mit ihr, dann tippte sie eine Nachricht.

*Erkennst du jemanden?*

*Negativ.*

*Wir kommen zu dir.*

Gleich darauf erschien eine Sprechblase von Bobby.

*Bleibt, wo ihr seid. Mich sieht keiner. Ihr bringt euch nur in Gefahr. Außerdem ist Blake immer noch im Museum, oder?*

Er hatte recht. Blake hatten sie beinahe vergessen. Es war durchaus möglich, dass sie aus den Underground Passages gekommen war, während sie sich beide über Miss Spinsters Handy gebeugt hatten. Doch viel eher glaubte Sara, dass Blake in den Tunneln alles für ein Treffen von Belisamas Kindern vorbereitete und sie hier umsonst auf sie warten würden.

»Ach, was soll's?«, sagte sie und stand auf. »Wir gehen zu ihm.«

Miss Spinster sah das genau wie Sara und so gingen sie in die Richtung der St. Stephen's Cathedral, hinter der sich die St. Catherine's Chapel versteckte.

Auf der Hauptstraße ging es kurz vor Ladenschluss noch ziemlich geschäftig zu, der Platz am Eingang der Kathedrale war hingegen menschenleer. Es war bereits dunkel, der Schein einer einsamen Laterne spendete ein beinahe geisterhaftes Licht. Kein Mensch war zu sehen oder zu hören. Während sie den Platz überquerten, blickten sie sich nach allen Seiten um und atmeten erleichtert auf, als sie auf der anderen Seite in die Schatten der St. Catherine's Chapel eintauchten.

»Wo ist der Eingang zu den Tunneln?«, wisperte Miss Spinster.

»Hinter der Kirche. Kommen Sie.«

Im Schatten der Kirchenruine huschten sie nach hinten. Sara erkannte das verborgene Tor schon von Weitem.

Anders als bei ihrem ersten Besuch mit Silly Old Joe war es nicht fest mit der Mauer verkeilt, sondern nur angelehnt.

»Wo ist Bobby?«, flüsterte Miss Spinster.

Sara suchte die Schatten nach ihm ab. »Er muss hier irgendwo sein. Er hat ja beobachtet, wie die Leute in die Tunnel abgestiegen sind.«

»Ich kann ihn nirgends sehen.« Miss Spinster klang besorgt. »Sollen wir nach ihm rufen?«

»Bloß nicht. Besser wir schreiben noch einmal eine Nachricht. Und stellen Sie Ihr Telefon auf lautlos. Nicht, dass wir uns am Ende verraten, weil irgendeine von Ihren Freundinnen Sie um das Rezept für Ihre Scones bittet.«

»Das würde ich ohnehin niemandem geben«, erwiderte Miss Spinster, tat jedoch, worum Sara sie gebeten hatte, und schrieb eine Nachricht.

*Wo bist du?*

*Ich habe euch doch gesagt, ihr sollt bleiben, wo ihr seid.*

*Jetzt sind wir schon mal da. Also. Wo bist du?*

*In der Ecke an der Mauer. Unter dem Holunderbusch.*

Sara und Miss Spinster starrten hinüber. Da war kein Bobby. In diesem Augenblick regte sich etwas am Boden. Ein großer Pappkarton rutschte von etwas herunter, das sie für einen Erdhaufen gehalten hatten. Aber es war Bobby. Er schob weitere Pappkartons von sich, rappelte sich mühsam auf und schlurfte über die Wiese zu ihnen herüber.

»Lasst uns gehen. Es kommt schon seit etwa zehn Minuten keiner mehr.«

Sara runzelte die Stirn. »Wollen wir nicht warten, bis sie wieder herauskommen? Sehen, ob wir jemanden erkennen?«

»Sei mir nicht böse, aber ich habe jetzt eine gefühlte Ewigkeit auf dem Boden gelegen, zwischen mir und der gefrorenen Erde nichts als ein Pappkarton. Ich muss dringend ins Warme.«

Sara lag die Frage auf der Zunge, warum er das getan hatte, aber sie wurde von Miss Spinster unterbrochen, die ihren Freund liebevoll den Arm tätschelte.

»Natürlich, mein Lieber. Wir gehen dir jetzt ein warmes Getränk besorgen und Sara dreht die Heizung in ihrem Wagen ganz auf, damit du dich wieder aufwärmen kannst.«

»Ich habe ein paar Fotos mit dem Handy gemacht, aber ...«, Bobby hob bedauernd die Schultern, »man erkennt wahrscheinlich keine Gesichter. Bei den Ersten ging es vielleicht noch, aber je dunkler es geworden ist, desto weniger habe ich gesehen. Auch auf dem Platz vor der Kathedrale ist nur diese eine Funzel. Ich glaube kaum, dass wir da jemanden erkennen würden. Vom Platz aus können sie in sechs verschiedene Richtungen gehen und wir sind zu wenige, um ihnen aufzulauern. Außerdem, wer sagt denn, dass sie die Underground Passages nicht durch das Museum verlassen?«

Sara gab sich geschlagen, auch wenn sie zu gern gewusst hätte, wer alles zu dieser Sekte gehörte. Sie war sich im Klaren darüber, dass es purer Zufall war, dass ausgerechnet heute so eine Versammlung in den Tunneln stattfand. Wann würde sich wieder Gelegenheit dazu bieten und vor allem – was wäre dann anders? Die Lichtverhältnisse wären genauso schlecht, die Möglichkeiten, sich vom Platz vor der Chapel in alle Richtungen zu verteilen, blieben ebenfalls dieselben. Wie sollten sie dieser Gruppe auf die Schliche kommen?

Hinter Bobby und Miss Spinster trottete sie in die Richtung, in der sie ihren Wagen geparkt hatte, und sie hatten ihn beinahe erreicht, da stach ihr etwas ins Auge, das sie hier nicht vermutet hätte: ein silbergrauer Volvo.

Miss Spinster sah ihn im selben Augenblick wie Sara. »Ist das nicht das Auto deines Bruders?«

Sara runzelte die Stirn. »Ja das müsste sein Auto sein.« Sie erkannte den Kratzer am linken hinteren Kotflügel, denn sie hatte vor nicht allzu langer Zeit eine unliebsame Begegnung mit dem Auto gehabt und war mit ihrem Fahrrad in den Straßengraben abgedrängt worden. Ein Blick auf das Londoner Kennzeichen bestätigte ihr, dass es sich definitiv um Zacs Wagen handelte. »Was tut er hier?«

»Vor allem heute? Ist er wochentags nicht immer in der Firma?«

Miss Spinster hatte recht. Zac hatte die Firma seines Vaters übernommen, was viel Arbeit für ihn bedeutete. Wochentags hatte er tausend Angelegenheiten zu regeln, da konnte er nicht einfach mal schnell von London nach Exeter fahren, um ... ja, um was eigentlich? Was tat ihr Bruder in Exeter?

»Das haben wir gleich.« Sara zog ihr Telefon aus der Tasche und rief ihn an.

Nach einem Läuten nahm er das Gespräch an. »Schwesterherz? Ich wollte dir eben einen Besuch abstatten.«

»Wieso bist du nicht in London?«

»Margaret hat mich gefragt, ob ich auf Annie aufpassen könnte. Die Frau, die die Kleine normalerweise ins Bett bringt, wenn Margaret abends was hat, ist auch dabei, und ... na ja ... ich sollte mich dran gewöhnen, Daddy zu spielen, nicht wahr?«

»Margaret ist auf einem Mädelsabend?«

»Ja, im Fat Fiddler. Nigel Graham hat heute eine irische Folkband und die Frauen stehen auf ...«

»Zac ...«, unterbrach Sara ihn langsam. »Margaret ist nicht auf ihrem Mädelsabend. Zumindest nicht im Fat Fiddler.«

»Nein?«

»Sie ist in ...«

»Sara?« Ein Ruf ließ Sara herumschnellen. Margaret stand direkt vor ihr. »Was machst du in Exeter?«

»Ich stolpere über das Auto meines Bruders.« Sara musterte ihre Nachbarin herausfordernd.

»Was ist da los, Sara?«, tönte die Stimme ihres Bruders an ihrem Ohr.

»Oh, ich habe bloß gerade Margaret getroffen.«

»In Exeter?«

»Sprichst du da gerade mit Zac?«, wollte Margaret wissen.

Statt einer Antwort stellte Sara das Handy auf Lautsprecher.

»Ist das Margaret?«, fragte er in diesem Moment.

»Ja! Hallo, Zac! Ja, das bin ich. Wir ... haben uns im Tag vertan. Das Konzert der Folkband ist erst nächste Woche und daher – weil ich doch den Abend sowieso schon frei hatte – sind wir einfach nach Exeter gefahren. Bitte verzeih, dass ich das nicht noch einmal abgesprochen habe. Ich übernehme natürlich die Kosten fürs Benzin.«

»Vergiss das ganz schnell. Und du musst nicht jeden Schritt mit mir absprechen. Du hast deinen Mädelsabend und basta. Ob der im Fat Fiddler stattfindet oder in Exeter, ist doch völlig egal. Also genieß deinen Abend.«

»Danke, Schatz!« Margaret schoss Sara einen beinahe triumphierenden Blick zu.

»Und du, Schwesterherz, hör auf, hinter jeder Unregelmäßigkeit ein Verbrechen zu sehen. Viel wichtiger ist die Frage, wann du zu Hause bist. Annie kann wieder nicht einschlafen und wollte den Hund sehen.«

Sara schaute auf die Uhr. »In einer halben Stunde. Und ich freue mich auf Annie.«

»Alles klar, wir warten bei dir im Cottage auf dich. Bis gleich.«, antwortete Zacs und sie beendeten das Gespräch.

Sara musterte die Freundin ihres Bruders nachdenklich. »Dann wünsche ich noch einen schönen Mädelsabend, Margaret.« Sie betonte das Wort Mädelsabend so auffällig, dass ihre Nachbarin augenblicklich die Andeutung dahinter verstand.

»Oh, meine Mädels sind schon im Pub. Ich muss nur die Parkuhr bezahlen.« Demonstrativ warf sie ein paar Münzen in den Parkautomat, der gleich neben Zacs Wagen stand. Dann winkte sie Sara zu. »Kommt gut nach Hause. Umarme meine Kleine für mich.«

Sara nickte. Sie starrten Margaret nach, die Richtung Hauptstraße ging, ohne sich umzudrehen. Als sie außer Hörweite war, fragte Sara: »Habt ihr bemerkt, dass sie die Parkuhr gefüttert hat?«

Ein synchrones Nicken war die Antwort.

»Und seht ihr, wie spät es ist?«

Miss Spinster antwortete als Erste. »Um die Zeit ist nichts mehr zu bezahlen. Warum wirft sie dann Geld in den Automaten?«

Sara nickte mit zusammengekniffener Miene.

»Du glaubst doch nicht, dass Margaret etwas mit Belisamas Kindern zu tun hat?« Miss Spinster sah sie skeptisch an.

»Das oder sie hat eine Affäre. Ihr Verhalten gerade eben war höchst verdächtig. Findet ihr nicht auch?«

»Dann ihr nach!« Miss Spinster setzte sich in Bewegung.

Sie hatte recht. Wenn sie wissen wollten, ob ihre Verdächtigungen begründet waren, dann mussten sie Margaret folgen.

Sie legten einen Zahn zu, bogen in die Main Street ein und warfen Blicke in alle Richtungen. Die Läden hatten geschlossen und das Gewimmel hier hatte bereits nachgelassen, war aber noch nicht gänzlich zum Erliegen gekommen.

Beinahe dachten sie, sie hätten Margaret aus den Augen verloren, da entdeckte Miss Spinster, wie sie ein Stück entfernt in eine Seitenstraße einbog.

Sie eilten ihr nach und sahen gerade noch, wie Margaret einen Pub betrat. Sie hatte also nicht gelogen. Sara und die beiden Senioren entschleunigten ihr Tempo und bummelten wie zufällig am Pub vorbei. Durch die Fenster sahen sie, wie Margaret mit großem Hallo begrüßt wurde und sich an einen Tisch voller Frauen setzte. Sie erkannten sie alle sofort. Es handelte sich um Edda Hammond, Martha Bilton, Mandy und Fran Carter.

»Sie haben wohl das Pilatestraining in einen Pub verlegt«, stellte Miss Spinster süffisant fest. »Dann war die Aufregung offenbar umsonst.«

Sara nickte. Sie fühlte sich erleichtert und gleichzeitig schämte sie sich. »Ich sollte es lassen, meine Nase in Kram zu stecken, der mich nichts angeht«, sagte sie. »Langsam werde ich paranoid.«

»Ja, das ist die Schattenseite am Dasein als Detektivin«, sagte Miss Spinster, dann schob sie ihren Arm unter Saras und lenkte sie behutsam in die entgegengesetzte Richtung. »Sehen wir zu, dass wir nach Hause kommen.« Bobby Bobby folgte den beiden Frauen.

Doch während sie sich vom Pub entfernten, dachte Sara darüber nach, wie die Frauen Margaret begrüßt hatten. Viel zu überschwänglich. Nicht, als wäre sie bloß schnell die Parkuhr weiterstellen gegangen, sondern, als hätten sie sie nicht erwartet. Aber vielleicht bildete sie sich das auch bloß ein.

»Sara!«, rief Annie zur Begrüßung, als Sara die Tür zu ihrem Cottage öffnete. Sie strahlte Sara an und lief ihr beinahe glücklich entgegen.

Es hatte etwas länger gedauert als geplant, auch, weil sie Miss Spinster und Bobby zu Hause abgeliefert und Lady Hitchcock bei Cedric abgeholt hatte, der dann gleich mitgekommen war.

»Hallo, Annie! Ich soll dich von deiner Mum grüßen.«

Schlagartig verschwand das Leuchten aus Annies Gesicht. »Hast du sie getroffen?«

Sara nickte. »In Exeter.«

»Oh.« Erschreckt riss Annie die Augen auf.

»Was ist los?«, fragte Sara. »Mit deiner Mum ist alles in Ordnung. Sie feiert nur ein bisschen mit ihren Freundinnen.«

Annie nickte, doch sie wirkte ernst und bedrückt.

»Magst du es nicht, wenn deine Mum Spaß hat?«

Die Kleine sah Sara unglücklich an. »Mum hat keinen Spaß.«

»Doch, den hatte sie. Glaub mir. Sie hat mit ihren Freundinnen in einem Pub gesessen und sie haben gelacht. Das sah nach Spaß aus.«

»Mhm.« Überzeugt klang das nicht.

»Hauptsache ist doch, dass du Spaß hast. Deswegen habe ich Lady Hitchcock gebracht. Magst du sie?«

Das Gesicht der Kleinen erhellte sich ein bisschen. »Sie ist so süß! So tollpatschig und sie riecht so gut. Wie ein Baby. Ich möchte auch gern einen Welpen haben.«

»Du hast doch Bunny!«

»Aber Bunny ist kein Baby mehr. Und er bellt die ganze Zeit, besonders wenn die …« Sie verstummte.

»Wenn die …?«

»Nichts.« Annie schüttelte den Kopf und streichelte den Welpen. »Ich mag Lady Hitchcock.«

»Du kannst sie besuchen kommen, wann immer du magst.«

»Wirklich?«

»Wirklich.« Sara lächelte. »Aber jetzt musst du ins Bett.«

»Och, aber ihr seid gerade erst gekommen. Ich will noch nicht ins Bett, ich will …«

»Annie, du weißt, was deine Mum gesagt hat?«, fragte Zac und das Mädchen verstummte augenblicklich. »Du darfst morgen wiederkommen und Lady Hitchcock besuchen, so wie Sara es vorgeschlagen hat.«

Annie nickte.

»Dann lass uns jetzt heim und ins Bett gehen.«

Wieder nickte die Kleine. Irgendwie gefiel Sara nicht, wie sie heute drauf war. Etwas schien sie zu bedrücken, doch sie würde nicht in sie dringen. Schließlich hatte sie für Annie nur den Stellenwert einer Nachbarin, die hin und wieder Babysitter spielte, wenn Margaret abends etwas zu tun hatte.

Zac hob sie hoch. »Wünsche allen eine gute Nacht, Annie.«

»Gute Nacht«, sagte die Kleine und verbarg ihr Gesicht an Zacs Hals, was Sara ein Lächeln entlockte.

»Ich wollte eigentlich mit dir sprechen«, sagte Zac. Er sah nicht glücklich aus. Mit einem Seitenblick auf Annie meinte er: »Aber das wird jetzt wohl warten müssen.«

Sara signalisierte ihm stumm, dass er einfach später anrufen sollte. Er nickte.

»Schlaft gut«, sagte er laut. Dann waren sie weg.

»Irgendwie hat mir Annie früher besser gefallen«, sagte Cedric. »Aber es machen wohl alle Kinder Phasen durch, in denen sie schüchterner werden.«

Das oder es steckte etwas hinter Annies ängstlichem Verhalten. Aber sie wollte nicht schon wieder in ihre paranoiden Denkweisen verfallen ...

Während Sara und Cedric zusammen kochten, spannen sie Theorien, in denen Blake eine Hauptrolle als mögliche Täterin spielte, verwarfen sie wieder und überlegten, ob sie Inspector Webster informieren sollten. Doch auch den Gedanken verwarfen sie wieder. Was hatten sie schon in der Hand? Ein paar Leute, die sich nachts in den Underground Passages trafen und Spaß an wallenden Gewändern hatten. Das war eindeutig zu wenig, um die Polizei verrückt zu machen.

Mitten in ihr Essen hinein läutete Saras Telefon. Es war Zac. Sie war gespannt, was er auf dem Herzen hatte, und ging sofort ran.

»Zac?«

»Sara, ich glaube, ich habe etwas entdeckt. Und ... es gefällt mir nicht. Am liebsten würde ich es für mich behalten, aber ...«

»Was, Zac?« Sara fühlte, wie die Aufregung in ihr hochstieg. »Was hast du entdeckt?«

»Warte einen Moment.«

Sie hörte ein Klappern, dann ein Rascheln, als würden Kleider auf einer Kleiderstange herumgeschoben. Eine dunkle Ahnung beschlich sie.

Nein, dachte sie. Nicht Margaret.

Doch in diesem Moment ging das Bild im Chat ein. Auf Margarets Ehebett lag ein weißes Kleid.

»O nein«, flüsterte Sara.

»Ich fürchte doch.« Zac klang verzweifelt. »Und ich weiß nicht, was ich jetzt tun soll. Soll ich sie drauf ansprechen? Und wie sieht das aus? ›Hey, Margaret, ich liebe dich. Gehörst du zufällig zu einer Sekte, die hin und wieder einmal Menschen umbringt?‹«

»Auf gar keinen Fall. Du musst Ruhe bewahren, Zac. Vor allem darfst du dir nicht anmerken lassen, dass du etwas weißt. Sie darf es nicht ahnen, verstehst du?«

»Aber wenn ich mir umsonst Gedanken mache?«

Sara konnte die Hoffnung in der Stimme ihres Bruders ausmachen und sie verstand ihn nur zu gut. Aber wenn nicht irgendwer das Kleid in Margarets Schrank geschmuggelt hatte – und wieso sollte das jemand tun –, war kein Zweifel möglich: Sie gehörte zu Belisamas Kindern.

Plötzlich verstand Sara noch etwas: Ihr Bruder war in Gefahr. Die Angst schnürte ihr die Kehle zu und sie brachte kein Wort heraus, blickte nur panisch Cedric an, der augenblicklich verstand, was in ihrem Kopf los war.

»Hör zu, Zac, Sara hat recht. Margaret darf nicht ahnen, dass du Bescheid weißt. Diese Typen haben Menschen getötet. Wenn wir mit unserer Theorie richtig liegen, wird sie einen Mitwisser nicht einfach so hinnehmen können. Bitte lass dir nichts anmerken! Bring dich nicht in Gefahr.«

»Ich bin kein Schauspieler«, sagte Zac und klang richtig verzweifelt. »Sie ... Oh, Mist!« Er unterbrach sich, man hörte wieder das Rascheln der Kleider auf der Stange, die Schranktür fiel klappernd zu. Gleichzeitig öffnete sich eine weitere Tür und es ertönte Margarets überdrehte Stimme: »Ich bin wieder ... Schatz? Was ist los? Ist alles in Ordnung?«

Sara presste die Hände an ihre Brust und wechselte einen besorgten Blick mit Cedric.

»Ja, alles in Ordnung. Hattest du Spaß, Margaret?« Selbst durch die Leitung klang Zacs Stimme aufgesetzt. Es stimmte. Er war kein Schauspieler. Zumindest kein guter.

»Ja, ich hatte Spaß. Entschuldige noch einmal, dass ich dir nicht gesagt habe, dass wir nach Exeter fahren. Aber wo ich doch schon mal frei hatte ... Ist bestimmt nichts los? Du wirkst angespannt. Hat dich Annie auf Trab gehalten?«

»Ja, das auch. Sie ... hatte wieder Angst. Vor Geistern.«

Nein, tu's nicht, betete Sara in Gedanken, doch Zac hörte nicht auf ihre Gebete.

»Sie hat ... vielleicht hat sie das Kleid in deinem Schrank gesehen und ...«

»Welches Kleid?«

»Das weiße, wallende. Vielleicht ... Hast du es vielleicht mal angehabt, als du abends ausgegangen bist, und Annie hat dich im Halbschlaf gesehen? Das würde erklären ...«

»Wieso weißt du von meinem Kleid, Zac? Wühlst du in meinen Sachen? Kontrollierst du mich?« Ihre Stimme schraubte sich höher. »Ist es das, was du unter Liebe verstehst?«

»Nein, ich ...«

»Weißt du was? Ich kann keinen Mann an meiner Seite haben, der mich verdächtigt. Ich weiß, wohin deine Gedanken gehen! Ich habe doch die Bilder von deiner paranoiden Schwester in diesem ›Chat‹ gesehen. Du hast dir gedacht, dass ihr nicht alle Kleiderschränke in Sidbury und Exeter kontrollieren könnt, im Gegensatz zu dem von Margaret. Und – tadaaa! – findest du mein Kleid! Mein Hochzeitskleid! Und macht mich das jetzt zu einer Mörderin? Dass ich das Hochzeitskleid aufbewahrt habe, in dem ich meinen Mann geheiratet habe?«

Inzwischen schluchzte Margaret lauthals. Doch irgendwie wurde Sara das Gefühl nicht los, dass diese Szene gespielt war. Ihr Bruder teilte dieses Gefühl offenbar nicht.

»Nein, das macht dich nicht zu einer Mörderin, Margaret. Und ich entschuldige mich vielmals dafür, dass ich in deinen Sachen herumgestöbert habe.«

Seine Stimme entfernte sich vom Telefon und wurde leiser. Wahrscheinlich ging er auf Margaret zu, um sie in den Arm zu nehmen. Sara konnte nichts dagegen machen, dass sich das Gefühl von Panik bei ihr verstärkte.

»Annie konnte wieder einmal nicht einschlafen und ich habe im Internet bei einem Erziehungsratgeber gelesen, dass man versuchen sollte, dem Kind einen vertrauten Geruch mit ins Bett zu geben. Ich habe im Schrank nach etwas gesucht, das deinen Geruch haben könnte. Das war natürlich Unsinn. Ich entschuldige mich. Wirklich.«

»Hör auf, mich zu verdächtigen.«

»Das tue ich nicht. Versprochen.«

»Ich bin keine Mörderin.«

»Natürlich nicht.«

»Aber ich bin fix und fertig. Wollen wir schlafen gehen?«

Nein, schrie es in Sara. Ihr Bruder sollte fliehen. Er sollte das Haus verlassen und sein Auto nehmen und weit, weit wegfahren. Irgendwohin, wo Margaret ihn nicht mehr in ihre Fänge bekommen konnte. Und am besten sollte er Annie mitnehmen. Die Kleine war so verängstigt. Heute hatte es gewirkt, als habe sie sogar vor ihrer eigenen Mutter Angst.

Doch wieder reagierte Zac nicht auf Saras Gedanken. Sie hörte Geräusche, die eindeutig von Küssen stammten, und als dann auch noch ein Stöhnen ertönte, warf sie ihr Telefon angeekelt von sich. Cedric fing es im letzten Augenblick auf und unterbrach das Gespräch grinsend.

»Siehst du? Alles gut. Es ist Margarets Hochzeitskleid. Du hast dir umsonst Sorgen gemacht. Und was dein Bruder und sie gerade tun, sollten wir auch endlich mal wieder machen.«

Sara verdrehte die Augen. »Wenn du jetzt behauptest, dass das deine Interpretation eines Vorspiels ist, sind wir geschiedene Leute.«

»Natürlich nicht. Komm her. Ich zeige dir, was ein Vorspiel ist.« Doch Cedric kam nicht dazu, denn in diesem Augenblick barst das Küchenfenster, dann landete etwas mit einem Scheppern auf dem Boden und plötzlich war alles voller Flammen.

Eine Schrecksekunde lang war Sara wie erstarrt, dann kam Bewegung in sie und zum Glück auch in Cedric. Er rannte in den Vorraum, wo ein Feuerlöscher stand, während Sara die Wolldecke, in die sie sich manchmal abends beim Lesen kuschelte, vom Sofa riss und über einen Großteil der Flammen ausbreitete. Es war keine Brandschutzdecke, aber besser als gar nichts. Den Rest löschte Cedric mit dem Feuerlöscher, der dem Himmel sei Dank noch funktionierte.

Als nirgends mehr eine Flamme zu sehen war, schickte Sara ein Stoßgebet an Maud, die auch nach ihrem Tod immer noch wie ein Schutzengel auf sie achtete.

»Das war knapp«, sagte sie.

»Das war eine verdammte Schweinerei!«, brüllte Cedric. »Der Typ spinnt doch. Und mir ist egal, wie du das findest, ich rufe jetzt Inspector Webster an. Das ist kein Lausbubenstreich mehr, den du selbst in den Griff bekommst. Wer auch immer das war, hat riskiert, dass du draufgehst!«

Sara hatte Cedric noch nie so wütend gesehen. Sie verstand ihn. Die Aufregung hatte seine Emotionen hochkochen lassen, jetzt brauchte er ein Ventil. Und sie musste ihm recht geben. Kratzer an der Wohnungstür und Drohschriften waren eine Sache, aber das hier ...

»Rufen wir ihn an.«

Cedric atmete aus, dann zog er sein Handy heraus und rief den Kontakt des Inspectors auf. Webster ging trotz der fortgeschrittenen Stunde sofort ran. In wenigen Worten erklärte ihm Cedric, was passiert war, und wenig später hielt ein Einsatzwagen vor Saras Cottage. Webster und zwei Beamte, die Sara von anderen Einsätzen kannte, entstiegen dem Wagen und machten sich mit ernsten Gesichtern an die Spurensicherung.

»Haben Sie für heute Nacht einen Platz, wo Sie schlafen können, Miss Rattlebag?«

Sara wechselte einen Blick mit Cedric. »Ja.«

»Dann würde ich vorschlagen, Sie gehen zu Bett. Meine Männer und ich werden die Spuren sichern und das beschädigte Fenster zukleben. Haben Sie Dinge von Wert im Cottage?«

Sara verneinte zögernd.

»Sonst könnte ich Ihnen eine private Wachfirma empfehlen, die sicher jemanden abstellen könnte, bis Sie morgen früh einen Glaser gefunden haben.«

Sara schüttelte den Kopf.

»Gehen Sie zu Bett und ruhen Sie sich aus.« Das klang ungewohnt mitfühlend, musste Sara feststellen. Und plötzlich fühlte sie sich so müde, dass sie auch im Stehen hätte einschlafen können.

»Danke«, flüsterte sie. Dann ließ sie sich von Cedric in dessen Wohnung bringen, Lady Hitchcock und den widerstrebende Sir Arthur Doyle im Schlepptau.

Auf was auch immer ihr Bruder gerade mit Margaret machte, hatten sie beide keine Lust mehr, und so kuschelten sie einfach und Cedric las ihr aus »Alice im Wunderland« vor, bis Sara wegdämmerte.

Doch der Tag war noch nicht zu Ende ...

Etwa gegen elf Uhr gaben ihr und Cedrics Telefon gleichzeitig einen Signalton von sich, der das Eintreffen einer Nachricht ankündigte. Das konnte nur eines bedeuten.

»Der Krimiclub«, flüsterte Sara.

»Was auch immer die schreiben, kann bis morgen warten.«

»Nein, das glaube ich nicht.« Sara wälzte sich aus dem Bett und tapste zu der Kommode, auf der sie das Handy abgelegt hatte. In diesem Augenblick traf eine zweite Nachricht ein. Es waren zwei Voicemails von Miss Spinster.

Sara spielte die erste Nachricht über den Lautsprecher ab. »Gerade hat Tricia angerufen. Tricia Marsh. Du weißt schon, Sara. Sie hat etwas gesehen. Und wisst ihr was? Die Lichter! Seit wir bei ihr waren, muss sie immer zum Nine Stones Circle hochschauen, sagt sie. Sie kann gar nicht anders. Bis jetzt war nie was. Aber heute sind die Lichter wieder da. Wollen wir wetten, dass morgen wieder eine Tote im Dartmoor gefunden wird?«

Mist, verfluchter! Wären sie in Exeter an Blake drangeblieben, hätten sie womöglich zusehen können, wie sich die Besucher der Underground Passages in Totengeister verwandelten und hoch zum Dartmoor fuhren. Nun waren sie da oben. Vielleicht nur für irgendeine Zeremonie, vielleicht aber auch für den nächsten Mord. Sie mussten dahin. Und zwar sofort.

Sara klickte auf die zweite Nachricht. »Wach auf! Wir werden gebraucht!«, erklang Miss Spinsters aufgeregte Stimme aus dem Lautsprecher und da läutete auch schon ihr Telefon – und gleichzeitig das von Cedric. Ein Anruf an den Krimiclub. Sie nahm ihn an.

»Dem Himmel sei Dank gehst du ran. Hast du meine Nachricht gehört? Die Lichter! Tricia hat die Lichter gesehen. Das heißt, heute sind Belisamas Kinder wieder unterwegs.«

»Ja, wir haben's gehört.«

»Wir sind startklar. Holt ihr uns ab?« Miss Spinster schien davon auszugehen, dass sie fuhren.

Sara sah Cedric an. Der nickte ergeben.

»Was ist mit Zac?«

Erst jetzt fiel Sara auf, dass Zac als Einziger den Anruf nicht entgegengenommen hatte. »Der wird wohl beschäftigt sein«, sagte sie zögernd und boxte Cedric in den Oberarm, als der süffisant grinste. Obwohl sie selbst die Andeutung gemacht hatte, fand sie das gar nicht witzig. Der Rest des Gespräches, in dem Zac ihnen von seiner Entdeckung berichtet hatte, hing ihr immer noch nach. Sie wusste nicht, wieso, aber Margarets Tränen waren ihr suspekt. Und jetzt ging er nicht ans Telefon.

Sie schaute aufs Display. Zwei graue Häkchen neben den Voicemails von Miss Spinster verrieten ihr, dass die Nachricht zumindest bei ihm angekommen war. Er hatte das Telefon also nicht ausgeschaltet. Blieb die Möglichkeit, dass er es auf lautlos geschaltet hatte, aber so wie Margaret und er übereinander hergefallen waren, hatte er sicher nicht mehr daran gedacht, den Ton abzuschalten. Warum also ging er nicht ans Telefon?

Sie hoffte, dass sie falschlag, aber hier war etwas faul.

»Können wir zu Zac rübergehen, bevor wir zu diesem Steinkreis aufbrechen?«, fragte sie.

Miss Spinster schnalzte ungeduldig. »Du siehst bestimmt Gespenster, Sara, aber wenn du meinst ...«

»Wir holen euch in fünf Minuten ab.«

Sie beendeten den Gruppenanruf und Sara und Cedric schlüpften in Rekordzeit in ihre Kleider. Lady Hitchcock winselte, als sie sie aus ihrem Körbchen holten und in den Wagen verfrachteten. Fünf Minuten später hielt Cedrics Wagen vor dem Haus von Miss Spinster. Die beiden Senioren standen bereits mit Taschenlampen und einer Thermoskanne ausgerüstet auf der Straße. Miss Spinster trug außerdem eine große Tasche. Sara sparte es sich, sie zu fragen, was sie da mit sich herumtrug. Stattdessen trieb sie Cedric an.

Es dauerte nicht lang, bis sie bei Margarets Haus waren. Sara sprang aus dem Wagen und läutete an der Tür.

Es war ihr egal, ob sie ihren Bruder und dessen Freundin möglicherweise wegen nichts aus dem Bett klingelte und sich ihre Befürchtungen als Spinnerei herausstellten. Die Vergangenheit hatte sie gelehrt, lieber einmal zu oft Vorsicht walten zu lassen als einmal zu wenig.

Drinnen rührte sich nichts.

Mit wachsender Panik drückte sie noch einmal auf den Klingelknopf. Lange. Im Haus ertönte ein durchdringender Klingelton, im Garten bellte der Hund. Das konnte man nicht überhören, selbst, wenn man im Tiefschlaf war. Sicherheitshalber wiederholte sie die Aktion gleich noch einmal.

Hinter der Tür blieb es still.

»Es macht niemand auf!«, rief sie ihren Begleitern über die Schulter zu. Ihr Blick fiel auf den Straßenrand vor dem Haus, wo normalerweise Zacs Wagen parkte. Er war fort.

»Läut noch einmal.« Miss Spinster stieg aus dem Wagen, Bobby und Cedric folgten ihrem Beispiel.

Sara klingelte.

Nichts.

»Sie sind weg.« Sara sah ihre Begleiter verzweifelt an. »Was sollen wir machen?«

»Wir schlagen ein Fenster ein.«

Dass der Vorschlag von dem sonst so besonnenen Cedric kam, zeigte Sara mehr als deutlich, dass er sich ebenfalls Sorgen machte. Das beruhigte sie nicht gerade.

»Ihr müsst kein Fenster einschlagen«, meinte Miss Spinster. Sie richtete sich triumphierend auf und hielt einen Schlüssel hoch. »Das sollte der Hausschlüssel sein, oder was denkt ihr?«

»Woher hast du den?«

»Oh, die meisten Leute verstecken irgendwo außerhalb des Hauses einen Schlüssel, falls sie sich mal aussperren. Ich hätte ihn unter diesen Stein gelegt. Offenbar denken Margaret und ich ähnlich.«

Sie händigte Cedric den Schlüssel aus, der ihn ins Schloss steckte. Er passte tatsächlich. Die Tür schwang nach innen und dahinter war der dunkle Flur zu sehen.

»Zac?«, rief er. »Margaret?« Als sich niemand meldete, versuchte er es mit: »Annie?«

Doch auch die Kleine meldete sich nicht.

»Lasst uns in den Zimmern nachsehen.« Sara schob sich an ihm vorbei und stürmte zu Margarets Schlafzimmer. Es war leer. Sara wechselte einen entsetzten Blick mit Cedric und sie rannten weiter in das Zimmer von Annie.

Die Kleine lag in ihrem Bett und ihre Brust hob und senkte sich gleichmäßig, doch dass sie bei all dem Lärm weiterschlief, war unnatürlich.

»Glaubst du, Margaret hat ihr Schlafmittel verabreicht?«, fragte Sara.

Cedric nickte. »Gut möglich.«

»Was machen wir jetzt mit ihr?«

Cedric hob die Schultern. »Das weiß ich auch nicht. Wir können sie nicht allein hierlassen. Jemand muss bei ihr bleiben. Und Lady Hitchcock können wir auch nicht brauchen.«

»Das übernehmen wir.« Miss Spinster schob sich ins Zimmer. »Bobby und ich bleiben hier. Fahrt ihr endlich los und rettet Zac. Ich habe ein ganz schlechtes Gefühl.«

Damit war sie nicht allein. Sara hatte Angst um ihren Bruder. Riesige Angst. Und sie wusste, dass ihre Angst berechtigt war. Belisamas Kinder waren gefährlich. Sie wusste nicht, was Milly oder Valery verbrochen hatten, aber es konnte nichts so Furchtbares sein, dass sie den Tod verdient hatten. Und Zac ... Sie schluckte. Zac war dabei ertappt worden, wie er etwas über das Geheimnis von Belisamas Kindern herausgefunden hatte. Das konnten diese Menschen, wer auch immer sie waren, nicht einfach so hinnehmen.

»Zac ist in Gefahr, das weiß ich. Wir müssen ihn finden. Nur wo?« In ihrem Kopf jagten die Gedanken einander so schnell, dass sie keinen einzigen fassen konnte.

Cedric sah sie ernst an. »Das ist doch klar, oder?«

Sara starrte ihn an. »Nein?«

»Die Lichter! Die Lichter beim Nine Stones Circle«, sagte Miss Spinster. »Sie haben ihn dorthin gebracht ...«

»Und wenn das nicht zusammenhängt? Wenn die Lichter nichts mit Belisamas Kindern zu tun haben?«

»Das glaubst du doch wohl selbst nicht«, sagte Miss Spinster.

»Nein.« Saras Kehle wurde eng. »Ich habe nur solche Angst. Was, wenn wir zu spät kommen?«

»Deswegen solltet ihr jetzt aufbrechen. Los!« Miss Spinster packte Sara an den Schultern und schob sie zur Eingangstür hinaus, Cedric folgte. »Fahrt wie die Teufel! Rettet Zac!«

Die beiden sprangen ins Auto.

»Haltet uns über den Chat auf dem Laufenden!«

Cedric schüttelte den Kopf. »Nicht der Krimiclub-Chat. Wenn Margaret Zacs Telefon hat, könnte sie mitlesen. Sara erstellt eine neue Gruppe – ohne Zac. Wir melden uns dort.« Er schlug die Autotür zu, startete den Motor und brauste los.

Sara rechnete. Es war etwa zwanzig Minuten her, dass Miss Spinster angerufen hatte. Wenn sie noch einmal zehn Minuten dazurechnete, die das Telefonat zwischen Miss Spinster und Tricia gedauert hatte, war es eine halbe Stunde her, dass Belisamas Kinder den Hügel hochgewandert waren. Nach Belstone würden sie etwas weniger als eine Stunde brauchen, danach läge noch ein Fußweg von etwa zwanzig Minuten vor ihnen. Selbst, wenn Cedric alle Geschwindigkeitsangaben ignorierte, würden sie zu spät kommen.

»Wir kommen rechtzeitig. Du wirst sehen. Zac lässt sich nicht so einfach überwältigen. Dazu ist er zu smart.«

»Nicht smart genug für Mörder ... Oh!« Ohne irgendeinen Zusammenhang klickte es bei ihr und sie keuchte auf. »Das ist es!«

»Was ist?« Cedric warf ihr einen besorgten Blick zu.

»Die Botschaft von Milly. Erinnerst du dich? ›Belisamas Kinder Eva‹?«

»Was ist damit?«

Sara atmete tief durch. »Vielleicht war das nicht die ganze Botschaft. Das hieß nicht Eva.«

»Sondern?«

»Evans. Vielleicht hat Milly es nicht zu Ende geschrieben, vielleicht haben die Flammen auch die letzten beiden Buchstaben nicht herausgebracht, weil ich das Blatt genau dort gehalten habe ... Aber Eva hatte nie etwas mit der Sache zu tun, dafür Margaret. Sie ist … O Gott, Cedric, glaubst du, dass Margaret der Kopf dieser Sekte ist?«

Statt einer Antwort drückte Cedric noch stärker das Gaspedal durch. Sie schossen mit maximaler Geschwindigkeit durch die Landschaft.

»Cedric?«

»Das klingt alles zu plausibel, Sara. Ich glaube, es ist allerhöchste Zeit, dass du Webster aus dem Bett holst.«

Mit fliegenden Fingern rief Sara den Kontakt des Inspectors auf und drückte auf »wählen«. Webster ging sofort ans Telefon. Schliefen Polizisten nie oder war er bloß eine Nachteule?

»Ja?«

»Wir haben vielleicht den Kopf der Sekte und mein Bruder ist entführt worden. Sie haben ihn. Wir sind unterwegs zum Nine Stones Circle.«

»Langsam mit den jungen Pferden, Miss Rattlebag. Das sind doch Sie, oder?«

»Ja«, erwiderte Sara ungeduldig. »Das bin ich und ich bin auf dem Weg, meinen Bruder zu retten. Es wäre nett, wenn die Polizei uns unterstützen würde.«

»Wovor müssen Sie Ihren Bruder retten?«

Dass die Polizei auch immer so langsam im Kopf sein musste! Sara stöhnte entnervt, dann erzählte sie dem Inspector Schritt für Schritt, was sie herausgefunden hatten und was ihre Theorie war. »Und jetzt sind wir auf dem Weg dorthin, um ihn zu retten. Aber wir brauchen die Polizei. Das sind zu viele Menschen. Bobby hat mindestens dreißig dabei beobachtet, wie sie in die Underground Passages gegangen sind. Das ist eine riesige Gruppe. Denen können wir uns nicht allein stellen, daher brauchen wir ...«

»Sie stellen sich überhaupt niemandem. Im Gegenteil. Sie kehren jetzt um und fahren wieder nach Hause. Den Rest überlassen Sie der Polizei.«

»Aber das ist mein Bruder, der da in den Fängen der Sekte ...«

»Noch einmal, Miss Rattlebag. Überlassen Sie das den Profis. Fahren Sie nach Hause. Jetzt sofort.«

Sara wechselte einen Blick mit Cedric, der mit unveränderter Geschwindigkeit Richtung Belstone weiterfuhr und leicht den Kopf schüttelte. Sie atmete auf.

»Okay. Aber Sie halten mich auf dem Laufenden.«

»Natürlich. Und machen Sie sich keine Sorgen. Wir bringen Ihren Bruder wohlbehalten zurück.«

»Danke«, sagte Sara. Dann legte sie auf und wandte sich an Cedric. »Schneller.«

Inzwischen hatten sie Exeter hinter sich gelassen. Die Straßen wurden dunkler und beinahe verpasste Cedric die Abfahrt von der A30. Da war die Tankstelle, die Sara noch vom letzten Mal kannte, dann die paar reetgedeckten Häuser, die jetzt in völliger Dunkelheit lagen. Schließlich bogen sie in die schmale Straße nach Belstone ein, die zu beiden Seiten von Hecken gesäumt war. Der Straßenbelag war holprig, immer wieder nahmen sie Schlaglöcher mit, an manchen Stellen war die

Straße so eng, dass Cedrics Wagen an der Hecke entlangstreifte. Ein Weidenrost schüttelte sie ordentlich durch, dann erreichten sie endlich Belstone. Auch das Dorf lag im Dunkeln. Dann war die Straße zu Ende, ein Viehgatter versperrte ihnen den Weg. Cedric lenkte den Wagen an den Straßenrand.

Sie sprangen heraus und wollten es aufschieben. Doch es war abgeschlossen.

»Hol den Farmer aus dem Bett«, zischte Sara Cedric zu. »Die Polizei muss hier durchfahren können.«

»Und du?«

»Ich gehe los und halte sie auf.«

»Du wirst nicht alleine losziehen, Sara!«

»Cedric, du weißt, dass es nicht anders geht. Jemand muss da oben für Verwirrung sorgen und jemand muss der Polizei den Weg freiräumen. Wenn die erst nach dem Farmer suchen müssen, verlieren sie kostbare Zeit. Also mach schon. Läute bei der Farm dort drüben. Entweder das Gatter gehört denen oder der Bauer kann dir sagen, wer dafür zuständig ist. Bitte, Cedric!«

Cedric zögerte.

Sara umarmte ihn und drückte ihm einen Kuss auf die Lippen. »Bitte. Für Zac.« Dann wandte sie sich um, kletterte über das Gatter und rannte los. Dahinter ging die asphaltierte Straße in einen Feldweg über, der sich um den Hügel herum bis zu dessen Kuppe schlängelte. Er war voller Unebenheiten und Sara war dankbar für den Vollmond, der die Nacht erhellte. Sie rannte weiter. Und dann sah sie die Lichter. Adrenalin rauschte durch ihre Adern und ihr Puls raste. Sie musste da hoch. Sie musste Zac retten.

Und sie durfte nicht gesehen werden.

Jetzt, wo sie die Lichter im Blick hatte, verließ sie den Weg und schlich am Rand eines Farnwaldes entlang auf den höchsten Punkt des Hügels zu. Vorsichtig darauf bedacht, wo sie ihre Füße hinsetzte, duckte sie sich hinter die Farne, die ihr bis zur Taille reichten und die einzige Deckung weit und breit boten. Die Farne und der Nebel, der langsam vom Tal heraufkroch und die Landschaft einhüllte wie ein Leichentuch.

Es war so still, dass jedes noch so leise Geräusch in ihren Ohren widerhallte wie ein Schuss. Das Knacken eines Astes, ihr Atem. Alles war zu laut.

Dann plötzlich spürte sie sie. Angst kroch in ihr hoch, ihr Herz schlug bis zum Hals, doch sie durfte jetzt nicht stehen bleiben. Nicht, wenn sie Zac retten wollte.

Ein Schritt und noch ein Schritt auf den mannshohen Stein zu, der wie ein Hinkelstein vor ihr aufragte. Einmal Luft holen und dann ...

Vorsichtig schob sie sich um den Stein herum. Dahinter tat sich eine Lichtung im Farn auf. Eine Lichtung, auf der etwa ein Dutzend Steine zu einem Steinkreis angeordnet waren. Zwischen den Steinen standen Gestalten in weißen, wallenden Gewändern. Sie alle hatten sich einer Frau zugewandt, die in der Mitte der Lichtung stand.

Mit weit ausgebreiteten Armen und geschlossenen Lidern wartete sie auf etwas. Ihr Gesicht war bleich und ausdruckslos.

Plötzlich riss sie die Augen auf und starrte Sara direkt ins Gesicht.

Saras Herz blieb stehen und dann galoppierte es doppelt so schnell wieder los.

»Du bist also gekommen«, sagte Margaret kühl. War sie es? Von der verzweifelten, trauernden Frau, als die sie ihre Nachbarin kennengelernt hatte, war nichts mehr zu sehen. Sie hatte eine komplett andere Ausstrahlung, kühl, beherrscht und ... königlich. Ja, das beschrieb sie am besten.

»Ja«, sagte Sara und ignorierte den Herzschlag in ihrem Hals, der ihr beinahe die Luft abdrückte.

»Dein Bruder hat gesagt, dass du das tun würdest. Bist du allein?«

»Ja«, sagte Sara sofort. Von Cedric musste Margaret nichts wissen. »Wo ist Zac?«

»Hier.« Zac schob sich hinter Margaret hervor. Auch sein Blick war kühl und distanziert. Sara lief ein Schauder über den Rücken. Was hatten sie mit ihm gemacht?

»Was machst du hier bei diesen ...« Mördern, lag ihr auf der Zunge, doch sie hielt sich im letzten Augenblick zurück. Dafür wiederholte sie die Frage: »Was machst du hier?«

»Ich schließe mich Belisamas Kindern an und das solltest du auch tun, Sara.«

»Du schließt dich einer Gruppe von Mördern an?« Jetzt war es ihr trotzdem herausgerutscht, dieses Wort, und sie sah an Margarets Reaktion, dass das ein Fehler war.

»Belisama gibt Leben, Belisama nimmt Leben«, sagte sie. »Wenn Belisama sich bedroht fühlt, nimmt sie Leben. Wir haben Zac vor die Wahl gestellt: Entweder, er wird Teil von Belisamas Kindern, oder ...«

»Ihr tötet ihn«, vervollständigte Sara den Satz, als Margaret nicht weitersprach. Ein kühles Nicken bestätigte ihr, dass sie richtig lag mit ihrer Ahnung. »Weil er bereits zu viel weiß.«

Wieder nickte Margaret.

»Ich weiß mehr als er«, sagte Sara. »Was macht ihr dann mit mir?«

»Auch du hast die Wahl.«

»Das heißt, ich muss in so einem Geisterkostüm herumlaufen und euch dabei helfen, Menschen zu töten, oder man findet meine Leiche im Dartmoor?«

Margaret fixierte sie stumm.

Das war Antwort genug.

»Hat Milly sich geweigert, sich einer Gruppe von Mördern anzuschließen?«

Margarets Mundwinkel zuckten nach oben. Was bei jedem anderen freundlich ausgesehen hätte, wirkte bei ihr gruselig. »Milly wollte uns verlassen. Sie kannte den Codex.«

»Wollte Valery euch auch verlassen?«

Margaret neigte den Kopf. »Sie war wohl zarter besaitet, als gut für sie war.«

»Ich übersetze das mal in meine Sprache: Sie hat nicht akzeptiert, dass ihr Milly getötet habt, und wollte es der Polizei melden?«

»Niemand bedroht die Strahlendste.«

»Ihr seid verrückt, wisst ihr das?« Sara schüttelte entsetzt den Kopf. Dann wandte sie sich an ihren Bruder. »Und du bist noch verrückter, wenn du dich diesen Verbrechern anschließt. Willst du wirklich zum Mörder werden?«

»Niemand hier wird zum Mörder, Sara. Nicht, wenn du dich uns anschließt.«

Sie starrte ihn ungläubig an. Was hatten diese Irren mit ihrem Bruder gemacht? »Ich werde mich euch ganz sicher nicht anschließen.«

Als hätte irgendjemand ein Zeichen gegeben, machten die Gestalten im Kreis einen Schritt auf Sara zu. Sie schluckte. Wie lange brauchte die Polizei? Sie wagte es nicht, in die Richtung von Belstone zu schauen. Stattdessen suchte sie krampfhaft nach einem Thema, mit dem sie Zeit schinden konnte.

»Was ist mit Charles?«, fragte sie. »Hat er Belisamas Kindern auch nicht beitreten wollen?«

Margaret verzog verächtlich das Gesicht. »Charles war ein Idiot. Er wollte sich von mir trennen und das alleinige Sorgerecht. Um Annie ›aus meinen Fängen‹ zu befreien. Damit hätte er ihre Rettung verhindert.«

»Und das konntet ihr nicht zulassen? Deshalb habt ihr ihn umgebracht?« Wieder klickte es in Saras Kopf. »Du warst es, die ihn überfahren hat, nicht wahr? Das Auto, das ihn getötet hat, kam aus der Richtung, in der euer Cottage steht. Du hast deinen Mann getötet? Annies Vater?« Sara war geschockt. Sie konnte sich noch zu gut daran erinnern, wie aufgelöst Margaret gewesen war, als sie sie nach dem Tod ihres Mannes gefragt hatte. Verzweifelt, ganz die trauernde Witwe, die kaum mehr in ihr Leben zurückfand.

Sie hatte ihr so leidgetan, dass sie ihr angeboten hatte, hin und wieder auf Annie aufzupassen, damit Margaret wieder unter Leute gehen konnte. Wie oft hatte sie ihr damit ermöglicht, an den Treffen von Belisamas Kindern teilzunehmen? Wie oft hatte sie Margaret damit unwissentlich dabei unterstützt, Menschen zu töten?

Ihr wurde kalt vor Entsetzen.

Margaret betrachtete sie lauernd.

»Du bist eine Mörderin!«, flüsterte Sara schockiert. »Und du … du …!« Sie wandte sich an ihren Bruder, doch ihr fehlten die Worte für das, was sie ihm am liebsten ins Gesicht geschleudert hätte. Sie war so enttäuscht von ihm. Wo war der Bruder, der sich für sie eine Kugel eingefangen hatte? Wann war Zac so feige geworden? Oder war er so verliebt in Margaret, dass er über ihre Fehler hinwegsah? Konnte man über so etwas hinwegsehen? Konnte man einen Mörder lieben? Sein Gesicht blieb ausdruckslos.

Sara schüttelte den Kopf. Sie wandte sich enttäuscht von ihm ab und blickte stattdessen Margaret herausfordernd ins Gesicht. »Weißt du was? Ich will nichts mit dir zu tun haben. Mit euch. Ich werde jetzt gehen und jedem erzählen, was ihr für ein krimineller Haufen seid.« Sie wandte sich zum Gehen. Die weißen Gestalten machten einen Schritt auf sie zu und zogen den Kreis um sie enger. Sie herrschte sie an: »Verschwindet!«

Doch das waren keine streunenden Hunde, denen man nur seine Überlegenheit demonstrieren musste. Die Gestalten traten ihr unbeeindruckt in den Weg.

»Lasst mich durch!«

Starre Gesichter fixierten sie. Noch erhob niemand die Hand, doch das war nur eine Frage der Zeit. Sie machte noch einen Schritt auf die weiße Wand zu, da fühlte sie eine Hand auf ihrer Schulter. Sie fuhr herum.

Zac. »Lasst mich mit ihr reden.« Es war Zac. »Allein.«

Als ob sie mit ihm reden wollte! Sara schüttelte seine Hand ab.

»Bitte.«

Wie auf ein Zeichen traten die Gestalten wieder auseinander, doch Zac hatte Sara fest im Griff.

»Komm«, sagte er, drehte sie herum und führte sie in die Mitte des Kreises, wo immer noch Margaret stand.

Margaret musterte Sara streng, dann nickte sie Zac zu. »Mach ihr klar, was auf dem Spiel steht.«

Mit diesen Worten entfernte sie sich von ihnen.

Sara stand da und starrte zu Boden.

»Sara«, flüsterte er eindringlich. »Sieh mich an.«

Sie wollte alles lieber tun als das. Sie wollte ihn nie wieder ansehen. Sie wollte ihn als liebenden Bruder in Erinnerung behalten, nicht als einen Verrückten, der bereit war, über Leichen zu gehen. Trotzdem hob sie ihren Blick.

Der Ausdruck in seinen Augen ließ sie nach Luft schnappen. Angst stand darin, Sorge, die eindringliche Bitte, einfach mitzuspielen.

Zu laut für den Abstand zwischen ihnen sagte er: »Sara, sie sind in Ordnung. Was sie getan haben, haben sie tun müssen. Sie haben ein höheres Ziel. Aber glaub mir, sie sind keine Mörder. Es sind ... Freunde.«

Sie starrte ihn ungläubig an. Er konnte doch nicht glauben, dass diese Monster es ihr abnehmen würden, wenn sie jetzt einfach umkippte und tat, als wolle sie unbedingt Teil von Belisamas Kindern werden. Daher widersprach sie ihm, wenn auch zögerlich. »Aber Milly ... und Valery ... und Charles ...«

»Sie haben ihre Entscheidung getroffen. Aber du kannst anders entscheiden. Du kannst dazugehören. Ist es nicht das, was du dir wünschst? Irgendwo dazuzugehören?«

Sie schüttelte den Kopf. »Nicht um diesen Preis.«

»Aber um meinetwillen, oder? Um meinetwillen möchtest du dazugehören.« Eindringlich starrte er sie an.

Sie nickte zögernd. »Um deinetwillen.«

Sara wagte es nicht, sich umzusehen. Sie hatte wenig Hoffnung, dass ihr Schauspiel diese Irren überzeugt hatte. Kein Mensch knickte so schnell ein.

Doch sie hatte sich getäuscht. Mit einem Lächeln, das so herzlich war, wie Sara es von ihr kannte, stand plötzlich Margaret neben ihr.

»Ich wusste, dass du sie überzeugen würdest, Schatz. Und es ist eine gute Entscheidung, Sara. Du wirst sehen. Das hier sind ... Freunde! Erwählte! Gemeinsam werden wir in ein neues Zeitalter eingehen, durch Belisamas Gnade.« Sie breitete die Arme aus und umfasste mit einer weit ausholenden Geste die ganze Gruppe.

Sara war nahe dran zu kotzen über diese Falschheit.

Doch Margaret machte bereits weiter. »Freunde, Kinder von Belisama ... Also feiern wir heute nicht nur die Aufnahme eines neuen Mitglieds, sondern die von zwei neuen Mitgliedern. Zac und Sara werden in den Stand von Novizen erhoben. Blake ...«

Eine Gestalt trat vor und Sara erkannte erst jetzt, dass es sich bei ihr um Blake handelte, ihre Kollegin aus den Underground Passages. Ihr Parfüm stieg Sara in die Nase und plötzlich wusste sie, woran der Geruch in Millys Wohnung sie erinnert hatte. Blake musste dort gewesen sein.

»Ja, hohe Priesterin?«

»Ich ernenne dich zu Saras Mentorin. Sie wird dich in den Underground Passages unterstützen. Weihe sie in deine Aufgaben ein. Es kann nur von Vorteil sein, wenn sich ab jetzt zwei Hüterinnen um Belisamas Quelle kümmern.«

»Ja, hohe Priesterin.« Blake nickte Sara frostig zu.

An ihrer Abneigung hatte sich mit Saras Aufnahme in den Kreis also nichts geändert. Sara unterdrückte ein Grinsen.

Margaret wandte sich an Sara und Zac. »Kniet nieder.«

Sie leisteten ihrem Befehl augenblicklich Folge. Der Boden war kalt und feucht.

Wo bleibt die Polizei, fragte sich Sara. Und wo blieb Cedric? So lang konnte es doch nicht dauern, den Bauern ausfindig zu machen, dem dieses Gatter gehörte.

Sie wünschte sich nichts mehr, als dieser Zeremonie zu entkommen. Szenen aus Filmen und Büchern kamen ihr in den Sinn. Musste sie das Blut eines Opfers trinken? Würde sie selbst ihr Blut opfern müssen? Sie hatte Angst und sie wünschte sich meilenweit weg. Doch wann war jemals ein Wunsch von ihr erhört worden?

»Schließt die Augen.«

Sara senkte die Lider, doch sie brachte es nicht über sich, sie ganz zu schließen. Sie konnte sich doch nicht völlig blind dem ausliefern, was Margaret mit ihr vorhatte. Leider nützte es ihr nichts, denn was auch immer die »hohe Priesterin« tat, tat sie in Saras Rücken.

Sara hielt die Luft an.

Das unverkennbare Flüstern eines Schwertes, das aus einer Scheide gezogen wurde, erklang.

Blitzschnell warf sie sich zur Seite und drehte sich auf den Rücken. Über ihr stand Margaret – ein Schwert hoch über ihrem Kopf erhoben.

»Was tust du?«, herrschte sie sie an.

»Meinst du, ich lasse mich hinterrücks von dir abstechen?«

»Das gehört zur Zeremonie!«

»Dass du mich abstichst?«

»Ich lege dir das Schwert nur auf die Schulter – so wie es seit Jahrhunderten Brauch ist. Was bist du nur für eine Hosenscheißerin, Sara?«

»Sicher?«

»Natürlich.« Margaret nickte ihr begütigend zu, wartete mit hoch erhobenen Armen, bis Sara sich wieder in Position gebracht hatte, dann rief sie: »Belisama, nimm unser Opfer an.«

Und dann geschah alles gleichzeitig. Ein Donnerschlag ertönte – zumindest kam es Sara so vor –, das Schwert krachte mit einem dumpfen Aufschlag neben ihr zu Boden, Margaret schrie auf und taumelte zwischen ihnen hindurch nach vorne.

Mit schmerzverzerrtem Gesicht hielt sie sich die Hand, ihr weißes Kleid war voller Spritzer. Erst beim zweiten Hinschauen erkannte Sara, dass es sich um Blut handelte.

Dann ertönten Befehle, Menschen liefen durcheinander – die Weißgewandeten rannten in alle Richtungen davon, während Beamte in Uniform und in Zivil versuchten, sie einzufangen.

Margaret sank wimmernd neben Sara ins Gras. Zac zog seine Schwester in eine Umarmung.

»Es ist vorbei«, sagte er beruhigend. »Es ist vorbei.«

Und so war es. Die Polizei war gekommen, gerade noch rechtzeitig, und hatte Margaret mit einem gut gezielten Schuss in die Hand davon abgehalten, ihren Streich auszuführen. Als sie abgeführt wurde, fragte Sara sich, ob es wirklich nur eine Art Ritterschlag war, den die »hohe Priesterin« hatte ausführen wollen, oder ob sie doch vorgehabt hatte, ihnen ein Ende zu bereiten. Das würde sie wohl nie erfahren. Für die Polizei musste es zumindest so ausgesehen haben – oder Webster hatte es nicht drauf ankommen lassen wollen.

Der kam gerade mit grimmigem Gesicht auf sie zugestapft. »Wir haben noch ein Hühnchen zu rupfen«, knurrte er Sara an, als er vor ihr stand. »Welchen Teil von ›Überlassen Sie das den Profis. Fahren Sie nach Hause. Jetzt sofort.‹ haben Sie nicht verstanden?«

Sara lächelte ihn verlegen an. »Ich wusste, dass Sie nicht rechtzeitig kommen würden.«

»Wir sind nicht rechtzeitig gekommen? Und was bitte ist das hier?« Er zeigte wütend auf all die Menschen.

»Wenn ich nicht vorausgegangen wäre und für Ablenkung gesorgt hätte, wäre Zac wahrscheinlich tot.«

»Und wenn wir auch nur ein paar Minuten später gekommen wären, wären Sie beide tot. Welche Variante wäre mir lieber? Was meinen Sie?«

»Dass Sie später gekommen wären?«, versuchte Sara einen kläglichen Witz.

Webster schnaufte. »Das wirklich Schreckliche an der Angelegenheit ist, dass ich mich jetzt auch noch bei Ihnen bedanken muss – und das, wo ich Sie am liebsten einsperren würde.«

»Und tun Sie's?« Sara grinste ihn an.

»Was? Sie einsperren?«

»Sich bei mir bedanken.«

»Da können Sie lange drauf warten!« Webster schaute mit zusammengekniffenen Augen auf die Szene, die sich rund um den Steinkreis abspielte. »Das Dumme ist: Einsperren kann ich Sie auch nicht. Ich fürchte, die Zelle in Sidmouth ist heute auch ohne Sie schon überfüllt. Also ...«

»Danke?«

»Nein, das werden Sie von mir bestimmt nicht hören!« Er wandte sich ab und brüllte einem vorbeilaufenden Beamten nach: »Davies, sorgen Sie dafür, dass ein Bus geschickt wird. Danke!«

»Bitte«, sagte Sara. »Gern geschehen. Immer wieder gern.«

»Auf keinen Fall! Ich warne Sie.« Webster schenkte ihr noch einen eindringlichen Blick, dann machte er, dass er fortkam.

»Netter Kerl«, sagte Zac.

Sara nickte lächelnd. »Das stimmt. Eine harte Schale und ein butterweicher Kern. Wir werden noch viel Spaß miteinander haben.«

# Epilog

Der Krimiclub hatte sich bei Sara versammelt und alle saßen um das kleine Tischchen vor dem Kamin. Ein Feuer flackerte darin und wärmte den ganzen Raum, auf dem Tisch stand Mauds Lieblingsteeservice und in der Luft lag ein wunderbarer Duft nach Gebackenem. Nach den Ereignissen am Nine Stones Circle waren alle nur noch in ihre Betten gefallen und hatten bis weit in den Tag hinein geschlafen. Nun, am Nachmittag, trafen sie sich, um die Ereignisse der letzten Tage Revue passieren zu lassen.

»Jetzt musst du mir noch einmal erklären, warum du mit Margaret gegangen bist, statt die Beine in die Hand zu nehmen und zu flüchten«, sagte Sara zu Zac.

Er wurde rot. »Sie hat mich vor die Wahl gestellt. Entweder ich komme mit oder sie holt euch, denn das hatte sie eigentlich vor. Sie wollte dich, Miss Spinster und Bobby holen. Ihr drei wusstet ihr zu viel.«

»Wie kommt sie zu der Behauptung?«

»Ihr seid gesehen worden. In Exeter. Bobbys Verkleidung als Obdachloser war wohl nicht ganz so gelungen, wie ihr gedacht habt. Sie hatten in den Underground Passages das Vortreffen zu dem Ritual beim Nine Stones Circle. Dort haben sie unter anderem beschlossen, dass wir alle vor die Wahl gestellt werden sollten. Entweder wir würden Teil der Vereinigung ...«

»Nenn es ruhig beim Namen, Zac. Es ist eine Sekte«, warf Miss Spinster ein.

»... Teil der Sekte oder wir sollten eliminiert werden.«

»Aber warum?« Sara verstand nicht, wieso Margaret und ihre Leute sie aus dem Weg haben wollten. »Wir haben ja nicht wirklich etwas getan, oder?«

Zac hob die Schultern. »Du, Sara, warst deiner Kollegin in den Underground Passages suspekt und ... na ja ... Margaret hat unsere Nachrichten aus dem Chat gelesen – da war klar, dass wir alle auf ihrer Spur sind. Spätestens als du dieses Bild mit Millys Botschaft reingestellt hast, hat sie gewusst, dass sie handeln muss.«

»Mist! Wir sollten uns angewöhnen, unseren Chat von niemandem lesen zu lassen«, sagte Sara.

Die anderen stimmten ihr zu.

»Was ich noch nicht verstanden habe«, meinte Sara nachdenklich. »Was will diese Sekte eigentlich? Und warum mussten all die Menschen sterben? Warum war es so schlimm, dass Milly und Valery austreten wollten?«

Zac verzog das Gesicht. »Genau verstanden habe ich das nicht. Sie glauben daran, dass Belisama irgendwann einen Lichtstrahl zur Erde lenkt und ihre Kinder ins Paradies holt. Genau dann, wenn in diesem Jammertal alles den Bach runtergeht und Seuchen, Katastrophen und Kriege die Menschheit zugrunde richten.«

»Das ist doch verrückt!« Sara schüttelte den Kopf. »Wie kann heutzutage noch jemand auf so etwas hereinfallen?«

»Keine Ahnung. Tatsache ist, dass diese Leute das alle glauben. Und sie sind bereit, dafür zu kämpfen. Dann hat sich im Herbst jemand in die Gruppe hineingeschmuggelt. Ein Mann aus Tiverton ...«

In Saras Kopf blitzte eine Erinnerung auf. »Derselbe, den man dann tot in den Blackstone Hills gefunden hat?«

Zac nickte. »Vermutlich. Er war Journalist und wollte über die Sekte berichten, sie lächerlich machen. Im Zuge seiner Recherchen hat er wohl herausbekommen, was mit Charles passiert ist, und wollte die Sache ganz groß aufbauschen. Da haben sie gehandelt und ... na ja ...«

Er musste den Satz nicht beenden. Sie alle wussten, wie er enden würde.

Miss Spinster schüttelte den Kopf. »Was sind das für Menschen?«

Zac hob die Schultern. »Nicht alle Mitglieder haben das unterstützt. Bis zu Charles' Tod waren Belisamas Kinder friedlich, und den hat Margaret ihnen ebenfalls als Unfall verkauft, bis der Journalist die wahren Hintergründe aufgedeckt hat. Milly ist offen dagegen gewesen, ihn zu beseitigen. Deswegen musste sie sterben. Vor ihrem Tod hat sie allerdings angedeutet, dass sie eine Nachricht hinterlassen hat, die die ganze Sekte auffliegen lassen würde.«

Sara nickte nachdenklich. »Deswegen ist Blake mit zwei anderen noch mal in Millys Wohnung gegangen, um nach dieser Nachricht zu suchen.«

»Vermutlich.« Zac verzog das Gesicht. »Nach Millys Tod ist Valery zusammengebrochen. Margaret musste fürchten, dass sie sich an die Behörden wendet und ... na ja ... irgendwann war die Anzahl der Menschen, die ›zum Wohle‹ von Belisamas Kindern gestorben sind, auf drei angestiegen.«

»Vier, um genau zu sein.« Sara konnte nicht glauben, dass diese Verrückten lieber Menschenleben opferten, als entdeckt zu werden. »Wie konnte Margaret ihren eigenen Mann umbringen? Er hatte ja nicht einmal etwas gegen die Sekte in der Hand.«

»Charles zu töten war Margarets persönliche Entscheidung. Er hat ihren religiösen Wahn – sie nannte das natürlich anders – verabscheut und wollte seine Tochter davor bewahren, in so einem Umfeld aufzuwachsen. Er hat das alleinige Sorgerecht beantragt und wollte ihr den Kontakt verbieten. Sie hingegen war davon überzeugt, dass ihr Seelenheil und das von Annie von ihrem Glauben an diesen Lichtstrahl abhängen, und da hat sie ihn getötet. Zwar aus religiösem Wahn, aber die anderen der Gruppe wussten nichts davon. Sonst wäre es wohl schon viel früher zu Meinungsverschiedenheiten innerhalb von Belisamas Kindern gekommen.«

»Sie hat uns die trauernde Witwe echt überzeugend vorgespielt«, meinte Sara.

Miss Spinster schüttelte traurig den Kopf, als könne sie all das immer noch nicht fassen. »Was geschieht jetzt mit ihr?«

Zac hob die Schultern. »Ich weiß es nicht.«

Bobby seufzte. »Man wird ihr wohl ziemlich schnell den Prozess machen. Vier Morde, drei weitere waren geplant – wenn nicht sogar vier. Also ich denke, wir sehen Margaret so schnell nicht wieder.«

»Und Annie?« Sara tat das Herz weh, als sie an die Kleine dachte, die gerade im Zimmer nebenan schlief. Ihre Mutter war von den Beamten abgeführt worden und Miss Spinster und Bobby hatten sie schlecht in deren Haus lassen können. Annie hatte so tief geschlafen, dass sie nicht einmal mitbekommen hatte, wie Cedric sie auf seine Arme genommen und in Saras Cottage getragen hatte, während Miss Spinster und Bobby dafür gesorgt hatten, dass auch die beiden Hunde ins Warme kamen.

»Margaret hat keine Eltern. Auch die von Charles sind tot. Sie wird wohl in ein Heim kommen. Außer …« Miss Spinster ließ den Satz offen und sah Sara erwartungsvoll an.

Die hob beinahe entsetzt die Hände, als sie verstand, worauf die Seniorin hinauswollte. »Nein, ihr könnt mir kein Kind unterschieben. Ich bin zu jung! Und furchtbar unorganisiert und schlampig. Keiner würde mir ein Kind anvertrauen.«

»Aber sicher würde man das. Natürlich ginge es noch einfacher, wenn du verheiratet wärst.« Miss Spinster sah mit einem eindeutigen Gesichtsausdruck zu Cedric. »Und Annie ist so ein liebes Kind. Außerdem braucht sie nach dem ganzen Chaos ihre gewohnte Umgebung. Sie muss ihre Freunde aus dem Kindergarten treffen können und mit ihrem Bunny kuscheln. Denkst du, den könnte sie in ein Heim mitnehmen?«

»Nein«, sagte Sara mutlos.

»Siehst du. Und du wärst auch nicht allein«, sagte Miss Spinster. »Mit uns beiden hätte sie gleich noch zwei fantastische Großeltern dazu und ...«

»Wenn du es nicht tust, mache ich es«, unterbrach Zac sie. »Annie mag mich, glaube ich. Sie hat Vertrauen zu mir. Und ich ... mag sie. Ich glaube, ich habe mich an den Gedanken gewöhnt, Vater zu werden. Aber allein kann ich das nicht. Und das Argument von Miss Spinster hat schon was. Annie braucht Sidbury.«

Sara atmete tief durch. »Lasst mich eine Nacht darüber schlafen«, sagte sie, doch sie wusste bereits, dass die anderen recht hatten. Sie sollte sich wirklich darum bemühen, Annie bei sich aufnehmen zu dürfen.

»Was ich mich die ganze Zeit frage«, sagte sie kurz darauf. »Ob es Margaret war, die den Molotow-Cocktail in mein Haus geworfen hat. Es würde passen, oder?«

Cedric schüttelte den Kopf. »Wieso sollte sie das tun?«

»Na ja, um mich aus dem Haus zu jagen ... Vielleicht wollte sie mich auf offener Straße mit dem Auto umfahren ... Das hat ja schon einmal geklappt.«

Er zog eine Grimasse. »Nein, ich glaube viel eher, dass das der nächtliche Schleicher war. Diese Angriffe haben ja schon begonnen, lang bevor du dich in Margarets Angelegenheiten eingemischt hast. Nur wer das ist, würde mich langsam wirklich interessieren.«

»Diese Frage kann vielleicht ich beantworten«, meldete sich eine Stimme von der Tür her.

Alle Gesichter fuhren herum. Inspector Webster streckte seinen Kopf zur Tür herein, dann trat er ganz in den Vorraum und zog einen Mann hinter sich her, den Sara nur allzu gut kannte. »Nathan?«

»Nach dem Feueranschlag haben meine Leute eine Kamera auf der Straße installiert und der Trottel ist tatsächlich geradewegs hineingetappt. Hatte wohl etwas vergessen. Ich kannte ja von dem Unfall im vergangenen Jahr sein Gesicht und hatte auch seine Personalien griffbereit. Darf ich vorstellen? Der nächtliche Schleicher, Ihr Ex, Miss Rattlebag: Nathan Mason.«

Inspector Webster schob Saras Ex Nathan in den Raum, der es kaum schaffte, ihr in die Augen zu sehen. Mit geröteten Wangen stand er da und flüsterte: »Ich möchte mich entschuldigen, Sara.« Kleinlaut sah er hoch.

»Du warst der nächtliche Schleicher? Wieso bin ich da nicht von selbst draufgekommen? Ich dachte die ganze Zeit, es sei mein ... Frank. Aber natürlich! Du steckst dahinter! Hast du immer noch nicht verstanden, dass das zwischen uns Geschichte ist?«

»Hören Sie sich mal an, wer sein Auftraggeber ist«, riet Webster. »Also. Raus mit der Sprache, du Wurm.«

»Frank. Frank hatte die Ideen und ich habe sie ausgeführt. Deshalb haben wir bis jetzt gewartet. Weil Frank den Bali-Urlaub gebucht hatte. Er wusste, dass dein erster Verdacht auf ihn fallen würde und da ... Er hat gesagt, dass du von hier wegziehen würdest, wenn du so richtig Angst bekämst, und dass du nach London zurückkämst und dann vielleicht ... zu mir.«

»Selbst wenn du der einzige Mann auf der Erde wärst, würde ich dich nicht mehr zurücknehmen, Nathan. Wann kommt das endlich bei dir an?«

»Was sollen wir mit ihm machen, Miss Rattlebag?«, fragte Webster.

»Drehen Sie ihn durch einen Fleischwolf«, knurrte sie.

Nathan sah sie erschrocken an.

Sara musste beinahe lachen, als sie den entsetzten Ausdruck auf seinem Gesicht sah. »Nein, natürlich nicht. Nehmen Sie bitte seine Aussage auf. Ich glaube, ich kann in zwei Wochen einen Zeugen brauchen, der mich bei der Gerichtsverhandlung gegen Frank Rattlebag unterstützt. Du wirst doch aussagen, dass die Ideen von ihm kamen, nicht wahr, Nathan?«

»Das muss ich wohl.«

»Gut.« Sara nickte. »Dann sehen wir uns vor Gericht. Danke, Mr Webster.«

Der Inspector zog sich mit seinem Delinquenten zurück und die fünf machten es sich wieder gemütlich.

»Wann ist eigentlich der Kuchen fertig?«, fragte Miss Spinster. »Dieser Geruch macht mich wahnsinnig.«

»Gleich.« Sara stand auf. »Wir müssen nur noch zwei Fragen klären. Erstens: Hatten Edda Hammond, Martha Bilton, Mandy und Fran Carter auch mit Belisamas Kindern zu tun?«

Zac schüttelte den Kopf. »Ich denke nicht. Zumindest war keine von ihnen bei dem Treffen am Nine Stones Circle dabei. Sie waren wohl wirklich beim Pilates und haben den Mädelsabend angehängt. Margaret wusste davon, ahnte wahrscheinlich, dass ihr ihr folgen würdet, und hat euch auf eine falsche Fährte geleitet.«

Sara nickte nachdenklich. Ja, das kam hin. Die viel zu überschwängliche Begrüßung der Frauen kam ihr in den Sinn. Keine der vier hatte wohl mit dem Auftauchen von Margaret gerechnet. Irgendwie war sie erleichtert.

»Dann die zweite Frage: Warum wusste Silly Old Joe von Belisamas Kindern? Woher kannte er den geheimen Eingang zu den Underground Passages?«

»Das, Sara-Kindchen, wird wohl nie ergründet werden«, sagte Miss Spinster mit einem feinen Lächeln. »Ich vermute, dass die Kinder von Belisama sich auch sonst mal auf dem Friedhof getroffen haben. Was den Eingang betrifft ...«

»Ja?« Sara sah sie neugierig an.

»Nun. Ich glaube gern an die Variante, dass Charles und Maud ihn da geleitet haben. Eine andere Erklärung habe ich nämlich nicht.« Sie lächelte verschmitzt. »Und jetzt hol endlich diesen verführerisch duftenden Kuchen aus dem Rohr.«

Und das tat Sara. Sie ging in die Küche und schnitt den noch heißen Apple Crumble an, legte die Teile auf eine Kuchenplatte und brachte die süße Ladung wieder ins Kaminzimmer.

»Ich kann's nicht glauben, dass du dich endlich an das Rezept gewagt hast«, sagte Miss Spinster. Sie beugte sich vor und legte sich ein Stück davon auf ihren Teller. Dann stach sie mit der Gabel einen Bissen ab, schob ihn sich in den Mund und schloss genießerisch die Augen. »Mmmh! Wie bei Maud!«

Saras Augen brannten. Das war gleichzeitig das schönste und schrecklichste Kompliment, das Miss Spinster ihr hätte machen können.

»Sei nicht traurig. Ich bin sicher, Maud ist in diesem Moment bei uns«, sagte Miss Spinster. »Ich spüre das.«

Und da war es Sara, als streichle ein leichter Luftzug ihre Wangen, und sie wusste: Miss Spinster hatte recht.

Maud war bei ihnen. In diesem Augenblick und in jedem anderen hielt sie ihre schützende Hand über Sara. Sie war nicht allein. Niemals.

# Weitere Veröffentlichungen

## Die Sara-Rattlebag-Reihe

**Wer tot ist lügt nicht – Ein Fall für Sara Rattlebag 1**

*Empire-Verlag, April 2023*

*Sara, ich will dich nicht bitten, dass du meinen Tod rächst. Ich will dich warnen. Er ist gefährlich. Ein schwarzes Herz unter einem blütenweißen Hemd. Achte auf dich Sara. Überlege gut, wem du traust. Pass auf dich auf, Kleines!*

Sara Rattlebags Leben steht auf dem Kopf. Sie wurde von ihrem Freund verlassen und der Abschluss des Geschichtsstudiums ist zum wiederholten Mal in weite Ferne gerückt. Da stirbt auch noch ihre Tante Maud.
Sara fährt nach Sidbury, um den Nachlass zu regeln. Dort erfährt sie, dass ihre Tante über eine der Klippen an der Jurassic Coast gestürzt ist – allerdings nicht ohne Hilfe. Der einzige Zeuge: Silly Old Joe, der behauptet, mit Geistern sprechen zu können. Dann verschafft sich jemand Zugang zu Tante Mauds Cottage und ein rätselhafter Zeitungsartikel sowie die Memoiren von Saras Tante verschwinden. Es deutet alles darauf hin, dass jemand versucht, seine Spuren zu verwischen.

Sara Rattlebag ermittelt – unterstützt von Tante Mauds alten Freunden und zwei Männern, die um ihre Liebe konkurrieren

## Der Tote im Schafspelz – Ein Fall für Sara Rattlebag 2

*Empire-Verlag, Juli 2023*

*»Von mir erfährt niemand etwas.« Der Reverend sah sich um, als befürchte er einen Lauscher hinter dem nächsten Busch, dann beugte er sich vor. »Es wird etwas passieren.«*
*Sara lief ein kalter Schauer über den Rücken. »Was?«*
*»Ein Mord.«*

Die Hobbydetektivin Sara Rattlebag genießt die Idylle im herbstlichen Sidbury an der englischen Jurassic Coast. Doch mit der Ruhe ist es schnell vorbei, denn plötzlich sucht ihr Ex Nathan wieder ihre Nähe, außerdem ficht ihr Vater das Testament an, mit dem seine Schwester ihr das Cottage vermacht hat. Und auf der Schafweide nebenan wird James Henning, der von allen geschätzte Briefträger und ein ehemaliger Mitschüler von Saras Freund Cedric, tot aufgefunden. Schnell ist klar: Er wurde ermordet. Und er bleibt nicht der einzige Tote.

Ehe sie sich versieht, ermittelt Sara Rattlebag wieder. Unterstützt von den Mitgliedern des Krimiclubs versucht sie, einem Serienmörder auf die Spur zu kommen und gleichzeitig das Chaos in ihrem Leben zu ordnen.

## Der Ruf des Todesvogels – Ein Fall für Sara Rattlebag 3

*Empire-Verlag, Februar 2024*

*Der Todesvogel rief. Und er rief nach ihr. In ihren wirren Träumen konnte sie dem Schatten nicht entkommen. Immer wieder warf er sich auf sie und rief dabei in einem fort: »Du! Du! Du!«*

Sara Rattlebag, Chronistin des Dörfchens Sidbury und Hobby-Detektivin, kann nicht schlafen, denn Nacht für Nacht schreit ein Uhu im Baum neben ihrem Schlafzimmerfenster. Obwohl sie nicht abergläubisch ist – ganz sicher nicht –, verfolgt sie seitdem der Gedanke, dass jemand sterben wird. Jemand, den sie liebt.

Da werden bei einem Erdrutsch an den Klippen der Jurassic Coast menschliche Knochen freigelegt. Es handelt sich um die Überreste einer Frau, die vor dreißig Jahren ums Leben gekommen ist. Schnell ist klar, dass sie ermordet wurde. Der Fund ruft den jungen Amerikaner Jeremy Jones auf den Plan, der behauptet, der Sohn dieser Frau zu sein. Für ihn stürzt sich Sara in Nachforschungen in ihrer Chronik und kommt einem uralten Familiengeheimnis auf die Spur.

Dann wird auch noch Silly Old Joe entführt, der Dorfnarr, der auf dem Friedhof lange Gespräche mit den Toten führt.

Im verschlafenen Sidbury fallen Schüsse, ein lange verschollener Schatz taucht auf und Sara bringt sich wieder einmal in Lebensgefahr.

**Ebenfalls im Empire-Verlag erschienen**
https://www.empire-verlag.at/autoren/heidi-troi/

Weitere Romane der Autorin: https://heiditroi.me/

Der Newsletter für alle, die mehr über Sara Rattlebag, die Hintergründe der Geschichte und die Figuren erfahren oder über Specials informiert bleiben möchten:
http://eepurl.com/dAl43f